MORT EN HIVER

La vie réserve parfois des surprises capables de faire sauter les verrous des plus solides d'entre nous.

C'est ce que découvre Zoe Strachan, un jour d'hiver, en ouvrant la porte à son frère. Benjamin veut encore de l'argent et Zoé sait que, cette fois-ci, il ne reculera devant aucun chantage. La belle quadragénaire sent alors avec effroi que le meurtre est peut-être la meilleure solution, surtout s'il est maquillé en accident.

Le paisible village de Sechelt, où le commissaire Karl Alberg n'avait d'autre souci que retrouver une vieille dame indigne échappée de sa maison de retraite, bascule dans la folie et la violence. Et le commissaire tente de percer les défenses de la fascinante Zoé qui, peut-être – mais où sont les preuves ? –, a tué son frère.

Auteur de Pas de sang dans la clairière *(Seuil, 1994), L. R. Wright a reçu le prix Edgar-Allan-Poe en 1986, pour son roman* Le Suspect *(Seuil, 1991). Journaliste de profession, elle vit à Vancouver et fait partie de l'Association internationale des écrivains de romans policiers.*

DU MÊME AUTEUR

Le Suspect
Seuil, 1991
et « Points Roman », n° R 612

Pas de sang dans la clairière
Seuil, 1994

L. R. Wright

MORT EN HIVER

ROMAN

Traduit de l'anglais (Canada)
par Marie-France de Paloméra

Éditions du Seuil

TEXTE INTÉGRAL

TITRE ORIGINAL
A Chill Rain in January
ÉDITEUR ORIGINAL
Viking Penguin

ISBN original : 0-670-83129-8

ISBN 2-02-021489-X
(ISBN 2-02-012473-4, 1re publication)

Ce livre est pour Mary Eldridge
et Marti Wright

Remerciements

L'auteur tient à remercier le brigadier Don Rowat, de la police montée canadienne, et Elaine Ferbey, qui ont bien voulu lui prodiguer conseils et suggestions, toutes les inexactitudes de ce récit n'étant imputables qu'à elle-même.

Ce livre doit beaucoup au sens psychologique, à la patience et à la générosité de John Wright.

Note de l'auteur

Il existe bien une « côte du Soleil », dont les villes et les villages portent effectivement les noms que l'on trouvera dans ce livre. Sinon, tout le reste est fiction. Les événements et les personnages décrits dans cet ouvrage ont tous été inventés par l'auteur, qui a par ailleurs pris bon nombre de libertés, géographiques et autres, pour dépeindre la bourgade de Sechelt.

1

Zoé vivait dans un monde dangereux.

Cela la mettait hors d'elle quelquefois, de penser à quel point il pouvait être dangereux.

Quelquefois, elle se sentait tellement folle de rage qu'elle se fichait de tout, et alors elle faisait des choses qu'elle n'aurait jamais dû.

Mais pour l'instant elle n'était pas folle de rage, elle chantonnait, bien au chaud dans son lit, douillettement lovée sur son matelas moelleux, les couvertures tirées jusqu'au cou : elle aimait bien cette impression d'être une tortue quand elle se rencoquillait dans son lit.

Elle était couchée sur le côté, face à la fenêtre. Le store était baissé, cela empêchait le monde extérieur de l'épier lorsqu'elle dormait.

Zoé attendait le moment où elle déciderait de dormir, couchée en chien de fusil, les mains ramenées au creux de la poitrine, juste là où des seins lui pousseraient un jour. Elle essaya d'imaginer l'effet que cela lui ferait d'avoir les mains là, exactement au même endroit, mais entre deux grosses doudounes. « Berk », se dit-elle. Mais rien ne l'obligeait à avoir de grosses doudounes.

Sa radio toute neuve trônait sur la bibliothèque. Un cadeau d'anniversaire de ses parents. Elle pouvait à présent écouter Le Vert Frelon *et* Mister Keen, *et aussi* L'Ombre *et*

Le Saint des saints, *même s'ils passaient après l'heure d'aller au lit.*

Benjamin lui avait offert un livre, et cela l'exaspérait parce que Benjamin savait très bien qu'elle n'aimait pas lire. Elle avait l'impression qu'on lui parlait en plein dans l'oreille ou qu'on regardait dans sa tête. Dès qu'elle ouvrait un livre, elle entendait respirer la personne qui l'avait écrit.

Zoé fourra ses mains entre ses cuisses, là où c'était doux et chaud. Elle laissa ses yeux se fermer et éprouva une agréable petite sensation de détente au milieu de son corps, et son esprit prit alors son envol, son esprit s'envola au loin pour lui faire un rêve. D'une seconde à l'autre, il reviendrait à tire-d'aile pour emplir de rêve ses yeux clos. Elle attendit, écoutant ses poumons respirer, attendit un rêve.

Au loin, très loin, filtraient des sons ténus ; peut-être entendait-elle la musique du rêve ; et puis il y eut un changement dans l'épaisseur de l'air ; un effleurement sur sa joue, une pression, d'abord légère, puis plus lourde... elle voulut ouvrir les yeux dans son rêve et n'y réussit pas, et puis ils s'ouvrirent mais elle ne voyait rien. Elle bougea la tête et eut une sensation d'indolence et de noir...

... comme lorsqu'elle était tombée dans Cultus Lake et qu'il n'y avait pas de fond : elle s'était débattue et avait lutté contre l'eau jusqu'au moment où celle-ci l'avait fait remonter comme un bouchon, et elle avait hurlé « Au secours ! » en se sentant vraiment bête, mais personne n'avait fait attention et l'eau l'avait de nouveau aspirée. Elle s'était battue avec ses poings et ses pieds, mais l'eau lui échappait et revenait, et finalement l'eau l'avait fait remonter à la surface, et de nouveau elle avait hurlé « Au secours ! », et un homme l'avait saisie sous les bras et hissée sur l'embarcadère qui avançait dans le lac. Tant bien que mal, elle s'était remise debout, elle avait remonté tout l'embarcadère en courant et traversé le sable jusqu'à l'endroit où Benjamin et ses parents étaient assis sous un arbre avec le pique-nique. Elle

leur avait raconté ce qui s'était passé, mais elle avait bien vu à leur figure qu'ils ne la croyaient pas...

Mais là elle se tournait et se retournait sans trêve dans l'obscurité de son rêve – sauf la tête : elle ne pouvait pas bouger la tête. Sa respiration ne faisait plus le même bruit, s'accélérait; et quelque chose lui pesait dans la poitrine et l'empêchait d'aspirer assez d'air. Elle ouvrit la bouche pour en avoir davantage, mais elle avait l'impression d'avoir la bouche écrasée – quelque chose s'appuyait sur sa bouche et elle n'arrivait pas à l'ouvrir comme il fallait. Elle voulut se passer les mains sur la figure mais ses doigts n'attrapèrent que l'oreiller.

Son cœur battait si vite qu'elle avait l'impression qu'il ne tenait plus en place dans sa poitrine. Elle entendit qu'elle faisait des bruits et essaya de les rendre plus sonores pour que quelqu'un l'entende. Elle se débattit avec tout son corps et sentit ses poings frapper quelque chose de mou qui s'envola, et soudain la chose qui s'appuyait sur sa figure disparut.

Zoé se jeta brusquement en avant en prenant appui sur ses mains et ses genoux, et elle déglutit et haleta jusqu'à ce qu'il y ait assez d'air dans ses poumons. Son oreiller gisait par terre près du lit. Etait-ce vraiment l'oreiller qui lui avait fait une chose pareille, qui l'avait presque étouffée ? Elle tourna la tête et regarda la porte du couloir derrière elle. La porte était fermée. Mais Zoé eut l'impression qu'elle frémissait encore légèrement. Comme si quelqu'un l'avait ouverte, s'était glissé dans le couloir et l'avait refermée.

Peut-être était-ce après elle qu'on en avait.

Elle s'assit sur le lit, les couvertures autour des épaules. Son cœur battait encore vite, vite, mais pas aussi vite qu'avant, et elle savait que tout allait rentrer dans l'ordre. Sa poitrine ne lui faisait plus mal.

Elle resta longtemps assise, le regard rivé à la porte. Elle se demandait qui avait bien pu vouloir lui faire ça. Benjamin, à tous les coups, pensa-t-elle. A moins que ce ne fût sa mère. Ou même son père. Cela pouvait être n'importe qui, pensa-t-elle, de plus en plus folle, mais folle de rage.

Il faudrait qu'elle trouve un système pour coincer sa porte. Pour se protéger.

2

L'hiver n'est pas vraiment l'hiver, sur la côte du Soleil.

Il n'est pas inhabituel qu'on n'ait pas de neige du tout, et certaines années il gèle à peine.

Mais il pleut, énormément ; et on a des jours de brouillard, ça aussi, une purée de pois glaciale et mouillée, lorsque les nuages descendent et s'étalent sur la terre, plaquent leurs doigts froids et humides sur la surface du sol. La météo n'émeut guère Karl Alberg, mais il est sensible en revanche au brouillard quand celui-ci dérive et tourbillonne devant son Oldsmobile blanche. Le brouillard, il n'aime pas tellement. Il ralentit, serre les dents et attend que ça se dégage. Sauf qu'il y a des jours où ça ne se dégage pas. Il se rend compte alors qu'il respire plus superficiellement quand il est dehors, comme s'il craignait d'avaler du brouillard et de s'apercevoir, trop tard, que celui-ci a de l'épaisseur, comme du coton hydrophile. Mais en général le brouillard se lève, aux alentours de midi ; il se lève et monte brutalement, et disparaît dans un étincellement de soleil radieux.

Le plus souvent, cependant, il pleut. Tantôt c'est une pluie qui tombe sans discontinuer, à pleins seaux. Tantôt c'est un petit crachin qu'on dirait sans fin. A Vancouver, à une heure et demie par la route et le ferry, tout vire au gris ou presque quand sévit la pluie hivernale. Mais, sur la côte du Soleil, ce n'est pas pareil.

Dans la forêt qui commence derrière la maison de Cassandra Mitchell, il y a des cèdres et des pins, gris-vert, lisses et luisants de gouttes de pluie. Les fougères continuent à pousser pendant tout l'hiver, et les lauriers bruissent. Dans le jardin de derrière, les branches des houx ploient sous les grappes de baies écarlates, et un jasmin d'hiver resplendit de toutes ses fleurs jaunes. Cassandra Mitchell voit la crinière dorée des saules et guette la montée de sève qui empourpre la souple ossature des buissons d'airelles. Elle aime le gris de la mer et du ciel ; même les jours où il n'y a pas un atome de vent, un friselis d'argent court à la surface de l'eau. Et les cieux ne cessent de changer, de bouger, de chasser le gris pour offrir une échappée crémeuse, unie et dégagée, toile tendue sur un châssis et attendant le pinceau ; des flaques d'un azur juvénile, léger et subtil ; des nuances fragiles de violet ; l'ocre d'une meurtrissure.

Ramona Orlitzki se fiche complètement du brouillard, ou de la pluie d'ailleurs, mais elle a souvent du mal à se réchauffer en hiver. Dans sa petite maison, elle s'asseyait devant un radiateur et tricotait vigoureusement, admirant les rouleaux qui déferlaient vers son jardin en bord de mer. Désormais, on veille à sa place à ce qu'elle ait chaud, et elle ne voit plus l'océan de l'endroit où elle vit.

Zoé Strachan se méfie du brouillard, et l'évite.

La pluie, elle la tolère.

Elle ne voit pas le houx, ni les saules, ni le jasmin. Parfois, elle s'assied sur la plage rocheuse qui s'étend derrière sa maison et elle écoute la mer, la surveille.

Ce que voit Zoé Strachan, c'est qu'en hiver la lumière est différente, que l'air est moins dense.

Elle sait que l'hiver revient chaque année pour nourrir la mort et faire régner le calme.

3

Un matin de la fin janvier, un jour de crachin sans joie, terne et maussade, Zoé Strachan ouvrit sa porte et se retrouva nez à nez avec son frère.

– Grand Dieu ! s'exclama-t-elle, consternée.

Il éclata de rire, mais elle voyait bien qu'il n'était pas à l'aise.

Quand on avait sonné, sa première pensée avait été, comme toujours, pour sa voiture : était-elle parquée dans l'allée ou, à l'abri des regards, dans le garage ? Si elle se trouvait dans le garage, souvent Zoé ne prenait même pas la peine d'aller ouvrir. Seulement, ce jour-là, elle l'avait laissée dehors.

Sans doute un représentant, avait-elle songé en se dirigeant à contre-cœur vers la porte. Probablement un agent immobilier. Ces gens-là passaient leur temps à tenter de la convaincre de vendre un bout de terrain.

A moins que ce ne soit un gamin en train de faire du porte-à-porte avec des billets de tombola ou des cookies complètement rassis, ou encore des barres de chocolat grisâtres. « Les jeux de hasard ne m'intéressent pas », leur disait-elle invariablement, ou « Je ne mange pas de bonbons »; si c'était un adulte quêtant pour une œuvre, Zoé déclarait d'un ton catégorique : « Je ne donne mon argent à personne. »

Oui, seulement c'était son frère qui se tenait devant elle.

– Ça fait des années que je n'ai pas eu de tes nouvelles, dit Zoé.

– Je sais.

Benjamin était grand et maigre comme un clou, et un peu voûté, et il avait les cheveux presque gris, même s'il n'avait que cinquante-deux ans, quatre ans de plus qu'elle.

– Ta femme n'est pas là ? demanda-t-elle en cherchant du regard derrière lui.

– Je suis au regret de t'apprendre qu'elle est morte.

Il portait un costume bleu marine qui n'avait pas l'air fait pour lui.

– Morte ? Quand ça ? De quoi ?

– Cancer. Cela fait cinq ans.

– Je suis navrée pour toi, l'assura poliment Zoé.

– Oui, dit Benjamin d'un ton vague, en jetant un coup d'œil derrière elle, à l'intérieur de la maison. Elle me manque.

Elle le fit entrer et referma la porte. Ils restèrent un instant dans l'entrée exiguë, Zoé examinant son frère d'un œil critique.

– Qu'est-ce que tu fabriques par ici ? Et ne viens pas me dire que tu en as de nouveau après mon argent…

Benjamin parut douloureusement atteint.

– Zoé ! protesta-t-il.

Elle secoua la tête, incrédule.

– De toute façon, la réponse est non.

Il soupira.

– Au moins donne-moi quelque chose à me mettre sous la dent, n'importe quoi, avant de m'éjecter.

Quand il s'avança et passa devant elle, elle crut détecter une odeur d'alcool.

Zoé le précéda dans la salle de séjour.

– C'est trop tôt pour déjeuner. Je vais faire du café.

Elle lui intima de s'asseoir et partit dans la cuisine.

Pendant que le café passait, elle posa les mains sur le plan de travail et pianota systématiquement, d'abord les doigts de la main droite, puis ceux de la main gauche, cinq fois chaque main.

Ce n'était pourtant pas l'argent qui lui manquait, avant. Elle n'avait pas la moindre idée de ce qu'il en avait fait. L'argent lui avait toujours brûlé les doigts, se dit-elle en regardant l'eau filtrer goutte à goutte à travers le café et tomber dans le pot.

– Je peux avoir un cendrier ? dit-il en entrant dans la cuisine.

– Je ne fume pas, Benjamin. (Elle mit une tasse, de la crème et du sucre sur un plateau.) Je n'ai pas de cendriers.

Il tendit la main derrière elle et attrapa une coupelle dans le placard. L'air dégoûté, elle le regarda tapoter ses cendres dedans ; la manche de sa veste en récupéra aussi.

Comme il se brossait, elle comprit ce qui clochait dans son costume. Il avait plusieurs tailles de trop. Elle examina son frère avec plus d'attention, vit comme il était pâle et se demanda si sa femme avait pu le contaminer avant de mourir.

– Tu n'aurais pas un fond de cognac ? lui demanda Benjamin. Pour accompagner le café.

– Non.

Elle remplit la tasse et emporta le plateau dans le séjour.

– Tu as un petit quart d'heure avant de partir, reprit-elle en lui tendant le café. Pour attraper le prochain ferry.

Benjamin s'assit dans le fauteuil en cuir noir, la place préférée de Zoé.

– Tu pètes de santé, Zoé, dit-il.

– Bois donc ton café.

– Chaque fois que je te vois, ça me sidère que tu sois si florissante.

Il posa la tasse sur un guéridon et se pencha en avant, les bras sur les cuisses, les mains ballantes. Il avait toujours eu des mains très peu attirantes, songea Zoé avec répugnance. Elles dégageaient une odeur bizarre, quand il était petit. Sans doute la transpiration. Il transpirait beaucoup, quand il était petit.

– Je me surveille, dit-elle. C'est pour ça que j'ai l'air en bonne santé.

– Oui. C'est vrai. Je sais.

– Bois ton café, répéta-t-elle.

Benjamin jeta un coup d'œil sur le séjour.

– C'est marrant, ce coin où tu vis.

Zoé l'observait, souriant légèrement, mais sur ses gardes. Il avait toujours été secret. Elle aussi, bien sûr. Mais, en plus, Benjamin se montrait imprévisible parce qu'il n'avait absolument aucune discipline.

– Tu te plais ici, hein ? Dans cette drôle de bicoque coincée contre les rochers dans ce drôle de patelin.

– Si je ne me plaisais pas ici, Benjamin, je n'y serais pas.

– Ça doit être sympa de savoir exactement ce qu'on veut, dit-il.

Son visage, elle le remarqua, était vide d'expression. Elle s'était attendue à quelque chose de cruel, ou de fourbe, mais non, rien de ce genre. Elle commença à se détendre. Peut-être qu'elle n'aurait pas à se bagarrer. Peut-être qu'un « non » bien ferme suffirait.

– Et de pouvoir se l'offrir, continua-t-il. Ça doit être sympa. Et naturellement de le garder. Encore plus sympa.

– Oui, c'est vrai, dit Zoé.

Elle songeait déjà à ce qu'elle avait envie de se faire pour le déjeuner.

Benjamin se cala contre le dossier du fauteuil et saisit sa tasse de café. Il croisa les jambes.

– C'est une affaire très sérieuse qui m'amène, Zoé, dit-il.

Elle attendit.

– Tu ne veux même pas savoir ?

Comme elle ne répondait rien, il poussa un soupir et secoua la tête d'un air découragé.

– C'est que j'oublie, vois-tu, à quel point tu as des réactions bizarres.

Elle tourna légèrement la tête, si bien qu'elle lui faisait

exactement face, et le fixa droit dans les yeux. Il cilla.

– Je crains qu'il ne soit temps que tu t'en ailles, Benjamin.

Il la regarda de nouveau, avec un air si sombre et si plein de défi qu'elle éprouva un brin d'appréhension.

– Tout de suite, dit-elle. Sinon, tu vas rater le prochain ferry.

Benjamin regarda la terrasse dallée, de l'autre côté de la grande baie vitrée.

– Mon Dieu, dit-il d'un ton las, il n'est pas question que je prenne le ferry. Nous avons bien trop de choses à nous dire.

– Nous n'avons rien à nous dire, lui rétorqua Zoé.

Brusquement, elle pensa à son père. Cela lui arrivait de temps à autre : un sentiment de compassion déconcertant et éphémère pour l'un de ses parents lui traversait brièvement l'esprit, étranger et superflu.

– « Nous parlerons de souliers, de sardiniers et de cire à cacheter… », récita Benjamin. (Il rejeta la tête en arrière et ferma les yeux.) Nous parlerons de mort. Et de journaux intimes. Voilà de quoi nous parlerons.

Il rouvrit les yeux et la dévisagea.

– Et puis tu as raison, Zoé, d'argent. Evidemment.

4

Zoé sut très tôt dans la vie qu'elle n'était pas comme les autres. Cela ne la troubla que brièvement. Ensuite, toutes sortes de choses devinrent claires.

Elle apprit très tôt aussi qu'elle devait faire attention à ne pas avoir l'air différente des autres si elle voulait vivre sa vie avec un minimum de problèmes.

Sans doute n'était-elle pas, sûrement pas, la seule personne au monde à ne pas être comme les autres ; mais elle ne connaissait qu'elle dans ce cas.

Zoé finit par se créer une personne pour le monde extérieur ; autrement, elle aurait passé son temps à avoir des ennuis.

Et, pour cette personne, elle définit des règles, ce qui lui permit de se sentir nettement plus en sécurité. Quand elle avait des ennuis, elle savait que cela lui arrivait parce qu'elle n'avait pas observé une de ces règles.

Avant de se créer cette personne pour le monde extérieur, Zoé avait l'impression de ne pas pouvoir dire ou faire grand-chose sans contrarier les gens. Ou pire.

Cela l'énervait et la tracassait, dans les premières années de sa vie, de se rendre compte que tout le monde vivait autrement qu'elle. Elle se dit qu'elle devait essayer de comprendre plus ou moins cette différence.

Elle apprit à le faire en mettant les choses par écrit.

La première fois, c'était pour l'école. En dixième, on avait demandé aux élèves d'écrire ce qu'ils avaient fait pendant les vacances. Zoé remit ce devoir au lendemain, et encore au lendemain, refusant de le faire, ne sachant même pas comment s'y prendre. Mais tous les jours la maîtresse s'en souvenait. Tous les jours elle réclamait à Zoé son récit de vacances. Finalement, exaspérée, Zoé avait demandé à sa mère de l'aider.

Elles s'étaient installées ensemble un soir, après le dîner. Zoé avait pris du papier et un crayon.

– Raconte-moi quelque chose que tu as fait pendant tes vacances qui t'a vraiment plu, lui demanda sa mère.

Zoé réfléchit. Elle avait bien aimé se glisser en catimini dans la cave des Nelson, les voisins, et fouiller dans une vieille malle qu'elle avait trouvée là. Au bout d'un instant, elle haussa les épaules.

– Et quand nous avons pris le train pour aller à Banff ? suggéra sa mère.

– J'ai bien aimé la piscine, dit Zoé en y repensant. Parce qu'il faisait chaud dans l'eau, mais l'air était frais.

– Tu pourrais raconter ça.

– Il n'y a pas grand-chose à en dire, remarqua Zoé, dubitative.

– Je ne pense pas que Mlle Warren veuille que tu en écrives des tartines. Peut-être juste de quoi remplir une page. Tu pourrais parler du voyage en train, et, après, des sources thermales.

– Mais j'écrirais quoi, sur le voyage en train ?

– Voyons, que te rappelles-tu ?

– Je me rappelle que je regardais la nuit par la fenêtre. Il y avait des fois où je ne voyais pas de lumières du tout. Je me suis dit que toutes les ampoules électriques, dans le monde entier, avaient grillé en même temps.

Elle jeta un coup d'œil à sa mère et vit que celle-ci souriait.

– Tu vois bien! s'écria la mère de Zoé. Tu as des tas de choses à dire.

Zoé écrivit donc ce genre de choses, et Mlle Warren dit que ce qu'elle avait écrit était très bien.

Zoé réfléchit beaucoup sur ce point. Longtemps.

Elle se dit que tout irait comme sur des roulettes si elle montrait aux gens de tout petits morceaux de ce qu'elle pensait ou ressentait. Mais que l'important, c'était de choisir les bons.

Elle se mit à écrire des choses pour elle-même. D'abord sur des bouts de papier, au hasard ; juste pour voir.

Un exemple : est-ce que c'était bien de dire ce qu'elle pensait de Benjamin? se demandait-elle sur le papier.

Ces choses, elle les dit, à sa mère.

Sa mère se mit dans une colère terrible, la gronda d'une voix qui perçait les oreilles et sortit en trombe de la pièce.

Zoé dit alors les mêmes choses à son père. L'espace d'un instant, la figure de son père parut dégringoler. Puis il se pencha jusqu'à ce que ses bras s'appuient sur ses genoux et resta là, à regarder le tapis.

– C'est tout à fait normal que tu sois en colère contre ton frère, dit-il. Ça lui arrive aussi de s'énerver contre toi.

Il ajouta encore un tas d'autres considérations, mais Zoé n'écoutait plus. Il y avait beaucoup de choses que les gens n'aimaient pas entendre. Quand vous les disiez, ils faisaient comme si vous ne pensiez pas ce que vous disiez ; ou bien ils essayaient de vous convaincre que vous ne le pensiez plus ; ou alors ils entraient dans une colère noire. C'était ennuyeux comme la pluie et, quand vous les rendiez fous de rage, vous risquiez qu'on vous crie après, voire de prendre une gifle.

Finalement, Zoé mit son argent de poche dans l'achat d'un cahier de brouillon, d'un carnet intime où elle pouvait dire ce que les autres ne voulaient pas entendre. Et peu à peu, à l'aide de ce cahier, elle démêla ses idées.

Quand elle était petite et qu'elle voyait quelque chose dont elle avait très envie, elle le prenait, tout simplement, même si l'objet appartenait à quelqu'un d'autre. Mais cela déclenchait toujours des hurlements et on la punissait. Elle avait donc établi une règle à ce sujet : Ne rien voler sauf si on est sûr que personne ne va trouver qui c'est.

Quand les gens lui posaient des questions, elle avait l'habitude de dire ce qui lui passait par la tête. Très souvent c'étaient des inventions. Cela aussi lui attirait des ennuis. Alors elle écrivit sur le cahier de brouillon : Ne rien dire sur rien sauf si on est obligé, et puis essayer d'en dire juste un tout petit bout, et au moins un peu qui soit vrai.

Lorsque quelque chose la mettait en colère, elle attaquait, que ce fût une personne ou n'importe quoi, parce que, comme cela, sa colère s'usait. Elle détestait être en colère. Cela lui faisait une impression de chaud, de crispé, qui la rendait très mal à l'aise. Mais taper, semblait-il, était encore pire que voler ; surtout quand elle cassait des objets. Si bien qu'une de ses règles stipulait : Quand on se fâche, s'en aller pour que personne ne vous voie et taper sur des choses qui ne se cassent pas. Et, si la colère ne veut toujours pas lâcher, trouver un moyen d'en faire voir de toutes les couleurs à la fille ou au garçon contre qui on est en colère sans que personne sache qu'on est responsable.

Ainsi inventa-t-elle, pour le monde extérieur, une Zoé qui était capable de vivre en suivant ces règles. Zoé Deux.

Zoé Un vivait en sécurité dans sa tête et ne se montrait que lorsqu'elle était seule. Elle ne parlait tout haut que dans ses cahiers.

5

– Il y a une bagnole garée devant chez la Strachan, annonça Sandy McAllister en jetant le courrier du jour sur le comptoir.

La quarantaine, c'était un petit homme sec et nerveux, qui arborait d'un bout à l'autre de l'année l'uniforme d'été des facteurs – short style armée des Indes et chaussettes jusqu'aux genoux. Ce jour-là, il avait aussi endossé la pèlerine d'hiver, dotée d'une capuche et imperméable.

– Et alors ? rétorqua Isabella Harbud depuis son bureau.

– Je lui ai porté des lettres aujourd'hui.

Il se pencha sur le comptoir pour mieux voir Isabella à sa machine à écrire.

– C'est votre boulot, non ?

– Pas croyable ce que vous foncez sur ce truc-là, s'extasia-t-il en se grattant le dos du mollet avec le dessus de son autre pied. Y a pas grand monde dans le coin et, le plus souvent, les gens reçoivent pas de courrier. Si bien qu'on finit par se poser des questions.

– Vous voulez que je vous dise, monsieur Sandy McAllister ? Vous feriez mieux de vous occuper de ce qui vous regarde.

Elle arracha la feuille du rouleau de la machine et l'inspecta d'un œil critique.

– Et superchouette, la bagnole. Elle a pas beaucoup de visites, cette nana, ça je vous le garantis !

D'un coup d'épaule, Sandy remonta sa sacoche.

– Arrêtez donc de parler des gens et occupez-vous donc de votre boulot, dit Isabella.

Elle abattit sa missive sur le haut d'une pile de lettres prêtes à partir et inséra une autre feuille dans le chariot.

Sandy haussa les épaules, blessé.

– Je voulais juste causer un peu. Vous avez le temps de boire un café ?

Isabella lui adressa un regard réprobateur.

– Evidemment que non ! Que penserait le patron si je lâchais mon travail pour un café, comme vous et vos petits copains ?

– Ouh, ça, pour sûr qu'y'râlerait !

Il lui expédia un clin d'œil et partit en direction de la porte.

Une petite femme effarouchée jaillit comme une flèche du couloir qui donnait dans la salle d'accueil. Elle fit un vigoureux signe de tête à l'intention d'Isabella et fonça dehors, avec une longueur d'avance sur le facteur. Isabella la suivit du regard et poussa un soupir. Elle jeta un coup d'œil hésitant par-dessus le comptoir vers la femme qui attendait dans la partie réservée aux visiteurs.

– Au suivant ! lança-t-elle en se levant.

Le brigadier Karl Alberg, du détachement de la police montée canadienne de Sechelt, étudiait une liste posée sur son bureau devant lui. Il saisit un stylo-bille et barra avec application le nom qui figurait en tête.

– Entrez ! dit-il quand Isabella frappa à la porte.

Sans un regard pour Alberg, celle-ci poussa la candidate à l'intérieur et fila aussi sec.

Alberg dévisagea la femme qui s'était plantée d'un air résolu au milieu de la pièce. La belle mesurait bien cinq pieds un pouce, faisait plus du quintal et avait le cheveu rare.

– Bon, lâcha-t-il enfin, un œil sur sa liste. Madame... Stratidakis, c'est ça ?

– C'est un nom grec parfaitement respectable.

– Grec. Oui, c'est bien ce que je pensais. Parlez-moi donc de vous, madame Stratidakis.

– J'ai élevé huit gamins, j'ai veillé à ce qu'ils manquent jamais de rien, et mon mari non plus.

Ses petits yeux noirs, inquiets, firent le tour du bureau.

– J'ai jamais mis les pieds dans un commissariat de ma vie, reprit-elle. Je suis une femme honnête.

– Vous faites la cuisine ? Ou seulement le ménage ?

– La cuisine, je la fais plus pour personne maintenant, juste pour mon mari et moi. Et c'est pas aujourd'hui que je vais m'y remettre, ça non !

Alberg remarqua que les rares cheveux qui lui restaient se cramponnaient à son cuir chevelu en touffes éparses qui faisaient plutôt songer à des plumes.

– Et je vous prendrai cher, ajouta-t-elle d'un air maussade. Venir tous les jours dans un commissariat !

– Ce n'est pas pour mon bureau que je cherche quelqu'un, dit-il. C'est pour chez moi. A Gibsons.

Gibsons Landing est une agglomération située à une vingtaine de miles au sud de Sechelt.

Elle le fixà d'un air intrigué.

– Vous avez pas de dame, hein ?

Elle transpirait beaucoup.

– Je suis divorcé, dit Alberg.

Une expression méfiante assombrit aussitôt le visage de la femme. On arrête les frais, se dit Alberg. Il se leva.

– Je ne vais pas vous retenir plus longtemps, madame Stratidakis. Merci d'être passée. Isabella vous tiendra au courant.

Il referma la porte derrière elle, compta jusqu'à trente, la rouvrit et tonna :

– Isabella !

Lorsque celle-ci se manifesta enfin, il lui demanda :

– Qu'est-ce qui est arrivé à la tête de cette bonne femme ?

– Je ne la connais pas personnellement, lui répondit-elle. A ce qu'on m'a dit, elle est travailleuse.

– Elle n'aime pas les policiers, constata-t-il d'un ton morne. Et elle a une dent contre les divorcés.

– C'est mon mari qui me l'a indiquée. Il a soigné son fils.

Le mari d'Isabella était chiropracteur.

– Isabella, promettez-moi de ne plus m'amener de candidate avant de l'avoir vous-même examinée avec vos beaux yeux d'or.

Il froissa sa liste en boule et l'expédia dans la corbeille.

– Comptez sur moi, fit-elle.

Puis elle lui tendit solennellement un message d'appel téléphonique. Elle renfila quelques mèches égarées de ses longs cheveux auburn dans la torsade négligemment enroulée sur sa nuque.

– J'ai entendu dire qu'elle était de retour, ajouta-t-elle avec un petit signe de tête entendu.

Elle sortit en souplesse du bureau.

Alberg saisit le téléphone et composa le numéro de la bibliothèque.

– Vous êtes là ! s'écria-t-il quand Cassandra Mitchell décrocha. Bon Dieu ! Ce n'est pas trop tôt !

– Comment allez-vous, Karl ?

– Nettement mieux qu'il y a deux minutes. Comment était l'Angleterre ?

– Somptueuse ! Géniale ! Mais je suis contente d'être rentrée. J'ai l'impression d'être partie depuis des années !

– Mais c'est vrai… depuis des années.

En réalité, elle n'était restée absente que quatre mois, mais qui avaient paru des siècles à Alberg.

– Quand est-ce que je vous vois ?

Cassandra paraissait infiniment désirable au téléphone.

– Que diriez-vous de ce soir ?

– Ce soir, il faut que je passe voir Maman. Mais je me demandais si ça vous plairait que nous déjeunions ensemble ?

La porte du bureau s'ouvrit. Livide, Isabella se tenait sur le seuil et se tordait les mains.

– Et comment ! A déjeuner. Magnifique.

– Karl… fit Isabella.

Jamais elle ne l'appelait Karl.

– On m'attend, Cassandra. Je vous retrouve à midi. (Il raccrocha.) Que se passe-t-il ?

Il alla rapidement vers elle, pensant à des accidents de voitures, et au fils de dix-sept ans qu'elle avait.

Mais ce n'était pas ça.

C'était Ramona Orlitzki.

6

Sechelt n'avait pas d'établissement pour accueillir les personnes âgées incapables de vivre seules. On leur avait donc dévolu le dernier étage de l'hôpital. Et c'était là qu'avait échoué Ramona Orlitzki.

Elle était âgée d'environ soixante-quinze ans et, grande et mince, avait le cheveu coupé très court et des gestes vifs.

Son mari, Anton, étant mort en 1980, elle avait vécu plusieurs années seule, heureuse, dans un cottage du bord de mer. L'endroit était glacial les mauvais jours d'hiver, mais ceux-ci n'étaient pas trop nombreux, et puis elle avait un bon radiateur sur lequel elle pouvait toujours compter.

Ramona était une lectrice impénitente. Elle montrait un goût prononcé pour les livres comportant de bonnes histoires de cul, robustes, salaces, et demandait à Cassandra Mitchell, la bibliothécaire, de garder un œil sur le genre de choses qu'elle savait lui plaire.

Lorsqu'on s'enquérait de sa santé, elle déclarait volontiers qu'à son âge elle pouvait s'attendre à tout sauf à une grossesse ; après quoi elle éclatait de rire, le visage convulsé, incapable de respirer, n'émettant pas vraiment un rire mais des soufflements de phoque ; souriants mais inquiets, les gens l'observaient et se sentaient nettement soulagés lorsque, enfin, elle reprenait ses esprits, essuyait ses larmes d'hilarité et leur adressait un clin d'œil. Elle portait plusieurs épaisseurs de vêtements, toute l'année, manie qu'elle avait en commun avec sa vieille copine, Isabella Harbud.

L'époux de Ramona, Anton, était un homme délicieux – la ville en convenait – mais d'une timidité dramatique, et, lorsque Ramona et lui s'étaient installés à Sechelt pour leur retraite, il s'était tapi dans son trou et avait refusé, avec une politesse exquise, de s'en extraire, sauf en cas de nécessité absolue.

Ramona escomptait que la retraite le ferait sortir de sa coquille, mais elle avait vite compris la vanité de ses espoirs. Il ne voulait jamais faire une partie de bowling, ni aller au cinéma, ni même au restaurant au bout de la rue pour manger un morceau.

Anton disait qu'il ne reprochait pas à Ramona de sortir, mais elle savait qu'au tréfonds de son cœur il était blessé ; il avait pensé qu'avec la retraite Ramona aurait l'âme plus ménagère, exactement comme elle avait elle-même espéré qu'il prendrait goût à sortir.

Au début, elle était restée à la maison. Elle aimait Anton, c'était incontestable ; après tout, elle avait vécu avec lui tous les jours que Dieu avait faits pendant cinquante ans, et si ce n'était pas de l'amour, alors c'était quoi ? disait-elle avec un petit haussement d'épaules. Mais elle commença à être excédée de ne pas bouger. « C'est simple, je ronge mon frein », confia-t-elle à Isabella ; et puis un jour Anton tomba malade et, pfuitt ! en moins de temps qu'il ne faut pour le dire, le pauvre homme avait trépassé.

Et Ramona s'aperçut qu'elle avait plus d'amis qu'elle ne l'aurait cru ; une découverte qui, plus que le chagrin, l'émouvait aux larmes. Tout le monde vint à la rescousse, ses amis et ses voisins. Lui apportant de quoi s'alimenter, comme on le fait toujours quand survient un décès. L'invitant à s'installer chez eux, le temps que le plus dur soit passé. Passant la prendre pour l'emmener à l'église, et tout et tout.

Pendant les quelques années qui suivirent, Ramona vécut

ce qu'elle-même appelait une vie divine. Elle s'occupait de son jardin, faisait des balades, passait du temps avec ses amis, s'acquittait des corvées domestiques – la lessive, les plantes à arroser, les listes de courses à faire, les factures à payer, ce genre de choses.

Chaque semaine elle mettait un mot à ses enfants et, tous les deux ou trois mois, rédigeait sa contribution à la « lettre familiale » qui tournait entre ses cinq frères, ses deux sœurs et elle-même. Elle adhéra au club des retraités du troisième âge et alla au bowling, et encore aux soirées dansantes et à la chorale, et prit part aux expéditions en car à Reno qu'on organisait deux fois par an. Elle se mit à s'occuper de ses cheveux : une coupe courte et bouclée, une permanente quatre fois par an à date fixe ; réglé comme du papier à musique. Elle se découvrit une tendresse pour le gin. Elle faisait de menus travaux à la bibliothèque pour Cassandra, en bénévole, et instillait la crainte du Seigneur chez les lecteurs désinvoltes qui, ne pensant qu'à eux, ne se donnaient jamais la peine de rapporter les livres en temps voulu. Elle déjeunait tous les mercredis avec Isabella et à l'occasion allait à la pêche aux clams avec son amie Rosie, qui habitait quatre numéros plus loin. Tous les ans, à l'été, un de ses enfants passait la voir ; Horace et sa femme, Ella, qui arrivaient de Cache Creek, ou Martha et son mari, Jérôme, qui habitaient à Regina. Plus les petits-enfants, deux dans chaque ménage. Ramona n'était pas franchement gâteuse de ses petits-enfants.

Toujours est-il qu'elle était devenue une personnalité et que ses nombreux amis et relations furent sincèrement peinés lorsqu'il s'avéra que quelque chose ne tournait pas rond dans les intérieurs de Ramona. On l'opéra, les gens allant en foule la voir à l'hôpital, les bras chargés de fleurs et de fruits ; sachant qu'elle appréciait un petit verre ou deux le soir, ils lui apportèrent aussi, en douce, des mignonnettes de gin, le genre qu'on vous sert en avion ou qu'on vous vend pour garnir les bas de Noël.

Finalement, Ramona fut suffisamment rétablie pour rentrer chez elle d'un pas chancelant. L'équipe des AR (Auto-Resto) lui apporta ses repas à sa porte, les autres bénévoles de la communauté se chargeant de ses courses, s'occupant de sa lessive et donnant un coup de balai à ses parquets. Mais on découvrit que l'opération n'avait pas résolu le problème, et Ramona dut remettre ça une deuxième fois, puis une troisième. Quand ce fut terminé, elle avait, comme elle le déclara à Isabella, « près d'un demi-mile de tuyauterie synthétique à l'intérieur du corps et, par là-dessus, une faiblesse pesante qui ne veut pas lâcher, malgré toutes les vitamines dont je me bourre ».

Et son esprit se mit à battre la campagne et elle le comprit. Elle commençait à raconter quelque chose à Isabella, une nouvelle qu'elle avait reçue dans sa « lettre familiale », et puis elle s'arrêtait et lui demandait : « Est-ce que je te l'ai pas déjà dit ? »

Elle aimait s'installer dans son rocking-chair, près de la fenêtre de son salon grand comme un mouchoir de poche. Elle contemplait le jardin et, plus loin, la mer et les Trail Islands, la baie peu profonde dont la courbe filait sur la droite, et le promontoire de la pointe ouest, là où l'on voyait les lumières de la maison de chez la Strachan. Quand Ramona restait assise dans le noir à regarder la nuit, la maison de la Strachan donnait l'impression d'être un bateau au large, tant elle paraissait éloignée des autres lumières.

Parfois Ramona se levait, s'extirpant de son rocking-chair et se cramponnant au fauteuil-relax installé à côté : c'était là qu'Anton avait aimé s'asseoir pour feuilleter le journal, levant la tête de temps à autre pour observer l'océan et le ciel. Elle l'avait souvent vu sourire de plaisir ; cela la consolait de savoir que le brave homme était mort heureux ; elle avait été une bonne épouse, puis à son tour elle s'était mise à profiter de la vie ; elle avait caracolé pendant les quelques années qui avaient suivi avec l'entrain d'une pouliche, oh que oui ! n'en déplaise au Seigneur…

Et voilà maintenant à quoi elle en était réduite : à s'extraire péniblement de son fauteuil pour aller à la cuisine, et jeter ensuite un regard déconcerté autour d'elle en se demandant ce qu'elle pouvait bien fabriquer là.

Il se passait des choses bizarres. Une fois, par exemple, elle n'avait pas reconnu le papier de sa chambre à coucher : Je viendrais de la retapisser ? s'était-elle demandé, et elle s'était approchée du mur pour en avoir le cœur net, mais non, le papier était usé et passé par endroits ; et, quand elle avait écarté un tableau pour regarder derrière, elle avait vu que le papier était beaucoup plus lumineux à l'endroit protégé de la lumière. Ensuite, bien entendu, impossible de se rappeler pourquoi diable elle inspectait de si près la tapisserie.

Un grand cercle, elle décrivait lentement un grand cercle, ne réussissait pas à s'en échapper ; il n'arrêtait pas de se modifier mais c'était le même cercle, elle le savait.

Le soir, elle s'installait au calme dans son rocking-chair et contemplait le paysage ou regardait la télévision et buvait doucement son gin. En général, elle comprenait ce qu'elle voyait à la télévision, et, avec le temps, celle-ci lui devint une compagnie plus réconfortante que la présence physique des gens ; la télé ne changeait pas tellement d'un jour à l'autre, mais tout de même ; si bien que si elle ne se sentait pas dépaysée, c'était tant mieux, et que s'il lui arrivait de ne rien reconnaître, ce n'était pas trop grave ; cela ne signifiait pas nécessairement qu'elle ne se souvenait plus de rien. Mais les gens en chair et en os… ils la regardaient souvent avec pitié à présent, et l'humiliation lui enflammait brutalement la nuque et le visage, elle se sentait nue et vulnérable et, alors, elle devenait hargneuse. Lorsque les visiteurs repartaient, elle était soulagée, mais très abattue aussi. Elle savait qu'elle s'était montrée peu courtoise, qu'elle n'avait pas pu s'en empêcher, et elle mourait de honte en y repensant.

Finalement, son médecin, Alex Gillingham, vint la voir et la chapitra comme une gamine.

– Il faut que vous alliez vivre à l'hôpital, lui dit-il carrément. Ce ne sont pas les occupations qui vous manqueront ! Pourquoi n'apprendriez-vous pas à tricoter aux pensionnaires qui ne savent pas ? Vous pourrez prendre l'air au jardin ou aller à la bibliothèque si le cœur vous en dit. Bon sang, Ramona, ce n'est tout de même pas une prison !

Bref, expliqua-t-elle à Isabella, il avait continué à déblatérer sur ce ton, et, franchement, elle n'avait pas le choix. Et peut-être bien qu'en secret, peut-être, elle se sentit un peu soulagée, au début. L'idée d'oublier certaines choses la terrifiait, éteindre la cuisinière par exemple.

Lorsqu'il lui fallut rapporter ça noir sur blanc dans la « lettre familiale », du seul fait de raconter à ses frères et sœurs ce qui lui arrivait, elle se mit à pleurer. Les larmes inondèrent la page, l'arrêtant net. Elle froissa cette fichue feuille et recommença à zéro, essaya de faire contre mauvaise fortune bon cœur, alors que la situation ne méritait guère un tel effort. Cela ne servait à rien de les inquiéter ; ils habitaient trop loin pour pouvoir faire quelque chose d'utile.

Elle écrivit aussi à ses enfants, bien qu'elle sût que la nouvelle ne les surprendrait pas. Cela faisait déjà deux ou trois ans qu'ils la tarabustaient pour qu'elle aille en maison de retraite. Elle avait bien remarqué – elle n'était pas complètement gâteuse – que pas un seul n'avait ouvert la bouche pour lui demander si elle ne préférait pas aller vivre chez eux. N'importe comment, elle n'aurait jamais voulu s'expatrier à Cache Creek ou à Regina ; il y faisait plus froid qu'en Sibérie et, hormis ses sinistres rejetons, elle n'y connaissait pas une âme.

Horace supposait sans doute qu'elle allait vendre la maison ? Ramona ne voulut pas en entendre parler.

– Rien ne dit que c'est définitif, déclara-t-elle d'un ton ferme. Je serai peut-être de retour en moins de deux ; en attendant, je vais la louer.

Ce qu'elle fit.

Pendant un moment, après qu'elle se fut installée à l'hôpital, ses amis crurent qu'elle reprenait le dessus.

Isabella passait souvent la voir, Rosie aussi ; Cassandra fit un saut avant de partir pour l'Angleterre ; et toutes repartaient soulagées. Ramona semblait plus gaie, plus sûre d'elle, plus semblable à celle qu'on avait toujours connue.

Plusieurs mois passèrent.

Et puis Ramona commença à se plaindre au docteur Gillingham de la façon dont on la traitait. Il n'y avait jamais personne de disponible pour l'emmener quelque part, ronchonnait-elle. Cela faisait six mois qu'elle n'avait pas mis les pieds chez le coiffeur, elle était affreuse et personne ne voulait l'y conduire.

– Que me chantez-vous là ? Vous avez des quantités d'amis qui ne demandent qu'à vous emmener là où vous voulez ! s'écria le médecin.

– Je n'ai pas le droit de leur infliger ce genre de corvée, lui rétorqua-t-elle avec irritation. C'est à une des infirmières de le faire.

Il essaya de la raisonner, mais les mains de Ramona voletèrent devant le visage du médecin, écartant prestement ses arguments.

– Ça fait partie de leur travail, insista-t-elle.

Elle avait d'autres doléances. Sa chambre donnait sur le toit de l'aile adjacente ; elle n'avait aucune vue. Il faisait trop froid pour rester au jardin ou aller se promener, et puis ces gourdes d'infirmières tiendraient d'abord à l'asseoir dans leur satané fauteuil roulant, si, si, comme je vous dis !

– Et pour couronner le tout, conclut-elle avec amertume, on m'empêche d'avoir du gin ici.

Voilà où se situait, semblait-il, le nœud du problème.

Les infirmières ne voulurent rien entendre. Pas question de laisser Ramona s'imbiber de gin.

Il est difficile de savoir dans quelle mesure les deux choses étaient liées, mais le fait est que l'infirmière qui vint la rappeler à l'ordre pour le petit déjeuner, ce mercredi matin de janvier, trouva le lit vide. Ramona s'était envolée.

7

Benjamin n'avait eu qu'une seule fois l'audace de se présenter à la porte de Zoé sans y avoir été convié.

La chose s'était passée un jour d'été, il y avait plus de sept ans. Zoé venait d'emménager. Elle ne s'était pas encore faite à la maison ; les meubles attendaient de trouver leur place définitive et elle n'avait toujours pas installé son atelier. Même le doute s'était mis de la partie et elle se demandait si elle avait eu raison d'acheter du terrain et de faire construire. Le jour où Benjamin s'était manifesté, elle déballait des cartons dans la cuisine tout en se faisant intérieurement la leçon : elle n'avait qu'à avoir la force de ses convictions, et puis, si pour une raison ou une autre ça ne marchait pas, rien de l'empêchait de déménager.

Oui, mais c'est qu'elle ne voulait surtout pas déménager. Pas encore une fois.

Les deux portes-fenêtres qui donnaient sur la terrasse étaient grandes ouvertes, ainsi que la porte d'entrée, afin de laisser le petit vent d'été entrer un bon coup et rafraîchir toute la maison. Zoé était en short, T-shirt et tennis.

Avant toute chose, ce matin-là, elle avait pris la voiture pour aller à Sechelt, au supermarché du petit centre commercial, acheter un seau, un peu d'Ajax, plusieurs rouleaux d'essuie-tout, deux éponges, du papier blanc sans fioritures pour les étagères et deux serviettes de table ordinaires qu'elle déchira pour en faire des chiffons.

Elle avait récuré jusque dans les coins le plan de travail des meubles de cuisine, et aussi les placards. Ils étaient déjà impeccables puisque la maison était neuve, mais Zoé leur passa un coup de chiffon et posa ensuite le papier sur les étagères. Le réfrigérateur, la cuisinière et le lave-vaisselle étaient neufs eux aussi et n'avaient pas besoin d'être nettoyés, mais elle les nettoya tout de même.

Vers midi, elle se prépara une tasse de thé et mit une boîte de soupe à chauffer. Elle s'assit à la table de la cuisine pour déjeuner ; tout en mangeant, elle entendait le bruit de la mer qui pénétrait par les portes et les fenêtres ouvertes, et il n'y avait aucun autre bruit. Zoé commença à se sentir de nouveau en confiance. Elle avait sa forteresse, en quelque sorte. Une maison aux murs pleins, trapue, à l'extrémité d'un promontoire, qui regardait la mer et tournait le dos au reste du monde. Et les proportions lui convenaient : une chambre avec deux placards, ce qui lui laissait largement de quoi ranger ce qu'elle appelait ses déguisements, un bureau où faire ses comptes, une lingerie et un séjour ; et, au sous-sol, toute la place qu'on voulait pour installer un atelier et stocker les provisions et le matériel. L'atelier serait réservé à ses travaux de bricolage. C'était le seul passe-temps de Zoé. Elle avait constaté que le fait de rendre à de bons meubles leur beauté d'origine constituait une activité propice à la paix de l'âme. Oh oui ! songea-t-elle avec satisfaction, elle allait pleinement profiter de cette maison et se sentirait totalement en sécurité dans la première maison neuve, immaculée, dans laquelle elle eût jamais vécu.

Elle termina son potage, rinça le bol et le rangea. Le reste, dans une petite casserole, alla dans le réfrigérateur. Elle versa la fin du thé dans sa tasse, lava la théière, la rangea elle aussi, et s'apprêta à ouvrir un nouveau carton.

Et c'est alors que, il y avait sept ans de cela, la sonnette avait tinté et qu'elle avait entendu Benjamin lui crier :

– Je peux entrer ?

Penchée sur son carton, Zoé se figea.

Comment était-il arrivé jusqu'à sa porte, ouverte en grand, sans qu'elle eût entendu sa voiture sur le gravier ? Sa vigilance avait été prise en défaut ; pas plus d'une seconde – mais une seconde de trop.

Elle se redressa, tourna sur elle-même, sortit de la cuisine et prit le couloir conduisant à l'entrée.

Elle examina son frère.

– Qui t'a donné mon adresse ?

– L'avocat. Tu n'as pas dû lui dire que c'était censé rester secret.

– Ce n'est pas censé rester secret. Mais je n'aime pas les intrus. Qu'est-ce que tu veux ?

Il lui tendit une bouteille de vin.

– Pour pendre la crémaillère, fit-il en souriant.

– Tu ne mettras pas les pieds ici.

Zoé leva la main, la mit sur la poitrine de son frère et le poussa dehors, doucement.

– Ici, c'est chez moi.

Benjamin se pencha pour poser sa bouteille de vin dans l'ouverture de la porte.

– D'accord. (Il se redressa de toute sa hauteur.) Comme tu veux. (Il recula de deux pas, s'écartant de la maison.) Mais j'ai à te parler.

Elle secoua la tête.

– Non. Inutile. Tu le sais très bien, Benjamin. Tu sais très bien que je ne te donnerai pas un *cent*. Va-t-en.

– Zoé, s'il te plaît, reprit-il sans se troubler. Je te demande juste de m'écouter. Je veux te parler des mines de Great North.

Zoé le regarda, l'air à peine plus intéressé.

– Fais le tour, dit-elle au bout d'un instant. Il y a une terrasse.

Elle poussa la porte, mit le verrou et gagna sa chambre. Là, elle ferma la porte-fenêtre, puis alla dans son bureau et franchit une autre porte-fenêtre donnant sur la terrasse, qu'elle referma derrière elle.

Benjamin contemplait la mer au-dessus des éboulis qui servaient de coupe-vent.

– Tu voulais parler de la société, lui rappela Zoé en s'appuyant contre l'angle de la maison.

Il se tourna pour lui faire face.

– Ça commence à aller un peu mieux pour moi, dit-il. J'ai eu l'impression de partir en morceaux quand Laura a demandé le divorce.

Zoé attendit.

– J'ai perdu mon boulot, bouffé presque toutes mes économies, reprit Benjamin. Bon, tout ça, tu connais. Mais je n'ai jamais vendu mes parts de Great North, ajouta-t-il. Je m'y suis cramponné contre vents et marées.

– Et maintenant ? demanda-t-elle d'un ton sec.

– Je me suis remarié, dit-il.

Elle l'observa avec plus d'attention. Il s'était remplumé depuis la dernière fois qu'elle l'avait vu. Il portait des vêtements propres et bien repassés – un pantalon d'été, une chemisette à manches courtes. Il semblait reposé.

– Elle a de l'argent ?

Il eut un petit sourire.

– Eh oui, fit-il. Il se trouve qu'elle en a.

– Elle en a, elle, ou sa famille ?

– Les deux. J'allais y venir. Si seulement tu pouvais être moins agressive ! fit Benjamin en soupirant. Elle a hérité. Mais elle a fait fructifier son héritage. Elle a du nez.

– Et quel rapport avec Great North ?

Le mobilier de jardin neuf était plié contre la maison. Benjamin y jeta un coup d'œil.

– Vois-tu un inconvénient à ce que je nous installe de quoi nous asseoir ?

– Je t'en prie, dit-elle.

– Et j'ai trouvé du travail, ajouta-t-il en dépliant deux sièges.

– Tant mieux.

Il s'assit et étira ses jambes.

– J'aimerais donner à Lorraine quelques bricoles à investir pour moi, reprit-il. Comme je te le disais, elle a beaucoup de nez. Tu ne t'assieds pas ?

Zoé lui lança un regard circonspect et attendit la suite.

Benjamin se massa la nuque.

– D'accord, d'accord. Que dirais-tu de me prêter un peu de fric ? lâcha-t-il enfin.

Zoé se mit à rire.

– Je te filerai mes parts de Great North comme garantie.

Il se pencha en avant, un air de sérieux largement étalé sur son visage.

– Et tu sais à quel point je tiens à ce portefeuille. Mais je serai en mesure de te rembourser en un rien de temps. Intérêts et principal.

– Great North cote au plus bas.

– C'est juste une question de temps. Ça va doubler de valeur dans les dix prochaines années.

– Alors pourquoi courir le risque de t'en défaire ?

– Ce n'est pas un risque, je te l'ai dit. En quelques mois, je te rembourse. J'ai vu Lorraine à l'œuvre. Elle est maligne comme tout, Zoé. Tu pourrais d'ailleurs lui demander des tuyaux.

– Je me débrouille très bien toute seule.

– Bon, alors, quelle est ta réponse ?

Elle fit non de la tête.

– Mais bon Dieu, Zoé…

– Demande un prêt à ta banque.

– Je ne peux pas, répondit-il d'un air maussade.

– Tiens donc ! Tu t'en es déjà servi comme caution ?

– Absolument pas ! lui renvoya-t-il, exaspéré.

Il se leva et se mit à arpenter la terrasse, les mains dans les poches.

– Si tu me demandes de l'argent à moi, dit-elle, c'est que

personne n'accepte de te prêter quoi que ce soit malgré toutes les garanties que tu peux trouver. En fait, tu es endetté jusqu'aux yeux. (Benjamin la fusilla du regard.) Je ne te prête pas d'argent, conclut-elle. Mais je te rachète tes parts.

– Je n'ai pas l'intention de vendre.

– Je le sais bien, dit-elle. Mais tu vendras.

8

Ramona partait du principe que rien n'était jamais définitivement joué.

Un jour, il y avait des lustres, elle était au volant de sa voiture, la nuit, quand un énorme camion avait brusquement surgi d'une rue transversale sur sa gauche, fonçant avec un bruit d'enfer dans sa direction et l'aveuglant de tous ses phares. La route que suivait Ramona faisait une courbe juste à cet endroit et le camion l'avait évitée… mais que se serait-il passé une fraction de seconde plus tôt ? se demanda-t-elle, et alors elle eut l'intuition d'avoir vécu deux fois cet instant ; la première fois, elle s'était bel et bien trouvé là une fraction de seconde plus tôt et avait péri ; mais elle avait poussé de tels hurlements de protestation et s'était plainte si bruyamment que Dieu avait vu Son erreur et l'avait autorisée à revivre ce moment – et à s'en sortir indemne cette fois.

Seulement voilà : comme on ignorait le plus souvent qu'on avait eu droit à une seconde chance, on prouvait mal sa reconnaissance.

C'était sa théorie, en tout cas.

Le mardi soir, quand Mme Wallsten, l'infirmière de nuit, arriva avec son somnifère, Ramona contempla la pilule et éprouva la même impression : elle avait déjà vécu cet instant.

Sans même se demander pourquoi, elle fit semblant de l'avaler

Lorsque Mme Wallsten eut quitté la chambre, Ramona extirpa la pilule coincée sous sa langue et l'examina d'un air interrogateur, comme si celle-ci allait lui expliquer pourquoi on ne l'avait pas avalée.

Et, bien sûr, elle dormit mal. Son corps s'était accoutumé à sa drogue nocturne. Vers cinq heures du matin, le mercredi, elle avait mal jusqu'aux os et se sentait la tête lourde et fiévreuse. Elle rejeta les couvertures et s'assit sur le bord du lit.

Et c'est à ce moment-là qu'elle décida de filer.

Elle ne se perdit pas en tergiversations ; elle se contenta de passer à l'action.

Lentement, progressivement, elle ouvrit la porte grinçante du casier en métal qui lui servait de placard. Elle en sortit une robe d'intérieur en coton à manches longues, un cardigan épais, ses tennis et son manteau en tweed.

Dans les tiroirs de la commode, elle porta son choix sur une paire de mi-bas, deux paires de grosses chaussettes montantes et quelques sous-vêtements.

Elle s'habilla, se brossa les dents et se coiffa. Elle se pressait, à présent.

Elle dénicha un sac à provisions marron dans le casier et y fourra d'autres sous-vêtements et chaussettes de rechange, ses affaires de toilette et plusieurs revues. Finalement, elle regrettait de ne pas avoir mijoté tout cela à l'avance, car elle aurait pu prévoir une réserve de livres de poche. Mais elle savait que c'était le genre de chose qu'on réussit le mieux sur un coup de tête.

Elle boutonna son manteau jusqu'au cou, enfila les gants en jersey blanc qu'elle avait mis au fond des poches et s'entortilla autour du cou l'écharpe de laine rouge enfilée dans l'une des manches. Puis elle entrouvrit légèrement la porte et jeta un coup d'œil dans le couloir.

Tout était calme. Elle ne vit pas Mme Wallsten, qui aurait dû se trouver au poste des infirmières au milieu du couloir

Elle saisit son sac à provisions et se faufila dehors, refermant sans bruit la porte derrière elle.

Elle avança sur la pointe des pieds en direction du poste des infirmières ; en arrivant à sa hauteur, elle aperçut une tasse à café fumante et entendit un bruit étouffé de chasse d'eau derrière une porte. Elle fila à pas menus vers l'ascenseur, se ravisa et décida de descendre à pied.

Elle ne croisa personne dans l'escalier, qui était violemment éclairé et sonore.

Parvenue au rez-de-chaussée, elle entrouvrit à peine la porte qui donnait sur le hall et aperçut au standard une forme féminine tassée sur un livre. Elle attendit ; la sonnerie du téléphone ayant retenti, la standardiste se tourna légèrement pour prendre l'appel. Alors Ramona agrippa solidement son sac, se glissa dans le hall et trottina en toute hâte jusqu'à la porte d'entrée, le visage crispé, attendant le glapissement, le « Dites donc, vous ! Où filez-vous comme ça ? ». Mais il n'y eut pas de glapissement, et elle se retrouva de l'autre côté de la porte, dans la bienheureuse grisaille de la pluie hivernale ; jamais elle n'aurait cru que la pluie pût être si délicieuse.

Il ne faisait pas encore jour tandis qu'elle descendait la colline en direction du village.

Un long parcours l'attendait. Quatre bon miles pour rentrer à la maison, se dit-elle.

Quatre miles. Au moins, cela lui donnerait largement le temps d'essayer de se rappeler où elle avait bien pu cacher sa clé de secours.

Elle était vannée et tremblait déjà de froid, mais elle avait le cœur si léger qu'elle se sentait immatérielle.

Et elle avait l'esprit, elle le savait, aussi acéré qu'une pointe d'acier.

9

Benjamin faisait partie de ses souvenirs les plus lointains. Il encombrait sa mémoire. Elle le voyait partout, visage pâlichon au front inquiet qui l'épiait dans un coin, par-dessus une table, caché parfois derrière leur mère, sans doute cramponné à sa jupe.

Zoé lui en voulait d'être plus vieux qu'elle. Et cela ne changeait jamais – il restait toujours l'aîné. Il avait déjà quatre ans quand elle était née, ce qui lui donnait une bonne longueur d'avance qu'il ne perdait jamais.

Il cessa de prêter attention à elle quand elle fut en âge d'aller à l'école, ce qui la soulagea. Mais il semblait avoir été constamment présent dans la première partie de sa vie, toujours à rôder dans les parages, à l'observer. Ce qu'elle faisait paraissait toujours l'étonner ; elle ne supportait pas de le voir passer son temps à la fixer bouche bée.

Un jour que la famille était allée voir un oncle et une tante à Vancouver – Zoé avait dans les quatre ans et lui huit -, leur mère les emmena dans un jardin public, de l'autre côté de la rue. Zoé et Benjamin jouèrent un peu à la balançoire. L'endroit était désert. Le soleil brillait, mais il faisait froid.

Un bonhomme armé d'un râteau avait fait un tas de feuilles mortes, et un peu plus tard il y mit le feu et s'éloigna pour râtisser un autre amas de feuilles et faire un autre tas. Benjamin s'approcha du premier tas pour le regarder brûler, Zoé et sa mère le suivant.

Zoé portait un manteau gris et un bonnet gris qu'on nouait sous le menton, mais c'était encore trop tôt pour les bottines d'hiver, et aussi pour les guêtres assorties au manteau et au bonnet. Elle avait le dos des jambes froid, presque glacé, mais par-devant celles-ci étaient chaudes, presque brûlantes, à cause du feu. Il crépitait par rafales, et elle sentait l'odeur agréable que dégageaient les feuilles en brûlant. Elles voltigeaient parfois dans les flammes, et Zoé n'arrivait pas à savoir si elles dansaient ou se tordaient de douleur.

Sa mère la tenait par la main. Benjamin s'était écarté. Il se tenait tout près du feu et y poussait des feuilles du bout du pied.

– Arrête, Benjamin, dit leur mère. Tu vas mettre le feu à ta chaussure.

Benjamin trouva l'idée drôle comme tout ; il était mort de rire, il sautait en l'air comme un cerceau qui n'en finit pas de faire des bonds, tandis que Zoé le surveillait. Puis il tomba par terre, mit ses mains sous sa tête et contempla le ciel azuré.

Zoé avait envie de se libérer de la main de sa mère, mais elle ne le fit pas, parce que, sinon, elle se serait attiré un regard surpris, peut-être les gros yeux. Sa mère contemplait le feu et ne s'intéressait pas à elle, et Zoé n'en demandait pas plus.

Puis elle entendit sa mère pousser un léger soupir. Celle-ci lui serra la main puis la lâcha pour fourrager dans son sac, à la recherche d'un mouchoir. Lorsqu'elle l'eut trouvé, elle referma le sac d'un geste sec, se tamponna délicatement les yeux et enfouit son nez dans le mouchoir malmené et se moucha. Zoé recula, juste un peu, ne voulant pas attraper ses microbes.

Elle buta dans la chatte de sa tante, Myrtle, qui avait traversé la rue derrière eux et les avait suivis dans le jardin. Zoé jeta un regard réprobateur à Myrtle et lui taquina les côtes avec le bord de sa chaussure. Myrtle couina faiblement, puis se frotta contre la jambe de Zoé.

– Arrête... dit Zoé à la chatte.

– Laisse-la tranquille ! lança Benjamin à sa sœur.

Myrtle s'étira de tout son long et planta ses griffes dans le manteau gris flambant neuf de Zoé.

– Arrête ! répéta Zoé en repoussant l'animal.

– Maman ! s'écria Benjamin, y a Zoé qui embête Myrtle !

La chatte revint droit sur Zoé et s'assit à ses pieds, s'appuyant contre ses souliers vernis. Exaspérée, Zoé se pencha en avant, saisit l'animal et l'expédia dans le feu.

Cela déchaîna un raffut de tous les diables. Benjamin bondit sur ses pieds et se mit à courir autour du feu en braillant. La chatte poussait des miaulements aigus, sautait comme une folle dans les feuilles qui brûlaient, finit par rouler hors du feu : on aurait dit qu'elle fumait de partout. Elle se remit sur ses pattes et fila en titubant comme si elle était saoule, évitant les bras tendus de Benjamin, ignorant ses appels compatissants.

La mère de Zoé paraissait prise de vertige. Elle dévisageait fixement Zoé en répétant son nom à n'en plus finir, comme si elle n'arrivait pas à croire que sa fille était vraiment là devant elle, comme si Zoé avait brusquement jailli d'on ne sait où.

L'homme qui râtissait les feuilles s'était redressé pour regarder la chatte qui détalait en clopinant, poursuivie par un Benjamin qui hurlait d'une voix aiguë. Il se retourna pour regarder avec curiosité Zoé et sa mère.

– Qu'est-ce que tu as fait ? dit la mère de Zoé.

– J'ai jeté Myrtle dans le feu.

– Mais pourquoi ? Comment as-tu pu faire quelque chose de si abominable ?

Elle regardait sa fille sans comprendre, tenant son sac à deux mains. Deux nouvelles marques en zébraient le cuir – là où il était à présent moins foncé. Zoé se dit que c'était probablement Myrtle qui l'avait éraflé... avec ses idiotes de griffes !

– Je ne sais pas. Elle m'a mise en colère.

Sa mère se tourna, Zoé ne voyant plus que son dos, puis elle poursuivit son mouvement et fit un tour complet. Zoé la regardait de nouveau, bien en face.

– Tu ne l'as pas entendue miauler ? Tu ne te rends pas compte comme elle doit avoir mal ?

– Mais... ce n'est pas moi ! s'écria Zoé.

– Mais tu viens de me dire... tu viens de me dire, je t'entends encore, « J'ai jeté Myrtle dans le feu »... Tu viens juste de me dire ça !

– Oui, dit Zoé. Mais ce que je voulais dire, c'est que ce n'est pas moi qui lui ai fait mal !

10

Engourdie par le froid, étourdie de fatigue, Ramona se traînait sur le dernier mile qui la séparait encore de sa maison. Son esprit s'était dissocié de son corps, battait d'autres campagnes. C'était son corps qui se rappelait la route, son corps aussi qui savait où se trouvait la clé. Elle franchit le portail d'un pas de petite vieille et s'apprêtait à se demander, pour la cinquantième fois : « Où ai-je laissé la clé ? », quand d'instinct elle se pencha et gratta la terre sous le gros rocher moussu qui se dressait sous la fenêtre de sa chambre. La clé était là.

Une fois entrée, elle s'effondra sur le canapé et resta là sans bouger, combien de temps, elle n'aurait su le dire, heureuse d'avoir cessé de marcher, prête à donner n'importe quoi pour une tasse de café, regardant par la fenêtre du salon le promontoire qui s'avançait de l'autre côté de la petite baie ; tout était éteint chez la Strachan. Sans doute pas le genre de femme à se lever à l'aube.

Ramona serait bien restée là indéfiniment, à reprendre des forces, mais très vite elle eut besoin d'aller aux toilettes.

En plus, elle savait qu'elle devait se cacher : on essaierait de la retrouver et cette maison était le premier endroit auquel on penserait.

Il faisait un froid glacial. Dès qu'ils auraient inspecté les lieux et seraient repartis, elle allumerait le radiateur.

En attendant, elle allait se faire un Nescafé en veillant bien à ôter la bouilloire de la plaque avant qu'elle ne se mette à siffler : au cas où le son porterait jusque chez les voisins.

Mais elle ne réussit pas à mettre la main sur sa bouilloire siffleuse. Il y en avait une autre sur le meuble de cuisine, une électrique qu'elle prit à la place.

Elle fit le tour de la maison, en quête d'une cachette fiable. Parfois, elle s'arrêtait et se massait la tête, essayant de se rappeler pourquoi diable elle avait besoin de se cacher. Mais, quelque chose l'y poussant avec insistance, elle poursuivit ses recherches et opta finalement pour la penderie. De nombreux vêtements y étaient accrochés, dont certains tombaient jusque par terre. Elle les tira sur le devant pour dégager le mur et, derrière eux, empila l'édredon de son lit, deux couvertures et un oreiller qu'elle dénicha dans le placard à linge.

Comme elle se sentait toujours frigorifiée, elle ôta son manteau et enfila l'un sur l'autre trois chandails rangés dans la penderie, puis renfila tant bien que mal son manteau, sans parvenir à le boutonner cette fois.

Enfin, elle se pelotonna dans son nid pour boire son café. Et au bout d'un moment, lentement, progressivement, les choses s'éclaircirent, comme lorsqu'un coup de vent balaie les nuages. Alors elle se souvint que Marcia et Robbie Litwin occupaient à présent sa maison, et qu'ils étaient en vacances quelque part, et que c'était pour cette raison qu'elle avait décidé de se réfugier là.

– Bon, ça va mieux ! fit-elle tout haut.

Cela faisait du bien de se sentir de nouveau l'esprit vif et précis.

Elle en profita pour étudier le problème des provisions. Elle avait aperçu une chose ou deux dans le congélateur, quelques boîtes de conserve dans le placard, et elle savait qu'il y avait dans la cabane à outils des cagettes de pommes de terre, de carottes et d'oignons que Marcia avait récoltés pendant l'été. Mais il allait lui falloir des fruits, des jus de fruits aussi, et des vitamines. Et, bien entendu, du gin ; Marcia et Robbie semblaient très démunis côté alcools.

Elle connaissait les voisins de la maison de gauche, les Ferris, et ils ne crachaient pas sur un petit verre à l'occasion. Elle n'aurait qu'à les surveiller d'un œil d'aigle et, dès qu'elle les verrait prendre leur voiture, trouver le moyen de s'introduire chez eux. Ils ne lui en voudraient pas pour un peu de gin. Ils avaient un chien, une petite misère avec de longues oreilles et une masse de poils attachés au sommet du crâne par un ruban. Inutile de s'inquiéter à son sujet, toutefois : les Ferris ne faisaient jamais un pas sans cette bestiole.

Ramona cessa de respirer, sa tasse de café en l'air. Une voiture freinait devant la maison, qui se trouvait à deux mètres à peine de la route.

Elle entendit une portière s'ouvrir, et quelqu'un sortit de la voiture et fit le tour de la maison d'un pas pesant.

Mon Dieu ! pensa-t-elle. Qu'est-ce que j'ai fait de mon sac à provisions ?

11

– OK, dit Sid Sokolowski en se déposant lentement dans le fauteuil inoccupé du bureau d'Alberg.

Isabella était restée debout près de la porte, les bras croisés, agrippant ses coudes.

– Voilà toute l'histoire.

Il leva un pied, puis l'autre, tirant sur ses jambes de pantalon qui n'étaient pas assez larges pour loger confortablement ses énormes cuisses.

– Une chose est sûre : elle s'est tirée. Ni vu ni connu. Comme qui dirait que la confusion règne chez les infirmières, car c'était pas dans ses habitudes de fuguer. (Le sergent secoua la tête d'un air réprobateur.) C'est quand même pas normal que ces vieux puissent se faire la belle sans que personne s'en aperçoive !

– C'est bien mon avis ! renchérit vigoureusement Isabella.

– Tu voudrais qu'on mette des barreaux aux fenêtres ? demanda Alberg.

Sokolowski préféra ignorer.

– En tout cas, Isabella leur a fait remplir une déclaration.

– J'ai pensé que plus tôt on s'en occuperait, plus vite on la retrouverait, dit-elle.

– Elles demandaient pas mieux, expliqua patiemment Sokolowski, parce que, comme je l'ai dit, elle leur a jamais fait ça.

Il jeta un coup d'œil à ses notes.

– Elle s'est taillée entre deux et huit, reprit-il. Y peuvent rien dire de plus précis.

– L'infirmière de nuit fait sa tournée à deux heures, dit Isabella. Après, personne ne devait passer la voir avant le changement d'équipe, à huit heures.

Elle se massa les mains et ajouta :

– C'est affreux. Pauvre Ramona !

– Elle se promène en ville en chemise d'hôpital ou quoi ? s'enquit Alberg.

– On leur laisse leurs vêtements personnels, fit remarquer Isabella.

– Isabella… Ecoutons plutôt le sergent. Sid ? Elle a quoi sur le dos ?

– Il est exact qu'on leur laisse leurs vêtements personnels, dit Sokolowski. Mais les infirmières n'ont aucune idée de ce qui est censé se trouver dans sa chambre, si bien qu'elles sont incapables de nous dire ce qu'elle a enfilé. Sauf que son manteau a disparu. Ce qui est une bonne chose.

Il se lécha le bout du doigt et tourna une page de son calepin.

– Vous êtes allé voir chez elle ? demanda Isabella. Cette maison, elle l'adorait. C'est sûrement là qu'elle irait en premier.

Sokolowski lança un regard dolent en direction d'Alberg.

– Isabella, s'écria celui-ci. Ou vous le laissez parler ou vous sortez. D'accord ?

– Message reçu, lui répondit-elle en se crispant encore davantage.

– Elle est effectivement propriétaire d'une bicoque qu'elle loue, continua Sokolowski. Je suis passé voir. Tout est fermé, y a personne. J'ai discuté avec les voisins. Les locataires, c'est un jeune couple, le genre fauché. Ils ont gagné une espèce de concours à une semaine commerciale et sont partis à Hawaï pour trois semaines. (Il leva les yeux de dessus son calepin.) Vous avez remarqué que c'est toujours les économiquement faibles qui font des concours ? Vous comprenez ça, Karl ?

– Pourquoi pas ? Ils n'ont rien à perdre. Bon, rien d'autre ?

– Si. J'ai découvert que c'est Gillingham qui la suit. Pauvre chérie, le ciel l'assiste ! dit Sokolowski avec ferveur. Je l'ai cuisiné. Si elle a de l'argent, qui sont ses copains, où elle aurait eu l'idée d'aller – la routine, quoi. Il a pas été d'un grand secours, et c'est pas pour me surprendre. C'est une nullité, ce type.

– Sid !

– Bon. Alors, disons qu'il est pas très au fait de la situation financière de sa patiente. Il faut que j'aille voir son notaire à ce sujet. Gillingham m'a donné une liste de gens qui viennent la voir à l'hosto. Elle a deux mômes. Il m'a dit où je pouvais les joindre. (De nouveau, il leva les yeux, le front barré par des plis soucieux.) Mais je veux pas faire ça tout de suite, Karl. Ce sont pas des gens du coin. Et elle va pas être bien dure à retrouver. Je veux pas que ses mômes s'inquiètent pour l'instant.

– Rentre-la tout de même dans l'ordinateur. Elle est peut-être en route pour aller les voir. Ils habitent où ?

– A Cache Creek et à Regina, dit Isabella. Mais il ne lui viendrait pas à l'idée d'aller chez eux. Ah, mon Dieu, s'écria-t-elle en se tordant de nouveau les mains, si seulement elle s'était réfugiée chez moi !

– Elle le fera peut-être, Isabella, lui lança Alberg. Mais, de toute façon, nous la retrouverons.

Le sergent approuva.

– Avant même qu'il fasse nuit. Ma main à couper ! Bon Dieu, Isabella, c'est une vieille dame ! Elle a pas toute sa tête et pas un penny dans sa poche de jean. On va vous la récupérer vite fait !

– En tout cas, pas en jean, dit Isabella. Ça au moins, je vous le garantis.

– En ce que vous voulez, dit Sokolowski. N'importe comment, vous m'avez compris.

– Bien. Tu passes chez son notaire ! dit Alberg. Tâche de savoir si elle a pu se procurer du liquide. Isabella, pouvons-nous compter sur votre collaboration ?

– Naturellement !

– Téléphonez aux gens qu'elle connaît et qu'elle aime bien, aux endroits où elle va régulièrement. Dites-leur de garder l'œil ouvert.

– Bonne idée. Je m'en occupe. Et pas plus tard que maintenant, dit Isabella en quittant la pièce.

– Heureusement qu'il fait pas trop mauvais, fit remarquer Sokolowski en examinant la grisaille humide à travers les lattes du store vénitien. (Il consulta sa montre.) Je ferais mieux de foncer chez son notaire. Je vous tiens au courant.

Après son départ, Alberg resta quelque temps songeur, pensant à ce réalisateur de cinéma du Québec qui souffrait de la maladie d'Alzheimer. Il s'était volatilisé, en hiver lui aussi, comme Ramona Orlitzki. Et, quand on l'avait revu, il flottait sur le fleuve.

Il était pourtant entouré de gens qui se faisaient du souci pour lui, se rappela-t-il. Exactement comme Ramona Orlitzki.

Son regard se posant sur la photo de ses filles accrochée au mur, il s'interrogea sur les cadeaux qu'il leur avait offerts pour leur diplôme de fin d'études. Peut-être aurait-il dû téléphoner à Maura pour lui demander conseil. Après tout, se dit-il tristement, il ne les voyait pas tant que ça, ses filles. Qu'est-ce qui lui faisait croire qu'il était capable de leur choisir tout seul des cadeaux pour marquer le coup ?

Un peu plus tard, Isabella frappa à sa porte et ouvrit sans attendre la réponse, l'air tourmenté.

– J'ai déjà passé quatre coups de téléphone, lui dit-elle. Jusqu'à maintenant, personne ne l'a vue. La bibliothécaire est là.

– Ne vous tracassez pas, Isabella. Nous allons la retrouver. Faites entrer Cassandra, voulez-vous ?... Dans une minute ! ajouta-t-il au moment où Isabella tournait les talons et partait vers le hall d'accueil. Laissez-moi une minute, d'abord.

Il empila en plusieurs petits tas nets les papiers qui encombraient sa table. Il suspendit sa veste. Remonta le store vénitien en haut de la fenêtre, bien à l'horizontale. Pour une fois, il bénissait Isabella ; il n'y avait pas un atome de poussière dans la pièce, pas de ronds déplaisants sur le dessus de son bureau, pas de mégots dans le cendrier posé sur la table basse.

Il aplatit à deux mains sa tignasse blond cendré, se redressa et rentra le ventre. Oh, et puis merde, pensa-t-il, et il laissa ce dernier reprendre sa forme naturelle.

On frappa, la porte s'ouvrit.

– Vous pouvez y aller ! cria Isabella depuis la salle.

– Merci ! dit Cassandra Mitchell.

Et elle entra.

Alberg la dévisagea en prenant son temps ; il souriait. Elle lui rendit son sourire, il crut la voir rougir.

– Remettez-vous ! lui lança-t-elle. Bonjour.

– Vous avez une mine superbe, dit Alberg.

Il s'approcha d'elle, essayant de ne penser à rien d'autre, et la prit dans ses bras.

Cassandra ferma les yeux et posa sa joue contre la poitrine d'Alberg. Elle sentait ou entendait battre son cœur, et puis il la serra violemment contre lui et elle sentit son cœur à elle s'affoler à son tour, et ne fut plus capable de faire la différence. Il y en avait un qui battait plus vite que l'autre. Le mien, pensa-t-elle. Elle leva la tête, les yeux toujours fermés. Ses doigts effleurèrent avec délicatesse la nuque d'Alberg et, lentement, elle attira son visage vers elle. Cela faisait des mois et des mois qu'elle attendait ça : un baiser de Karl Alberg sans aucun Roger pour s'interposer, sans aucun Roger dans son cœur. Roger avait disparu, et c'était tant mieux, se dit-elle en savourant le goût d'Alberg, en se perdant dans ce baiser délicieux, franc, puissant…

Elle se détacha de lui, mais garda ses mains sur ses épaules. Elle aimait sa carrure. Un homme qui a de l'épaisseur, pensa-t-elle avec tendresse. Son visage lui parut un peu plus vieux qu'à leur première rencontre, ses cheveux s'étaient éclaircis, il conservait son expression énigmatique – jusqu'au moment où il souriait. Elle se rappela la première fois qu'il l'avait embrassée – chez elle, dans sa cuisine, dans le noir. Dehors, la lune flirtait avec les nuages et éclairait doucement l'eau quand ils lui en laissaient la possibilité. Il était un peu suffisant, à l'époque, plus sûr de lui. Ou impétueux, prenant des airs faussement assurés. Elle lui caressa le visage du bout des doigts, se souvint qu'elle avait eu peur de coucher avec lui parce qu'elle craignait de lui dire tout ce qui lui passait par la tête ; mais, maintenant, y avait-il encore une chose qu'elle aurait voulu lui cacher ?

– On va déjeuner ? dit-elle avec un sourire, le visage levé vers lui.

Alberg lui enlaça la taille.

– On va à Victoria.

– A Victoria ? répéta-t-elle en éclatant de rire. Pour déjeuner ?

– Pas aujourd'hui. Vendredi. Pour le week-end.

Cassandra secoua la tête.

– Vous ne trouvez pas que c'est aller un peu vite en besogne ?

– Vite ? (Il l'attira doucement contre lui.) Vous aimez les fleurs, non ? J'ai entendu dire que c'était la saison des fleurs à Victoria.

– Des pensées, dit Cassandra.

Elle se laissa aller contre lui.

– Ah bon ?

– Primevères. Bégonias. Forsythias.

Il l'écarta pour mieux la regarder.

– Là, vous voyez ? dit-il, rayonnant.

– Comment le savez-vous ?

– Sid Sokolowski est allé là-bas l'autre jour. Il s'intéresse aux plantes et au jardinage.

– Mais c'est inutile de faire tout ce trajet, dit-elle en l'enlaçant. Les pervenches de ma rocaille sont déjà sorties.

– Et pour peu que le soleil brille, continua-t-il, la joue appuyée sur le sommet de la tête de Cassandra, l'océan, à Victoria, sera d'un bleu intense.

– Je ne sais pas, dit-elle.

Elle l'entendit soupirer.

Elle sourit et le serra contre elle, étroitement.

– Vous seriez mon invitée, lança-t-il avec un brin d'espoir.

– Dans ce cas… il fallait le dire plus tôt !

12

– De mort. Et de journaux intimes. Et d'argent, répéta Benjamin. Voilà de quoi nous avons à parler.

Une pluie d'hiver tombait sur la côte du Soleil, un vent humide et glacé soufflait de l'océan. Les feuilles des arbousiers volaient par rafales sur la terrasse, avec un bruit sec de brosse frottant un sol en béton. De temps à autre, le vent expédiait des embruns par-dessus la digue de rochers, jusque sur la terrasse, une partie d'entre eux frappant la fenêtre avec une sorte de grésillement, comme si l'eau de l'océan n'était pas glaciale, mais brûlante.

Benjamin s'était installé dans le fauteuil en cuir noir de Zoé, attendant que celle-ci dise quelque chose. Il avait la tête appuyée contre le dossier, ses mains affreuses reposant sur les accoudoirs, ses yeux étaient clos. Mais Zoé le sentait crispé par l'appréhension. Elle entendait, à sa manière de respirer, qu'il se retenait de haleter.

Elle avait su tout de suite de quoi il parlait. Et tout de suite elle l'avait cru ; même si cela paraissait grotesque, Benjamin était en possession de quelque chose qui pouvait lui nuire.

Elle le fixa d'un regard neutre et réfléchit.

Pourquoi ne pas décider de rester là sans bouger, en silence, pendant un long moment, jusqu'à ce qu'il n'y tienne plus et, bondissant du fauteuil, s'accroupisse à ses pieds, tapi, acculé, pantelant comme une bête matée.

C'était le sous-estimer, se dit-elle en remarquant le voile de transpiration qui s'était formé sur son front luisant.

Il fallait en savoir davantage.

– Incroyable, dit-elle tout haut. Tu les as depuis tout ce temps-là et tu n'en as jamais soufflé mot.

– Je les gardais en réserve, au cas où.

Il se racla la gorge.

– Je suppose que c'est ta dernière carte, fit-elle en l'examinant d'un air pensif. Tu dois avoir terriblement besoin d'argent.

– Tout ce que je te demande, ce sont les parts de Great North, dit-il, buté. De toute façon, elles me reviennent de plein droit.

Zoé secoua la tête.

– Non, plus maintenant. Je te les ai payées. Et plus qu'elles ne valaient, en fait.

– Mais j'avais raison, n'est-ce pas ? lui lança-t-il aussitôt. Elles ont triplé depuis. Exactement comme je te l'avais dit. Ça vaut bien un dédommagement.

– Non.

Zoé cessa de le regarder et fixa la fenêtre. Elle n'arrivait pas à distinguer l'horizon. Trop de pluie tombait sur l'océan. Tout était gris et brouillé.

– Non, répéta-t-elle. Je ne te dois rien du tout.

– Je n'en vendrai que la moitié…

Zoé remarqua avec intérêt qu'il commençait à se poser en demandeur. Ça ne manquait pas de charme.

– Je garderais l'autre moitié, reprit-il. Les actions resteraient dans la famille, si c'est ça qui t'inquiète.

Elle se mit à rire.

– Je veux qu'elles restent dans mon portefeuille, Benjamin. C'est tout.

– Je prends les parts, tu récupères ton journal. C'est un marché honnête.

– Ce n'est pas un journal, dit-elle. Ce sont des cahiers de

brouillon. Des carnets dans lesquels je notais une chose par-ci, par-là. Rien de plus.

Il se pencha vers elle.

– Mais tu sais ce qu'il y a dedans. Dans l'un d'eux, en particulier.

Elle ne répondit rien.

– Tout y est, insista-t-il en baissant la voix.

– Je t'en prie, pas de mélo.

– En détail, dit-il dans un souffle.

Il en avait l'air presque émoustillé. Croyait-il qu'il allait de nouveau rouler sur l'or ?

– Que tu aies mes cahiers m'agace prodigieusement, c'est un fait, dit-elle. Mais certainement pas assez pour que je te donne un demi-million de dollars en actions. Je n'en reviens pas que tu m'aies crue capable ne serait-ce que d'envisager de commettre une bourde pareille !

Exaspérée, fatiguée de rester assise sans bouger, elle se leva. Les mains sur les hanches, elle contempla le paysage.

– Que crois-tu pouvoir faire contre moi ? Je perds mon temps à t'écouter divaguer.

– Je pourrais montrer ton journal à la police. Il y a un commissariat à Sechelt, si je ne m'abuse. J'apporte ça aux flics.

Elle se précipita sur lui comme une furie, il battit en retraite. Elle s'immobilisa, essayant de se dominer.

– Ce n'est pas un journal.

Elle était encore en colère, elle l'entendait à sa voix. Elle aurait donné n'importe quoi pour se changer et partir courir sous la pluie. Elle respira profondément et serra sa main gauche avec sa main droite, cinq fois.

– Ils ne pourraient rien en faire, reprit-elle, plus calme. Ils penseraient seulement que tu es cinglé de vouloir tirer parti de ce genre d'enfantillages.

– Pas en tirer parti, rectifia-t-il. Je leur donnerai gratuitement.

– Cela les intéresserait sûrement beaucoup de savoir pourquoi tu fais ça maintenant, dit Zoé. Après t'être accroché à ces fichus cahiers pendant tant d'années.

Elle serra sa main droite avec sa main gauche, cinq fois.

– Je leur dirais que je viens seulement de mettre la main dessus, fit-il. Dans une malle à la cave. En triant de vieux trucs.

– Ils penseraient que tu es un triste individu, de vouloir ainsi humilier ta propre sœur.

Zoé lui tourna le dos et regarda par la fenêtre.

– Je n'étais qu'une enfant quand c'est arrivé, pour l'amour du ciel !

– Zoé. Tu ne serais pas simplement humiliée. Tu serais traduite en justice. On t'enverrait en taule.

– Traduite en justice… non mais, tu es fou ?

Le vent soufflait avec plus de force, à présent. Les feuilles des arbousiers volaient sur la terrasse avec un crépitement dément, pourchassées par la pluie et les embruns.

– Je n'étais qu'une enfant, répéta-t-elle. (Elle eut envie de rire, mais se retint.) Traduite en justice ! Ne sois pas ridicule !

Benjamin quitta le fautcuil et s'approcha d'elle.

– Zoé… On vérifiera ce que tu as écrit dans ton journal…

Elle se tourna d'un coup.

– Je te l'ai dit, lui lança-t-elle d'un ton glacial, ce n'est pas un journal. Je n'ai jamais tenu de journal de ma vie. Ce sont les faibles et les impuissants qui tiennent un journal.

Benjamin fit un pas en arrière. Mais il continua à parler :

– Crois-moi, Zoé. C'est très grave… (Il bégayait un peu, sous le regard de Zoé qui continuait à le fixer sans ciller.) Tu le sais parfaitement. Si je vais à la police… (Il recula encore d'un pas.) On ouvrira une enquête. Forcément.

Je pourrais déménager, songea Zoé sans le quitter du regard. Juste prendre mes affaires et aller ailleurs.

Mais elle avait eu vraiment du plaisir à vivre là, pendant ces sept années. Et elle avait bien l'intention d'y passer le restant de ses jours.

Cela ne pouvait tout bonnement pas continuer ainsi, pensa-t-elle. Non, ce crétin de frère qui surgissait comme un ver d'un vieux meuble chaque fois qu'il n'avait plus un sou ou perdait son épouse !

– J'ai besoin d'un peu de temps, dit elle. Il faut que je réfléchisse.

– Mais c'est tout réfléchi, Zoé. Non ?

Il s'accrochait au dossier de ce foutu fauteuil comme s'il y allait de sa vie. Juste ciel ! Croyait-il qu'elle allait piquer une crise et lui sauter dessus, toutes griffes dehors ?

– Benjamin, dit-elle d'un ton ferme, cela fait quoi… vingt ans que tu es en possession de mes cahiers ? Non, plus. Tu as eu plus de vingt ans pour les lire, les éplucher, réfléchir à ce qu'il y avait dedans. Concocter une façon de les utiliser.

Elle sortit du séjour et l'attendit dans l'entrée.

– J'ai besoin d'un peu de temps pour me faire à cette idée.

Elle ouvrit la porte d'entrée.

– Tu sors d'ici et tu reviens dans deux jours. Surtout pas avant.

13

Tard le lendemain matin, Cassandra Mitchell entendit qu'on frappait vigoureusement à la porte. Elle se réveilla sur-le-champ. Comme elle se hâtait dans le vestibule tout en nouant sa robe de chambre, elle se dit que ce n'était sûrement pas l'hôpital ; ils auraient téléphoné s'ils avaient eu besoin de la joindre. Mais les gens bourrés de bonnes intentions préfèrent parfois vous annoncer les mauvaises nouvelles en face, au lieu de s'en délester par un coup de téléphone impersonnel, et elle ouvrit la porte en priant le ciel de ne pas se trouver nez à nez avec Alex Gillingham.

– Merci, mon Dieu, pensa-t-elle quand il s'avéra que c'était Karl Alberg.

– On m'a prévenu pour votre mère. C'est grave ?

– Je ne sais pas, répondit-elle d'un ton las. Je ne sais jamais.

– Je peux entrer ?

Elle s'effaça. Quand il eut franchi le seuil, elle referma la porte et s'appuya contre elle.

– Je vous ai réveillée. Je suis désolé.

– Ce n'est rien.

D'un geste de la main, elle écarta les cheveux qui lui tombaient sur le front. Elle était incapable de se rappeler si elle avait ôté son mascara avant d'aller au lit. Seigneur, je dois en avoir partout sur la figure, se dit-elle, et puis elle se souvint qu'elle n'en avait pas mis, bien sûr ; pas pour foncer à l'hôpital en pleine nuit.

– Et si je vous faisais un peu de café ? lui proposa Alberg en retirant sa veste.

– J'apprécierais, dit-elle, un peu rassérénée.

Alberg la prit par le coude et la conduisit dans le séjour.

– Vous sentez bon, fit-elle en fronçant le nez. Qu'est-ce que c'est ?

– Oh, un cadeau d'une de mes filles. De l'aftershave ou autre. Je serais bien incapable de dire quoi. Je parie que vous y êtes allergique…

Il la fit asseoir sur le canapé en cuir blanc.

– Je ne suis allergique à rien du tout ! protesta-t-elle. En tout cas, pas que je sache.

– A propos, je vous ai dit qu'elles avaient réussi leurs examens ? La remise des diplômes a lieu la semaine prochaine. A Calgary. Avec mortiers et tout le saint-frusquin. Putain, je n'arrive pas à y croire ! lâcha-t-il avec un sourire épanoui.

Il jeta un coup d'œil au fond de la pièce, là où les portes coulissantes s'ouvraient sur la terrasse.

– C'est fermé ? J'ai remarqué que votre porte d'entrée ne l'était pas, dit-il d'un ton réprobateur.

– Ecoutez, Karl…

Elle se sentait trop fatiguée pour rire.

– D'accord, d'accord. J'espère que vous avez un de ces trucs à filtre, lança-t-il en partant vers la cuisine. C'est le seul type de cafetière que je maîtrise.

– On ne vous apprend donc rien à la police montée ? J'aurais juré que vous saviez monter à cheval. Dépouiller un caribou. Piéger un castor. Et préparer du café. Même moi je sais.

Il lui lança un regard de reproche.

– Evidemment que j'ai appris à monter à cheval ! J'ai fait mes classes au bon vieux temps.

Il disparut à nouveau dans la cuisine, où Cassandra l'entendit fureter dans les placards.

– C'est celui à gauche de l'évier ! lui cria-t-elle.

Comme elle commençait à avoir les pieds gelés, elle se leva du canapé pour aller chercher ses mules dans sa chambre. Elle en profita pour ouvrir les rideaux. Elle se brossa les cheveux devant la glace, resserra son peignoir et tourna les talons pour quitter la pièce. Son regard tomba sur le lit défait. Draps, couvertures, oreillers, édredon, tout s'y étalait dans un désordre aimable, douillet, impudique. C'était un lit double de sérieuses dimensions. Tant mieux, pensa-t-elle, parce que Karl était grand. Perdue dans sa contemplation, elle rougit.

– Vous avez un plateau quelque part ?

Elle sortit rapidement de la chambre, refermant la porte derrière elle.

– Oui, dit-elle, je vous donne ça tout de suite.

Quelques instants plus tard, ils étaient assis côte à côte sur le canapé et buvaient leur café.

– Avez-vous retrouvé Ramona ? lui demanda-t-elle.

Il lui fit signe que non.

– Karl, dit-elle en se tournant vers lui, c'est affreux ! J'étais tellement sûre qu'elle se serait manifestée, à l'heure qu'il est. Cela fait un jour et une nuit !

– Nous avons interrogé tout le monde. Tous les noms qui sont venus à l'idée de Gillingham. Tous les gens à qui Isabella a pensé. Elle reste invisible.

– Bon, mais… Vous croyez quoi, vous ?

Alberg haussa les épaules.

– Elle a dû partir du côté des bois. A moins qu'elle n'ait trouvé un coin où se terrer. Tout dépend de son état physique.

– Je crois qu'elle déraille un peu.

– Oui.

– Elle n'est pas chez elle ? J'ai entendu dire que les locataires…

– Oui. A Hawaï. Non, on avait une clé et on a vérifié, c'est

Sid Sokolowski qui s'en est chargé. Personne à l'intérieur. Dieu seul sait où elle est.

– Qu'avez-vous décidé ?

Il posa sa tasse et allongea un bras sur le dossier du canapé.

– Nous procédons à une fouille en règle. Et nous faisons circuler son signalement le long de la côte. Quelqu'un finira bien par la repérer. C'est tout ce que nous pouvons faire.

Elle se pencha pour lui serrer fort la main.

– Ça, c'est un bon café.

– Evidemment que c'est un bon café !

– Vous savez faire la cuisine ?

– Cette question ! Où croyez-vous que je prenne mes repas ?

– Au restaurant.

– Bien sûr que je sais faire la cuisine ! J'ai quelques petites spécialités qui vous feraient saliver…

– Par exemple ?

– Un pain de viande.

– Un pain de viande. Mmmm… Voulez-vous un cendrier ?

Il lui renvoya un regard blessé.

– Vous ne vous rappelez plus ? J'ai arrêté. Avant votre départ.

– Je me rappelle. Mais je pensais que vous aviez peut-être rechuté.

– Un type comme moi ? Six mois, que ça dure !

– Bravo, Karl.

– Et maintenant, dit-il avec douceur, parlez-moi de votre mère.

Cassandra posa sa tasse.

– Elle m'a téléphoné à deux heures du matin. Elle croyait qu'elle avait une crise cardiaque. J'ai téléphoné pour avoir une ambulance qui est arrivée chez elle avant moi. Je les ai suivis à l'hôpital et j'ai bien passé deux heures à attendre. Quand on m'a enfin autorisée à la voir, elle dormait.

– C'était vraiment une crise cardiaque ?

– Alex Gillingham dit que non. (Elle leva les yeux vers Alberg.) Ce n'est pas la première fois, Karl. Mais, d'après lui, elle se porte comme un charme.

– Seulement, chaque fois que cela arrive, vous vous dites que ce coup-là ça va être différent, que c'est grave.

– Oui, reconnut-elle. C'est exact. Chaque fois, c'est le même cirque. Je suis folle d'inquiétude et, en même temps, je la battrais ! Je téléphone à mon frère, à Edmonton, et il me demande : « Est-ce qu'il faut que je vienne ? », et moi, je meurs d'envie de répondre : « Oui, oui, pour l'amour du ciel ! » Eh bien non, je dis : « Attendons de voir », et le lendemain ou le surlendemain elle est fraîche comme une rose, et j'appelle mon frère pour lui dire : « Ne bouge pas. » (Elle avait les larmes aux yeux et entreprit de les essuyer rageusement.) Dieu sait que je l'aime, mais elle me rend dingue ! Elle m'exaspère quand je suis avec elle, et puis, si une chose pareille arrivait…

Alberg l'attira contre lui.

– Tout va bien, dit-il en la berçant dans ses bras.

Elle se sentit réconfortée et une douce somnolence l'envahit. Elle se dit qu'elle risquait bien de s'endormir, là, blottie contre sa poitrine.

Mais un changement se produisit. La situation se modifia imperceptiblement. Et Cassandra fut de nouveau complètement réveillée, les cinq sens en alerte. Elle pensa à son lit défait. Avait-il gardé l'odeur du talc au chèvrefeuille qu'elle avait utilisé en sortant du bain avant de se coucher, la veille au soir ?

Les mains d'Alberg se glissèrent sous son peignoir ; il avait le visage tout près du sien ; ses lèvres s'ouvrirent avant qu'il ne l'embrasse. Et le téléphone sonna.

– Merde ! lâcha Alberg. (Il se reprit aussitôt.) Désolé…

C'était peut-être l'hôpital.

Mais c'était Isabella.

– Je rentre tout juste de déjeuner, lui annonça-t-elle.

Toujours rien sur Ramona. Et, en plus, je découvre que vous êtes en retard !

– En retard ? En retard pourquoi, bon Dieu !

– Pour Bernie Peters. Vous voulez vous trouver une femme de ménage, oui ou non ? Elle est ici. Elle attend. Ça va faire bientôt vingt minutes qu'elle poireaute. Et elle a du travail chez quelqu'un à onze heures trente. Est-ce qu'on a vérifié chez l'épicier ?

Alberg ferma les yeux et essaya de se concentrer.

– A quel sujet, Isabella ?

– Au sujet de Ramona ! Peut-être qu'elle a eu envie de se trouver un peu de gin. Je vous en ai parlé, de Ramona et de son gin !

Les yeux d'Alberg se rouvrirent.

– Excellente idée, Isabella. Je m'en occupe.

– Oui mais d'abord vous allez me faire le plaisir de passer ici, et tout de suite, vu ?

– J'avoue que Bernie Peters m'était sortie de l'idée, dit-il d'un ton morne. Il faut vraiment que je la voie tout de suite ?

– C'est une femme très demandée…

– Qu'elle aille se faire foutre !

– Je vous demande pardon, brigadier ? Je ne peux pas croire que vous ayez dit ce que j'ai entendu.

– J'arrive, dit-il sans aménité.

Et il raccrocha.

Cassandra lui tendit sa veste. Elle caressa le léger sillon qui lui partageait le menton.

– Merci, Karl, dit-elle.

Lorsqu'il retrouva le commissariat, Bernie Peters avait levé le camp.

– Et je ne garantis pas de pouvoir vous la ramener, lui lança Isabella d'un ton plus que réprobateur.

14

Zoé Strachan ne s'était jamais intéressée à la musique. Et puis, un jour qu'elle longeait Robson Street, à Vancouver, elle entendit quelque chose qui s'empara d'elle et la transporta.

Un homme jouait d'un instrument bizarre et plein de cordes. Elle s'arrêta et écouta. Et, quand ce fut terminé, elle demanda au musicien ce qu'il avait joué et, lorsqu'elle revint à Sechelt un peu plus tard ce jour-là, elle avait acheté une cassette du *Canon* de Pachelbel.

Une fois chez elle, elle se passa et repassa la cassette, l'écoutant avec une intense concentration.

Elle s'imaginait des barreaux, rapprochés les uns des autres comme dans une palissade. Elle n'en voyait pas la fin parce qu'ils montaient trop haut, descendaient trop bas. C'étaient des barreaux effilés, argentés, luisants, et elle les savait indestructibles. Et, en écoutant, elle vit aussi, derrière ces barreaux, des flammèches duveteuses, elles se faufilaient prestement entre eux et s'entrelaçaient. Le feu, c'était clair, voletait et courait à son gré mais restait emprisonné derrière les barreaux. Mais, comme elle écoutait encore, ceux-ci se changèrent en flammes, les aigrettes de feu devenant des barreaux.

Elle décréta que le morceau avait pour thème un conflit résolu.

Aussi, le jour où Benjamin lui annonça son intention de la faire chanter, Zoé décida d'écouter de nouveau le *Canon* de Pachelbel.

Il faisait nuit quand elle arrêta le lecteur de cassettes. Elle demeura assise un moment dans son séjour sans allumer ; à réfléchir.

La plupart des gens déterminent leur vie au coup par coup, mais Zoé ignorait ce luxe. C'était la seule chose qu'elle leur enviait – la possibilité d'improviser leurs journées sans craindre de catastrophe. C'était un cadeau du sort dont ils ne semblaient pas avoir conscience. Le don de vivre hors du temps.

Zoé ne pouvait pas se le permettre. Elle faisait partie intégrante du monde où elle vivait, et ce monde était extrêmement dangereux.

J'ai fait comme le feu dans le *Canon*, se dit-elle. Je vis derrière des barreaux que j'ai moi-même dressés parce qu'ils structurent ma vie et lui apportent la sécurité.

L'image lui plut.

Elle tira les rideaux, alluma et partit dans la cuisine.

Elle allait avaler quelque chose et regarder les informations de dix-huit heures en essayant de savoir comment s'y prendre pour tuer son frère.

15

Ramona était vernie ; il n'était même pas entré dans la maison, la première fois. Elle resta tapie où elle était, le cœur dans la gorge, battant à l'étouffer, cramponnée à sa tasse de Nescafé, et elle attendit. Elle attendit, mais il ne se passa rien. Un long moment s'écoula avant qu'elle entende la portière s'ouvrir et claquer de nouveau, le moteur se mettre en marche et la voiture redémarrer. Elle n'avait pas la moindre idée de ce que la personne en question – qui cela pouvait-il être ? elle l'ignorait – avait fabriqué pendant tout ce temps. Elle avait dû jeter un coup d'œil aux fenêtres.

Après son départ, elle trottina dehors et récupéra son sac à provisions.

Mais elle ne se sentait toujours pas tranquille. Aussi pritelle un peu de fromage et des biscottes et réintégra-t-elle la penderie.

Un peu plus tard dans la journée, une autre voiture s'immobilisa sur les graviers, à moins que ce ne fût la même. Cette fois, l'individu entra carrément, un type costaud d'après le bruit. Il fit un boucan du diable dans toute la maison, lançant à l'occasion : « Y a quelqu'un ? Madame Orlitzki ? Vous êtes là ? » Il se nomma, dit qu'il était de la police montée. On se rendait compte, à sa voix, qu'il se sentait idiot, à parler comme ça dans le vide.

Et il n'avait même pas ouvert la porte de la penderie.

Après son départ, Ramona se sentit enfin en sécurité. Elle fit le tour de la maison avec précaution et ferma les rideaux. Puis elle tira son vieux fauteuil à bascule de la chambre à coucher où Marcia l'avait relégué et le remit dans le salon, en bonne et due place.

Ramona passa le reste de la journée à récupérer de ses émotions, qui avaient été considérables. Elle somnola un petit moment dans le fauteuil. Quand elle se réveilla, elle se fit du thé, grignota encore du fromage et des biscottes, et s'assoupit de nouveau. Pour le dîner, elle s'ouvrit une boîte de raviolis, franchement infâmes, mais ça calait.

Régulièrement, elle allait jeter un coup d'œil sur la maison d'à côté par la fenêtre de la chambre, mais les Ferris ne bougèrent pas de la journée, et de toute la soirée non plus.

En se réveillant, le jeudi matin, elle ne comprit d'abord pas où elle se trouvait, mais cela ne dura pas, et elle se sentit alors pleine d'une ardeur combative et triomphante, et s'étonna elle-même.

Une fois qu'elle eut avalé son café du matin pour y voir plus clair, elle alla aux toilettes. Elle trôna un long moment sur le siège, l'esprit vide. C'était un luxe qu'elle appréciait à sa juste valeur : pouvoir s'attarder là jusqu'à en avoir le postérieur engourdi si on en avait envie, sans qu'une infirmière vienne frapper pour s'assurer que vous ne vous étiez pas noyée dans la cuvette. Pour finir, elle fut tout de même prise d'une irrésistible envie de feuilleton-télé. Elle sortit de sa rêverie, chercha le papier hygiénique et en dévida les derniers centimètres qui restaient sur le rouleau. Maladroitement, elle tâtonna autour d'elle et ouvrit le placard sous le lavabo. Il y avait là une boîte de Kleenex à moitié pleine. Dieu merci, mais plus de papier hygiénique. Ramona se servit des Kleenex.

Une fois sortie des cabinets, elle fouilla la maison. Impossible de dénicher un seul rouleau de papier. Ni d'autres Kleenex, d'ailleurs.

Bon, ça réglait la question. Elle pouvait se passer de fruits, elle pouvait même se passer de gin, au moins pour un moment. Mais certainement pas de PQ.

Mais la chance lui souriait. Moins d'une demi-heure plus tard, elle était assise devant la télévision et regardait *Impatiente jeunesse*, rendant grâce à la mère de Marcia, Reba, qui avait payé le câble aux petits, lorsqu'elle entendit qu'on s'activait dans la maison d'à côté.

Elle se précipita dans la chambre et glissa un regard précautionneux entre le rideau et le bord de la fenêtre. De toute évidence, les Ferris se préparaient à bouger. Harold aida sa femme à monter dans la voiture et déposa le toutou blanc sur ses genoux ; ensuite, il fit le tour jusqu'à la portière du conducteur. Puis la voiture démarra en direction de la route et s'éloigna vers Sechelt en faisant des embardées. En cinq sec, Ramona était dehors.

Il n'y avait personne sur la plage.

Le couple qui vivait dans la maison de l'autre côté de la sienne travaillait encore ; elle les avait entendus partir tôt le matin.

Ramona se faufila subrepticement jusqu'à la porte de service des Ferris, qu'elle trouva non verrouillée.

Elle prit uniquement ce qu'il lui fallait, en se promettant de régler la chose avec eux plus tard. Une pomme, une orange et une banane. Une boîte de jus de pomme. Un paquet de quatre rouleaux de papier hygiénique et une grande boîte de Kleenex.

Et une bouteille de gin.

Elle fourra son butin dans un grand sac en papier kraft et trimbala le tout jusque chez elle.

L'après-midi, calée dans son fauteuil, regardant la mer par la fenêtre, elle commença à se demander *comment*, exactement, elle allait régler la chose avec les Ferris. Parce que c'était du vol, après tout. Elle se sentait horrifiée. Comment réparer un acte pareil ? Un sentiment de panique l'envahissait, rien que d'y penser... et puis voilà qu'elle n'arrivait plus à se rappeler quel jour on était... Jeudi ! décréta-t-elle enfin, soulagée, et puis... oh ! mon Dieu, mais il faut que je me secoue...

Elle se leva, légèrement ankylosée, et jeta un coup d'œil autour d'elle, ahurie. Elle aperçut un manteau épais ; mais elle n'en aurait sûrement pas besoin. Quoique... Elle le prit pour sortir, à tout hasard, et elle s'en félicita, car ça pinçait dehors... enfin, façon de parler : il faisait un froid de canard. Atterrée, elle leva les yeux en direction du ciel pâle – un ciel d'hiver. Comment se faisait-il qu'on fût en hiver ? Elle partait voir Rosie, mais c'était l'hiver... Elle s'arrêta, se pressa le front avec la paume de sa main et ferma fort les yeux pendant quelques secondes. Puis elle continua à longer la plage, ses chaussures s'enfonçant dans le sable avec un bruit de succion, dépassa trois maisons – elle les avait déjà vues, elle les reconnaissait... Mais où était Rosie ? Elle arriva à l'endroit où le rivage s'incurvait pour former une baie peu profonde et où les taillis descendaient jusqu'au sable ; ce morceau de terrain appartenait à l'Etat... à moins que ce ne fût aux Indiens ? Elle ne parvenait pas à se rappeler. Elle ne se rappelait pas grand-chose. Il y avait beaucoup de tumulte dans sa tête. Elle essaya de ne pas s'affoler et de laisser son cerveau débrouiller tout cela, mais elle se sentait infiniment lasse.

Elle monta d'un pas vacillant la pente qui partait doucement de la plage et s'affala contre le tronc d'un énorme pin Douglas. Elle resta un instant affalée là, comme une chiffe molle, à bout de souffle. Puis elle s'assit par terre, sur un tapis d'aiguilles, le dos contre le tronc. L'arbre lui donnait une impression de... de foncièrement vrai, de solide ; elle sentait presque battre son antique cœur végétal, d'un rythme lent, régulier. Elle était consciente de l'odeur parfumée des sapins, du bruit de l'océan qui léchait le sable au-dessous d'elle, de l'humidité de l'air chargé de pluie... Et puis en elle monta une sorte de houle puissante qui balaya tout, et, avec une lucidité qui lui donnait presque le vertige, la nausée, elle retrouva une fois encore le monde qui était le sien.

Elle pleura un moment. De soulagement, ou de peur ; elle ne savait pas très bien. Mais elle se dit qu'elle devait tenir bon. Quoi qu'il arrive.

Elle s'aperçut qu'elle se trouvait sur le terrain qui appartenait à la Strachan, là où commençait le promontoire, pas loin de la route.

Ramona ne se sentait pas le cœur de revenir par la plage. Elle rentrerait chez elle par la route, au risque d'être repérée.

Quelques minutes plus tard, elle se remettait péniblement debout et descendait l'allée de la Strachan en direction de la route, où elle marqua de nouveau une pause pour s'appuyer un instant contre un arbre.

En tout cas, elle apprécierait son bonheur quand elle serait rentrée à bon port !

Au moment précis où Ramona abandonnait avec effort son arbre, quelqu'un déboula de l'allée au triple galop. Ramona se ratatina, les deux mains serrées sur la poitrine. En fait de triple galop, c'était plutôt un petit trot allègre, et celle qui s'y livrait n'était autre que la Strachan en personne. Ramona ne pensait pas l'avoir déjà vue. En jean et tennis, la Strachan quitta l'allée à petites foulées, vira brusquement sur la gauche et partit sur la route, ses cheveux noirs bondissant sur ses épaules. Ramona n'eut pas eu le temps de reprendre ses esprits qu'elle se retrouva le regard fixé sur le dos de la femme qui s'éloignait.

Ça suffit pour aujourd'hui, se dit Ramona fermement, et elle partit sur la route en sens inverse, marchant en biais comme un crabe, à cause de ses cuisses qui lui faisaient mal et de ses genoux endoloris, en direction de sa maison.

Lorsqu'elle atteignit celle-ci, elle était hors d'haleine et avait mal partout. Et elle était toujours aussi gelée malgré l'exercice vigoureux qu'elle s'était imposé. Elle allait se faire un petit Nescafé.

Comme elle attendait que l'eau se mette à bouillir, elle remarqua la misère accrochée près de la fenêtre de la cuisine.

Il y avait aussi deux fougères dans la chambre à coucher, se rappela-t-elle.

Et une petite jardinière de saintpaulias sur une table du salon.

Elle commença à se demander où le policier avait trouvé une clé pour entrer.

Elle se laissa choir sur une chaise devant la table de la cuisine. Ses genoux tremblaient, un grand écho lui résonnait dans la tête.

Sa maison n'était pas du tout un havre.

Elle allait devoir se réfugier ailleurs.

16

Zoé faisait son jogging presque tous les jours.

Ce jeudi après-midi-là, tout en suivant le bas-côté de la route, elle réfléchit un instant au rythme de sa course, curieuse de voir comment ses articulations tenaient le coup. Son genou droit la faisait parfois souffrir.

Il y avait de l'humidité dans l'air, sans qu'il plût vraiment, et elle en sentait la fraîcheur bienfaisante sur son visage. Elle ôta son serre-tête et ses gants et les fourra dans la grande poche de devant de son sweat-shirt.

Elle ne réussirait probablement pas à découvrir où Benjamin avait caché ses cahiers. Même si elle arrivait à le saouler, il s'arrangerait sans doute pour mentir.

Cela lui faisait du bien de réfléchir à tout ça en courant, pensa-t-elle. La frustration se transformait en énergie physique aussitôt brûlée.

Quel crétin ! Croire qu'elle le laisserait s'en tirer comme ça !

Elle avait atteint l'endroit où la route décrivait une courbe pour éviter un énorme épicéa ; elle sut qu'elle avait parcouru un mile. Elle s'approcha de l'arbre et appuya la paume de sa main droite sur le tronc, puis la paume de sa main gauche, au même endroit. Après quoi elle fit demi-tour et reprit la direction de sa maison.

Elle avait trop bien calculé son coup, s'était donné trop de mal pour avoir la paix, et vivre en solitaire – la vie même qu'elle avait désirée ! Et sûrement pas pour accepter que ses efforts risquent d'être compromis par cette nullité, par ce parasite qui ne valait même pas le prix de la poudre qui le volatiliserait !

Elle ne se voyait pourtant pas le faire sauter. Elle ne s'y connaissait pas assez en explosifs. De toute façon, un décès dû à une explosion ne manquerait pas d'attirer l'attention des autorités.

L'empoisonner ? Tout en courant, elle étudia un instant cette possibilité.

Mais elle n'était pas davantage versée en poisons et, à moins d'en découvrir un d'absolument indécelable, ce n'était même pas à envisager. Un décès par empoisonnement susciterait, lui aussi, une foule d'interrogations.

Au moins, il n'avait pas de femme ni d'enfants pour poser des questions après coup.

Elle s'essuya le front de sa manche. Dommage qu'il ne courre pas, pensa-t-elle, haletante. Elle aurait pu le défier à la course et essayer de l'amener à la crise cardiaque.

Il fallait que ce soit un accident, décida-t-elle en quittant la route. Elle ralentit l'allure, passa à la petite foulée, puis à la marche pendant le dernier quart de mile qui séparait le promontoire de sa maison.

Un accident de voiture, ou alors autre chose.

Elle trouverait bien.

Après avoir pris une douche et s'être changée, elle s'arrêta un moment près de la fenêtre du séjour et regarda tomber la pluie. Une idée lui traversa l'esprit : il serait peut-être infiniment plus compliqué et difficile de tuer Benjamin que d'aborder l'autre solution, savoir : se tuer, elle.

Et si, en admettant qu'elle le tue et se fasse prendre, elle finissait sa vie en prison ? Non. Mourir était cent fois préférable.

Elle n'aimait pas souffrir. Mais elle savait qu'elle pouvait se débrouiller pour régler le problème sans s'infliger de souffrances physiques.

Il faudrait qu'elle s'occupe de son argent. Il était hors de question que Benjamin, ou l'Etat, en récupère le moindre sou. Convertir tout ce qu'elle avait en liquide, le transférer sur son compte courant et le répartir au hasard, en prenant des abonnés dans l'annuaire de téléphone de Sechelt ?

Troublée, elle fit les cent pas dans sa maison, caressant les meubles qu'elle aimait, allumant et éteignant les récepteurs de télévision. Il y avait aussi ses affaires. Que deviendraient-elles ? Mais, bon sang, qu'allait-elle bien pouvoir faire de tout ce qui lui appartenait – sa voiture, sa maison ? Comment se débarrasser de tout ça sans attirer l'attention ?

Sa maison. Sa forteresse.

Elle avait jeté son dévolu sur la côte du Soleil parce qu'on ne pouvait y accéder qu'en prenant le ferry. Vancouver était bien loin.

Elle avait choisi Sechelt parce que le village se nichait au milieu de la côte, à mi-chemin entre le ferry de Langdale qui effectue la traversée entre le détroit de Howe et la baie du Fer-à-Cheval et celui de Powell River qui relie la passe de Georgia Strait à l'île de Vancouver.

Elle avait longtemps cherché, avant d'acheter la propriété du front de mer ; après, elle avait acquis du terrain des deux côtés, puis d'autres parcelles encore. Un jour, tout le promontoire lui avait appartenu. Ce n'était pas énorme – moins de deux acres. Une superficie facile à gérer. Délimitée à l'est par la route ; jamais elle n'avait eu à se soucier d'éventuels voisins.

Elle s'y était fait construire une maison toute simple, avec exactement le nombre de pièces qu'il lui fallait. Et un garage.

Et, à mi-chemin entre l'allée et la route, un petit cottage pour les invités. Il ne servait pas souvent. Juste une ou deux fois par an.

Un des points qu'elle avait dû vérifier avant de s'installer : le nombre de bars qu'il y avait dans les environs. Rien que le long de la côte, elle en avait repéré quatre qui feraient l'affaire, indépendamment de ceux qu'offrait Sechelt ; ceux-là étaient trop près de chez elle.

Pour Zoé, les pulsions sexuelles se réduisaient à un désir qu'on satisfaisait par besoin plutôt que par envie. Ce besoin, elle l'avait éprouvé pour la première fois à quatorze ans, le jour où un garçon, qui était trois classes au-dessus d'elle à l'école, s'était mis à la suivre lorsqu'elle rentrait à la maison. Un soir, il l'avait rattrapée et emmenée dans un parc. Ce qui avait suivi n'avait pas été une expérience spécialement agréable mais, tout compte fait, s'était révélé une entrée en matière plutôt convenable.

Tous les deux ou trois mois, Zoé enfilait donc un de ses « déguisements » et mettait le cap sur un bar. Elle jetait son dévolu sur quelqu'un, le ramenait au cottage et, là, ils baisaient. Zoé y mettait la méthode et l'énergie qu'elle apportait à tout ce qu'elle faisait. Après quoi elle renvoyait l'individu à ses occupations.

A ces amants de passage elle racontait que ses vieux parents habitaient la maison du front de mer.

Tout fonctionnait sans anicroche. Jusque dans ses moindres aspects, son existence se déroulait exactement comme elle l'avait planifié.

Du diable si elle allait laisser Benjamin tout démolir !

Tard dans l'après-midi, le ciel se dégagea. Zoé gagna son bureau et s'assit dans un gigantesque fauteuil rond en rotin, agrémenté d'un énorme coussin d'un rouge brique somptueux. Elle croisa ses jambes, un verre de chardonnay à la main. Le soleil commençait à décliner, prêt à jeter ses derniers feux avant de s'éteindre dans les eaux de l'océan. Zoé le regarda brûler dans son verre.

L'heure était venue d'exercer son esprit en se concentrant à fond sur une idée.

Zoé faisait entièrement confiance à son cerveau, et le traitait avec respect. Elle essayait de le comprendre et de prévoir ses besoins. Elle veillait à sa forme physique pour lui éviter d'avoir à se disperser en s'inquiétant de la maladie ou de la blessure du corps qui l'hébergeait. Zoé fuyait tout ce qui risquait de la troubler, offrant ainsi à son cerveau un milieu presque idéal dans lequel fonctionner. Un peu comme elle aurait entretenu une serre pour une plante exotique, ou un garage climatisé pour abriter une voiture de collection.

Le soleil se posa sur l'horizon ; dans sa main, le verre de vin se réchauffait. Elle ferma les yeux et, se balançant doucement d'avant en arrière, pensa aux accidents. Accidents de voiture, accidents de bateau, accidents du travail, accidents de ski ; accidents avec des outils agricoles, accidents avec des tronçonneuses, des couteaux tranchants, ou des ciseaux à longues lames ou des médicaments ; accidents qui écrasaient, transperçaient, piquaient ou empalaient. Elle imagina Benjamin perdant son sang, étouffant, s'asphyxiant. Elle l'imagina s'effondrant sur le sol, tombant dans le coma, emporté vers la mort en tourbillonnant comme un fétu. Elle le vit s'effondrer… tomber… Elle le vit basculer dans le vide.

Elle crut savoir exactement l'impression qu'elle éprouverait quand, plaçant ses mains sur les omoplates de Benjamin, elle le pousserait, fermement. Elle sut à quoi cela ressemblerait, lorsqu'il plongerait brusquement dans le vide, avec un cri qui s'étirerait comme une fine volute, une mince expiration blanche restant peut-être suspendue dans l'air une seconde ou deux après que son corps aurait heurté les rochers. Elle se pencherait, avec précaution, pour voir si quelque vestige de lui bougeait encore, en bas, sur les rochers où il se serait écrasé…

Zoé ouvrit les yeux et sourit.

Elle le pousserait dans le vide, du haut de la falaise qui se trouvait juste devant chez lui.

C'est là qu'ils se retrouveraient, à West Vancouver. Il lui donnerait les cahiers, elle lui remettrait ses certificats de titres en s'assurant qu'il les fourrait ailleurs que dans sa poche. Ils boiraient un verre, elle s'arrangerait pour qu'il soit complètement ivre, s'il ne l'était pas déjà, il le serait sûrement. Au bout d'un moment, elle se lèverait pour partir. Elle monterait dans sa voiture et ferait semblant de ne pas pouvoir démarrer. Elle crierait à Benjamin de venir jeter un coup d'œil et, quand il sortirait de l'ascenseur pour déboucher sur le parking en haut de la falaise, elle le pousserait dans le vide, récupérerait ses titres et prendrait la direction de la baie du Fer-à-Cheval pour attraper le ferry.

Elle s'extirpa de son grand fauteuil rond et s'approcha de la fenêtre. Un léger rougeoiement s'attardait encore dans le ciel. Les jours rallongent, pensa-t-elle. Le printemps ne devrait plus tarder.

17

Son frère occupait déjà la place quand elle arriva ; il avait son territoire confortablement délimité au sein de la famille.

Elle, on lui avait donné un prénom qui commençait par la dernière lettre de l'alphabet. Il y était sûrement pour quelque chose.

Aucun des prénoms courants ne semblait faire l'affaire, lui raconta-t-on. De sorte qu'on avait dû dévider tout l'alphabet. Le dernier prénom de la série, voilà tout ce qu'on lui avait dégoté : Zoé !

Benjamin avait quatre ans de plus qu'elle, et la mettait parfois tellement en colère qu'elle le frappait. D'habitude, il se contentait de hausser les épaules et de se tenir à distance respectueuse, mais elle tapait souvent si fort qu'elle lui faisait mal ; peu à peu, il commença à lui rendre coup pour coup. Un jour, il la fit saigner du nez. Alors, elle se pencha sur le canapé et secoua la tête comme une folle pour qu'il y ait du sang partout et qu'il se fasse gronder. Ce qui ne rata pas.

Zoé ne l'aimait pas ; elle ne le détestait pas non plus.

Elle avait des coins secrets dans la maison, des coins qu'il ne connaissait pas, mais elle en voulait aussi dehors. Rien qu'un endroit d'où elle verrait le monde sans être vue, ni de Benjamin ni de personne. Dans le jardin, il y avait une piscine pour nager, une tonnelle pour s'asseoir, mais nulle part où jouer. Il y avait des roseraies et des potagers, des massifs de rhododendrons sous les arbres et un petit ruisseau qui passait en bas de la propriété – les plantes à bulbes du printemps s'y épanouissaient à profusion. Mais il n'y avait pas un seul arbre dans lequel grimper ni de recoin secret où se cacher.

Aussi, lorsqu'elle eut huit ans, juste après avoir fait l'acquisition de son premier cahier, elle prit l'habitude de se faufiler dans la propriété des voisins, celle-ci étant aussi grande que la leur mais beaucoup moins bien entretenue. Juste derrière, le terrain faisait une bosse où poussaient plusieurs arbres fruitiers. Zoé escaladait la clôture de derrière et, se glissant dans les fourrés, gagnait le sommet de la butte, où commençait le verger. De cet endroit, elle voyait tout l'arrière de la propriété et, de l'autre côté de la clôture, un grand pan de son propre jardin.

Ce fut bientôt sa cachette. Elle montait dans un arbre, se calait entre une grosse branche et le tronc et, selon la saison, se gavait de cerises ou de pommes, nichée là comme un gros oiseau costaud dans son nid.

Quatre ans passèrent. Zoé ne cessait de grandir, mais jamais elle ne devenait trop grande pour se couler dans les branches d'un arbre, ni trop vieille non plus pour avoir encore besoin d'un jardin secret.

Deux vieux vivaient dans l'ancienne bâtisse construite sur le devant de la propriété. Ils ne prenaient jamais la peine de cueillir les cerises ou les pommes, mais leurs grands enfants venaient parfois leur rendre visite et repartaient avec des fruits.

Un jour – elle avait alors douze ans –, Zoé s'était installée dans un pommier. On était en juillet, et les pommes commençaient à devenir bonnes à manger ; plus grosses que des balles de tennis, elles n'avaient pas encore la taille des balles de softball et étaient encore vertes bien que le jaune se montrât déjà.

Zoé creusait le tronc avec son ongle et en arrachait de

petits morceaux d'écorce qu'elle expédiait par terre d'une pichenette. L'affaire durant depuis un bon bout de temps, elle avait mis à nu toutes les couches d'écorce de l'arbre et s'attaquait à présent à ce qu'elle imaginait être ses muscles.

De temps à autre, elle entourait l'arbre de ses bras et frottait vivement sa joue contre le tronc. Sa joue commençant à la brûler, elle passa les doigts dessus et y vit un peu de sang, et aussi des saletés ; elle étreignit de nouveau l'arbre, mais en pressant l'autre côté de son visage contre le tronc.

Zoé attachait énormément d'importance à la symétrie. Le soir, à table, elle se surprenait parfois en train de taper le sol du bout de l'orteil droit, par exemple ; alors, il lui fallait absolument retrouver le nombre de fois qu'elle l'avait fait sans s'en apercevoir, afin de pouvoir recommencer avec le gauche, et le même nombre de fois.

Au bout d'un moment, du haut de son perchoir dans le pommier, elle remarqua que la vieille, Mme Nelson, était sortie de la maison et se tenait sur le perron de derrière, un chapeau de paille à la main. Mme Nelson se le mit sur la tête et en noua les rubans marron sous son menton. Puis elle regarda la petite élévation dans le verger.

Zoé devint complètement immobile.

Mme Nelson descendit lentement les marches en tenant la rampe, traversa la jungle de son jardin de fleurs qui n'avait aucun délimitation précise et se dirigea vers le verger. Elle s'arrêtait par moments pour regarder une fleur, mais toujours elle repartait, droit vers le pommier dans lequel Zoé était tapie.

Les vieux ne cueillaient jamais les fruits de ces arbres, jamais. Non mais, qu'est-ce qu'elle croyait, cette sale vieille ? Qu'elle allait se chercher une échelle et grimper se prendre des pommes ? Zoé essaya de se dissimuler derrière le tronc, mais sans réussir à trouver une branche où s'asseoir. Les feuilles du pommier bruissant quand elle bougeait, elle craignit que Mme Nelson ne l'entende, même si elle était encore à bonne distance.

Mme Nelson portait une robe marron et blanc et des sandales blanches aux pieds. Elle s'arrêta au bas de la butte et s'assit sur un banc en bois tourné vers la maison. Au bout d'un moment, elle se pencha en avant et tendit le bras pour ramasser une pomme qui avait roulé jusque-là. Elle la frotta contre sa robe, mordit un coup dedans et resta là plusieurs minutes encore, à la mâcher. Enfin elle posa le trognon par terre et se leva.

Quand elle commença à trop se rapprocher, Zoé lui jeta une pomme.

La pomme rata la vieille, mais du coup celle-ci leva les yeux pour inspecter les arbres. Zoé lui lança une autre pomme, qui l'atteignit au bras, ce qui la surprit beaucoup. A l'expression qu'elle prit, Zoé sentit le moment où l'idée lui vint que les pommes ne tombaient peut-être pas toutes seules, mais que c'était peut-être quelqu'un qui les lançait.

Comprenant que Mme Nelson avait du mal à le croire, Zoé lui en lança une autre, qui la frappa à nouveau. Elle avait dû atterrir plus violemment que la première car Mme Nelson fit « Aïe ! » et se pencha en avant, la main tendue à l'aveuglette jusqu'à ce qu'elle rencontre un tronc d'arbre. Où elle vint s'appuyer en boitillant et en se tenant toujours l'épaule.

– Qui est là ? demanda-t-elle d'une voix tremblante. Il y a quelqu'un là-haut ?

« Non, il n'y a personne là-haut ! C'est Dieu qui vous bazarde des pommes ! », eut envie de lui crier Zoé. Au lieu de quoi, elle lui lança une autre pomme. Qui lui atterrit sur le bord du chapeau et le lui mit tout de traviole sur la tête.

Soudain, Zoé se sentit furieuse contre elle-même. Ce n'était vraiment pas malin. Maintenant, Mme Nelson examinait les arbres avec attention, en scrutant chaque branche de ses petits yeux, flairant et sondant les pommes une à une et... paf ! Zoé reçut en pleine figure les deux yeux en boutons de bottine de la petite vieille.

– Zoé ! s'exclama Mme Nelson, ahurie.

– Zoé Zoé Zoé ! brailla Zoé.

Elle dégringola à toute vitesse de son arbre, courut jusqu'en haut de la butte, redescendit de l'autre côté, passa par-dessus la barrière du jardin des Bradley, où Henry Bradley était en train de tondre la pelouse de son père. Elle traversa comme une flèche la propriété des Bradley en hurlant « Le con le con le con ! », déboula sur la route et continua à y courir jusqu'à l'endroit où celle-ci tournait et arrivait devant sa maison. Elle se précipita à l'intérieur, monta les marches de l'escalier quatre à quatre, bondit dans sa chambre, y ouvrit les fenêtres en grand, se jeta sur son lit et, brûlante d'humiliation et de fureur, se dit qu'elle allait jeter un sort à la vieille Mme Nelson.

Ce soir-là, elle eut droit à une nouvelle séance. Ils lui faisaient toujours le coup juste avant le dîner.

– Mme Nelson nous a dit que tu l'avais bombardée à coups de pommes aujourd'hui, commença sa mère qui semblait lasse et triste.

Zoé haussa les épaules.

– J'étais dans un arbre. Des pommes ont dû tomber.

– Tu veux dire que tu n'as pas fait exprès ? demanda son père.

Nouveau haussement d'épaules.

– Peut-être qu'elle en a reçu. Je ne sais pas, moi.

– Elle dit que tu lui as crié des choses, reprit sa mère.

– Je ne me rappelle pas. Peut-être. Elle m'a fait très peur.

– Comment ça, très peur ?

– Elle m'a espionnée.

– Je vois mal Mme Nelson t'espionnant, Zoé, dit sa mère.

– Et ta figure... qu'est-ce que tu as fabriqué ? Elle est toute éraflée.

– Je l'ai frottée contre un arbre.

– Mais Zoé, pour l'amour de Dieu...

– Et, de toute façon, qu'est-ce que tu fichais dans son verger ? demanda son père.

– Je jouais.

Elle avait l'estomac qui gargouillait.

– J'ai faim. On ne peut pas passer à table ?

Sa mère poussa un énorme soupir.

Zoé fixa le sol. Elle était plantée sur un tapis essentiellement rouge foncé, avec de grosses fleurs partout, et posé sur une moquette qui courait dans presque toute la maison.

– On ne peut pas passer à table ? répéta-t-elle.

– Mme Nelson ne veut plus te voir dans son jardin, lui lança son père.

Je me fiche de ce qu'elle veut ou non, pensa Zoé en son for intérieur. Pour les autres, elle fit signe qu'elle avait compris.

Son père lui caressa les cheveux.

– C'est bon, dit-il. Va chercher Benjamin. Avertis-le qu'on passe à table.

Le lendemain, elle s'aperçut que les vieux schnocks avaient fait couper l'herbe haute du verger. Pour la voir plus facilement. Ils savaient qu'elle ne renoncerait pas.

Ils devaient passer tout leur temps à guetter aux fenêtres. La deuxième fois que Zoé entreprit de grimper dans un des pommiers, ils sortirent sur le perron de derrière et lui crièrent de s'en aller. Et téléphonèrent à ses parents.

Mais elle s'entêta, alors même que sa mère et son père commençaient à en faire toute une histoire.

Les vieux la surprenaient à tous les coups, mais ça l'amusait de voir jusqu'où elle pouvait aller avant d'entendre leur porte de derrière s'ouvrir brusquement et l'un des deux se mettre à brailler.

Bientôt, pourtant, ce petit jeu cessa vite de l'intéresser.

Etre interdite de jardin la mettait de plus en plus en colère.

Un jour, elle fut tellement folle de rage que de violents tremblements la prirent. Elle eut besoin de taper, de casser, de réduire des choses en miettes. Mais elle n'avait rien sous la main. Alors elle courut, courut dans son jardin, courut autour de la maison, courut sur la pelouse de devant jusqu'à la route, courut sur la route jusqu'à ne plus pouvoir courir, jusqu'au moment où elle dût se laisser tomber sur la pelouse de quelqu'un qu'elle ne connaissait pas, et elle resta là, haletante, incapable de retrouver son souffle, le regard posé sur un gros chien assis sous un arbre. Enfin, son cœur cessa de battre la chamade, enfin elle sentit le soleil chaud sur le dos de ses jambes. Alors elle se releva et rentra chez elle.

Elle ne pouvait pas passer son temps à courir comme une dératée. Elle allait se faire du mal. Il fallait qu'elle trouve une idée.

Un mauvais sort, quelque chose.

18

– Qu'est-ce qui me prouve que tu les as vraiment ? demanda-t-elle à son frère le vendredi après-midi.

Ils étaient assis dans son séjour.

– Comment saurais-je ce qu'il y a dedans sans ça ? lui renvoya-t-il.

– J'aimerais y jeter un coup d'œil. Juste pour être sûre.

Il agita un doigt dans sa direction.

– Ne fais pas l'idiote, Zoé.

– C'est absolument contre mes principes d'acheter quoi que ce soit sans voir d'abord, dit-elle sèchement.

Il secoua la tête. Et l'observa un instant.

– Alors ? Tu décides quoi ? On fait affaire ?

– Oui, Benjamin, dit Zoé. On fait affaire.

Benjamin arbora un immense sourire de satisfaction. Un sourire à lui couper la figure en deux, songea-t-elle.

– Tu ne le regretteras pas, dit-il.

Il se massa les mains, ses mains hideuses, rouges et boursouflées d'eczéma. Peut-être lui faisaient-elles mal. Elle l'espérait.

– Je te les apporte demain.

– Non, dit-elle d'un ton catégorique.

Benjamin tendit la main vers son verre et s'aperçut qu'il était vide.

– Un petit dernier pour la route et je dégage, dit-il en saisissant le verre par la tige.

– Je ne veux pas que tu remettes les pieds ici, lui lança-t-elle. C'est moi qui passerai chez toi.

– Je… en fait, je ne pense pas que ce soit une très bonne idée, objecta Benjamin.

– Parfait, dit-elle en se levant. N'en parlons plus.

– C'est bon, c'est bon.

Il agita la main d'un geste impatient.

– Je vais me débrouiller. A quelle heure ?

– Dans la soirée. Le début de la soirée.

– D'accord. Et maintenant, tu me ressers ?

– Tu as fini la bouteille.

– Je vais en chercher une autre.

Il posa son verre.

– Où les ranges-tu ?

– Non, dit-elle, en le dévisageant un instant. Je m'en occupe.

Après tout, pensa-t-elle, il ne lui restait plus tellement de verres à boire.

Elle alluma la lumière en haut des marches et descendit au sous-sol. Le vin était entreposé dans un petit cellier sur la gauche. Elle se dirigea vers cette porte, mais changea soudain d'avis et passa dans une grande pièce, dont la moitié lui servait d'atelier. Un buffet de cinquante ans d'âge et doté de tiroirs à couverts l'y attendait. Quelqu'un l'avait peint en marron foncé. Zoé mourait d'impatience de le décaper pour se faire une idée de sa texture. Elle vérifia qu'elle avait bien tout ce qu'il lui fallait sur les rayonnages – papier de verre de différentes grosseurs, grandes boîtes de décapant, ciseau à bois, laine de verre, papier à poncer pour le finissage, huile de lin…

– Tu te dépêches ou quoi ? lui cria Benjamin du haut des marches.

Le son de sa voix la fit grincer des dents.

– J'arrive !

Elle éteignit dans l'atelier et referma la porte.

– Qu'est-ce que tu fabriquais, en bas ?

Dès qu'il serait parti, elle ouvrirait toutes les portes et les fenêtres, et tant pis pour le froid, afin de chasser d'un grand coup d'air pur le souvenir de Benjamin.

– Je prenais du vin, dit-elle.

Elle allait récurer toutes les surfaces qu'il avait touchées, laver à grande eau tous les endroits où il avait posé le pied.

Elle entra dans le petit cellier et choisit une bouteille de vin de Californie ordinaire.

– Tu ne serais pas en train de manigancer quelque chose ?

Benjamin se tenait à la porte, scrutant l'escalier, le visage barré d'ombre.

– Ne sois pas grotesque, répondit-elle en remontant les marches.

Comme elle arrivait en haut, il étendit le bras en travers de la porte, l'empêchant de passer. Elle leva les yeux vers lui, stupéfaite. Il souriait. Le cœur de Zoé commença à battre fort.

– Aurais-tu l'obligeance de t'écarter de mon chemin ? dit-elle en luttant pour retrouver son calme.

– On dit « S'il te plaît », lui lança-t-il, narquois.

– Arrête de faire l'enfant, lui renvoya-t-elle d'une voix si pleine de colère qu'elle en tremblait.

– Gen-ti-ment, insista Benjamin.

Zoé comprit plus tard que ce qui s'était passé ensuite n'avait pas été une défaite : elle n'avait pas perdu, elle n'avait pas capitulé ; elle avait fait un choix, un point c'est tout. Elle regarda Benjamin droit en face et décida de cesser de lutter ; de laisser sa colère prendre le dessus…

Il y avait des années et des années qu'elle n'avait pas éprouvé ce sentiment ; pas depuis qu'elle était petite.

Et Benjamin le vit, ou vit quelque chose dans ses yeux. Il aurait fait n'importe quoi, donné n'importe quoi même, pour reprendre ce malheureux petit mot.

« Gen-ti-ment », avait-il dit, comme un enfant demeuré.

Tout alla très très vite.

Elle se trouvait à deux marches du haut de l'escalier, son pied gauche une marche au-dessous du droit. Elle tenait la bouteille de vin de Californie par le milieu. Avec une allégresse intense, elle prit son élan et enfonça sauvagement le goulot dans l'estomac de Benjamin.

Le souffle coupé, Benjamin lâcha le bouton de la porte et se plia en deux. Zoé se tassa vivement contre la rampe, à sa droite. Benjamin bascula vers l'avant, s'affaissant sur la cuisse gauche de Zoé, qui aurait pu l'empêcher de tomber en gardant simplement la jambe tendue.

Mais la fureur l'électrisait. Elle avait oublié à quel point la colère pouvait être voluptueuse. Elle leva la bouteille bien haut, la lui abattit sur l'arrière du crâne et retira sa jambe gauche.

– Ahhh ! hurla Benjamin.

Et bêtement, bruyamment, il dégringola jusqu'au bas des marches.

19

Cramponnée au montant de la porte pour ne pas perdre l'équilibre, elle s'accroupit sur la marche du haut et attendit que son cœur cesse de battre à tout rompre. Elle contempla Benjamin qui gisait sur le ciment au bas de l'escalier. Un miracle qu'il ne se soit pas écrasé contre la rampe : il l'aurait fait voler en éclats, se dit-elle, pleine de gratitude pour les petites douceurs de la vie.

Il ne bougeait pas.

Au bout d'un moment, elle sentit que son cœur avait presque retrouvé son rythme normal et que ses bras et ses jambes ne tremblaient plus. Elle posa la bouteille de vin par terre, dans le vestibule, et commença à descendre l'escalier avec précaution vers la cave.

Elle enjamba le corps de son frère et se pencha, en un mouvement qui fit remonter sa jupe mince haut sur ses cuisses. Un filet de sang luisant gouttait sous la tête de Benjamin. Celle-ci faisait avec son cou un angle indiscutablement bizarre.

Zoé humecta ses lèvres sèches.

– Benjamin… Benjamin ?

Elle était pratiquement sûre qu'il était mort. Mais elle lui donna un petit coup dans l'épaule. Nous avons devant nous un être complètement inutile, pensa-t-elle, absolument bon à rien, et pas terriblement malin non plus. Il fallait pourtant lui reconnaître une qualité : son obstination.

Elle le poussa de nouveau. Elle saisit son poignet et, du bout des doigts, chercha son pouls. Elle se redressa et lui expédia sans méchanceté un petit coup de pied dans les côtes. Elle vit son corps se contracter, attendit un gémissement de protestation qui ne vint pas.

Oui, se dit-elle avec un petit hochement de tête entendu. Pour être mort, il est mort. Dé-cé-dé.

Le mince ruissellement de sang avait formé une petite flaque.

– Bon, bon, dit-elle en regardant le sang et le cou tordu de Benjamin. Voilà qui est fait.

Elle aurait pris moins de plaisir à le tuer si elle s'était contentée de suivre son plan. Mais agir ainsi, sur un coup de tête, en s'autorisant cet acte imprudent et cette violence, l'avait excitée au plus haut point. Elle en avait éprouvé un plaisir sexuel. Inattendu.

Mais elle se retrouvait avec un problème sur les bras. Il lui fallait réfléchir avec soin à la suite des opérations.

Son sentiment de satisfaction intense s'estompait déjà.

Il était près de trois heures de l'après-midi. Une demi-heure jusqu'à l'embarcadère – elle pouvait attraper le ferry de trois heures trente si elle se secouait. Une demi-heure pour aller de la baie du Fer-à-Cheval jusqu'à chez lui – disons vingt minutes avec un peu de chance. Une heure pour fouiller l'endroit. Puis une demi-heure pour revenir à l'embarcadère, attraper le ferry de six heures trente : à sept heures trente elle pouvait être rentrée.

Elle fit les poches de son frère en veillant à ne pas trop le bouger ou troubler la mare de sang figé. Elle trouva ses clés et s'en empara. Puis elle remonta lestement les marches et saisit une veste dans le placard du vestibule.

Elle sortit, verrouilla la porte de devant et fouilla sa voiture au cas où il aurait pris les cahiers avec lui, ce dont il s'était bien gardé. Naturellement.

Elle sentit qu'elle cédait à la précipitation et essaya de ralentir le rythme, de garder la tête claire.

Il allait rester plus de quatre heures et demie étendu là, au bas de l'escalier de sa cave. Et après ? Qu'allait-elle en faire ?

L'envoyer par le fond ?

Appeler la police, leur dire qu'un accident s'était produit ? Parce qu'elle dirait que c'était un accident. Il n'y avait pas d'autre solution.

Mais ils voudraient savoir pourquoi elle ne les avait pas prévenus plus tôt.

Je trouverai bien quelque chose, se dit-elle en luttant avec la portière de sa propre voiture. Enfin, elle se rendit compte qu'elle essayait de l'ouvrir avec les clés de Benjamin.

Elle récupéra les siennes dans son sac et vit que ses mains tremblaient.

– Le con ! lâcha-t-elle en se glissant dans sa voiture. Qu'il aille se faire foutre !

Bon, se dit-elle ensuite en quittant l'allée de sa propriété et en tournant sur la route.

D'abord, tu réfléchis.

Il était ivre. Il n'était pas question de le laisser conduire dans cet état. Tu lui as dit de dormir un peu et tu es partie acheter quelque chose pour le dîner.

Elle vérifia l'heure et appuya sur l'accélérateur. Si elle ratait le ferry de trois heures trente, autant faire une croix sur les cahiers ; elle ne pouvait pas laisser Benjamin comme ça pendant plus de quatre heures et demie.

Comment expliquer cette absence, même si elle n'excédait pas quatre heures et demie ? Il fallait à peine plus d'une heure pour acheter de quoi dîner.

Tu réfléchis, Zoé, se répéta-t-elle en décontractant ses mains crispées sur le volant.

Quel foutu con ! pensa-t-elle ensuite dans une bouffée de rage.

Déjà elle traversait Sechelt. Dieu merci, ça roulait bien. Et inutile de se faire du mauvais sang pour les files d'attente à l'embarcadère, pas un jour de semaine en janvier. Et la route était sèche ; encore un jour de temps gris, mais il ne pleuvait pas. Et, Dieu merci, il n'y avait pas de brouillard.

Elle entendit une sirène et vit au même moment l'éclat des gyrophares dans son rétroviseur. Qu'ils aillent se faire foutre ! se dit-elle en ralentissant et en se rabattant sur le côté de la route pour se laisser doubler, par qui ? ambulance, voiture de pompier ou autre, elle n'en avait rien à faire. Mais, quand elle ralentit, on ralentit aussi, et elle s'aperçut que c'était une voiture de police. Incrédule, elle pila : la voiture de police freina derrière elle.

Elle se saisit le front.

– C'est pas vrai ! C'est pas vrai ! Je refuse de le croire.

Elle jeta un coup d'œil dans le rétroviseur et vit le policier s'extraire de sa voiture en prenant tout son temps. Elle regarda sa montre et sut qu'elle n'arriverait jamais à temps à Langdale.

C'est alors qu'elle sentit sa sérénité refaire surface, résolue et glacée, des profondeurs où elle s'était provisoirement tapie.

Parfait, pensa-t-elle.

Puisque c'est comme ça.

Le sort en est jeté.

Le policier était grand et jeune, et, comme il venait dans sa direction, elle devina qu'il n'était pas trop mécontent d'avoir les épaules larges, les hanches étroites et les cuisses musclées. Elle baissa sa vitre et le regarda bien en face, tandis que les yeux de l'homme rencontraient les siens et la reconnaissaient. C'est vrai qu'on la connaissait de vue. Mais peu avaient le courage de la regarder comme ce policier. Une onde – de désir ? de *Lustmord* ? – lui courut jusqu'aux reins. Mais il était trop tard pour en tirer quelque avantage ; jamais elle ne pourrait attraper le ferry.

Elle attendit, l'observant. Il ôta son chapeau et se passa la main dans les cheveux – des cheveux noirs et bouclés. Zoé faillit éclater de rire, mais se retint ; elle ne lui sourit même pas. Elle se raconta seulement, l'espace d'un instant, qu'elle était dans un bar, en tenue de combat, camouflée, affamée.

– Mademoiselle Strachan, si je ne m'abuse ?

Zoé acquiesça.

– Je suis au regret de vous le dire, mais vous dépassiez la vitesse autorisée dans ce secteur.

– Oh mon Dieu !

Elle le regarda droit dans les yeux. Ça, pour être sûr de lui, il l'était ; elle se sentait un besoin pressant de le moucher un peu. Au lieu de quoi, elle lâcha le volant et tendit les mains vers lui avec embarras, en s'arrangeant pour qu'il vît bien qu'elle tremblait.

– J'ai bien peur de ne pas être dans mon état normal.

– Je vais être obligé de vous mettre une contravention, dit-il avec un sourire qui découvrit largement des dents dont elle se fichait éperdument.

– Mon frère a eu un accident… (Elle se détourna et chercha un Kleenex dans son sac.) Je crois… j'ai peur qu'il ne soit mort.

Elle enfouit son nez dans le mouchoir en papier et s'autorisa les larmes.

– Quel genre d'accident ? Où ça ? Mademoiselle Strachan ?

Zoé sentit une main sur son épaule et sanglota plus fort. La consternation du policier était presque tangible. Sans lui laisser le temps de se ressaisir et de prendre les choses en main, elle tourna vers lui son visage mouillé de larmes :

– Il est tombé chez moi, dans l'escalier de la cave. Il y a du sang…

Et elle se remit à pleurer.

Le policier lui serra vivement l'épaule.

– J'appelle une ambulance, dit-il en retournant à sa voiture.

Zoé ne bougeait pas, pétrifiée, le visage morne, fixant le pare-brise sans le voir.

Au bout d'un moment, elle entendit des pas qui faisaient

crisser le gravier de l'accotement ; elle poussa un soupir, se redressa et se tamponna délicatement les joues avec son Kleenex trempé.

– Ils nous retrouvent chez vous, dit-il.

– Oh merci, chuchota Zoé. Merci.

– Pourquoi n'avez-vous pas appelé ? demanda-t-il en se penchant contre sa voiture.

– Je n'ai pas le téléphone. Je déteste ça, lui expliqua-t-elle avec un sourire désarmant.

Elle enclencha le contact et il recula prestement.

– Vous me dresserez ma contravention quand nous arriverons à la maison.

Elle passa en première, mit son clignotant et s'engagea dans l'artère principale de Sechelt. Dans le rétroviseur, elle vit l'officier de police partir à grandes enjambées vers son véhicule.

20

– A propos, Isabella, dit Alberg en enfilant sa veste. Vous savez qu'il y a quand même un élément positif dans l'affaire Ramona ?

Il s'assit sur le bord du bureau de sa secrétaire.

– Cela fait presque trois jours qu'elle a disparu, lui répondit-elle d'un ton morne.

– Je sais. Mais ce qui est positif là-dedans, c'est que nous n'avons pas de cadavre.

Isabella acquiesça.

– C'est vrai. Nous n'avons pas de cadavre. En tout cas, pas encore.

– Je craignais qu'elle n'ait fait une fugue pour en finir une bonne fois.

Isabella hocha de nouveau la tête.

– Je dois avouer que j'y avais songé moi aussi.

– Mais je ne pense pas qu'elle ait fait une chose pareille. On aurait déjà retrouvé le corps.

– Vous êtes sûr ?

– Sûr.

– Oui, mais alors… Où croyez-vous qu'elle soit ?

– Aucune idée, dit Alberg. Mais je vous parie un mois de salaire qu'elle est toujours vivante, où qu'elle soit. On a tout le temps des gens qui se barrent, Isabella. Vous le savez bien.

– L'ennui avec Ramona, c'est que, si elle ne veut pas qu'on

la retrouve, on risque de ne jamais mettre la main sur elle. Ramona n'est pas toute jeune, mais elle est astucieuse. Elle oublie des trucs, mais elle est futée.

Alberg fourra son calepin dans sa poche intérieure.

– Oui. Mais peut-être que nous, on l'est encore plus.

– N'y comptez pas trop.

– Alors, peut-être qu'on aura de la chance. A moins qu'elle ne décide toute seule qu'elle a envie de rentrer.

Il se leva et se dirigea vers la porte.

– Tâchez de joindre Gillingham, voulez-vous ? Dites-lui d'aller à la maison qui est au bout de Mills Road. Chez une certaine Strachan. Un décès accidentel a été signalé.

– Ne me dites pas que cette appétissante créature est morte ! s'exclama Isabella, horrifiée.

Elle saisit le téléphone.

– Une appétissante créature ? J'ignorais, dit Alberg. C'est d'un homme qu'il s'agit.

La voiture de patrouille de Sanducci et une ambulance stationnaient dans l'allée derrière la maison aux côtés d'une Chevrolet dernier modèle. Ce fut Sanducci qui ouvrit la porte quand Alberg sonna.

– Le mec, c'est son frangin, dit-il. Clamsé. Rond comme une queue de pelle, je dirais. Il s'est farci l'escalier de la cave.

Deux ambulanciers s'appuyaient mollement contre le mur.

– Allez attendre à l'intérieur de votre véhicule, dit Alberg. On vous fera signe quand on aura besoin de vous. (Il se tourna vers Sanducci.) Où est la sœur ? Comment prend-elle ça ?

– Pas mal. Elle est dans la cuisine, lui répondit Sanducci en le précédant dans le vestibule.

Elle était assise à la table, contemplant la petite fenêtre dépourvue de rideaux, le menton dans la main. Elle portait un tailleur noir : jupe droite, veste courte, chemisier blanc avec un gros nœud noué en lavallière sous le cou.

– Mademoiselle Strachan, dit Sanducci avec un sens des mondanités pour le moins inhabituel, j'aimerais vous présenter le brigadier Alberg. Chef, voici Mlle Zoé Strachan.

Elle tourna légèrement la tête pour le regarder. Ses yeux largement écartés étaient d'un bleu très foncé. Elle avait un front haut et large. Ses cheveux noirs et ondulés étaient coiffés avec la raie sur le côté. Elle avait la peau claire, apparemment sans rides ; mais il savait qu'elle n'était plus toute jeune. Depuis six ans qu'il officiait à Sechelt, c'était la plus belle femme qu'il y eût jamais vue.

– Merci, Sanducci, dit-il.

Comment se faisait-il qu'il ne l'eût jamais rencontrée dans le coin ?

Il s'obligea à regarder ailleurs et fixa la fenêtre. Il se rappela qu'il n'en avait pas vraiment vu sur le devant de la maison ; juste une petite vitre en verre dépoli, sans doute celle des toilettes. De toute évidence, cette femme tenait à son intimité.

– Puis-je m'asseoir ? demanda-t-il. (Zoé Strachan lui fit un signe de tête affirmatif.) Pourriez-vous me donner son nom ?

Il sortit son calepin et un stylo-bille.

– Benjamin Henry Strachan, dit-elle.

– Et c'est votre frère ?

– Oui.

Il inscrivit ces renseignements sur son calepin. Il avait froid aux mains. De nouveau, il regarda par la petite fenêtre de la cuisine et n'y vit que le ciel qui s'obscurcissait. Il y aurait des tas de choses à dire sur les vues, pensa-t-il sans y faire vraiment attention. Il aimait celle qu'il avait de sa véranda, par exemple : elle était belle, la colline qui dévalait jusqu'à Gibsons et au port. Mais ce qu'on demandait surtout aux fenêtres, c'était de laisser entrer la lumière. Il s'imaginait mal habiter une maison dont toute une façade aurait été aveugle.

Zoé Strachan le laissait prendre son temps, attendant d'autres questions.

– Il habite le coin ? La péninsule ?

– Il habitait à West Vancouver.

– Il était marié ? Il avait de la famille ?

– Il avait été marié. Deux fois. Sa première femme a demandé le divorce. La seconde est morte.

– Des enfants ?

– Non.

– Elle est le seul parent vivant, chef, précisa Sanducci.

Alberg sursauta légèrement ; il avait oublié la présence du caporal.

Zoé leva les yeux vers Sanducci et lui adressa un sourire tremblant.

– Oui, acquiesça-t-elle, la seule.

– Caporal, dit Alberg, prévenez-moi quand le docteur Gillingham arrivera.

Il attendit que Sanducci eût quitté la pièce.

– Vos parents sont morts ?

– Oui.

– Que leur est-il arrivé ?

Elle parut agacée. Alberg ne pouvait lui en vouloir. Comme si ça changeait quelque chose, ce qui était arrivé à ses parents.

– Mon père est mort d'une crise cardiaque, reprit-elle. J'avais vingt-trois ans. Ma mère a eu un cancer sept ans après. Ça a traîné pendant un an environ, et puis elle est morte.

– Vous étiez proches, votre frère et vous ?

– Grand Dieu, non ! Nous n'avions rien en commun. Strictement rien.

– Sauf vos parents, dit Alberg.

Elle le regarda droit dans les yeux, et il se rendit compte qu'elle ne l'avait pas encore fait jusque-là. Sa tête était toujours restée plus ou moins détournée. Il ne pensait pas en avoir été vraiment conscient. Jusqu'à ce moment précis. Il reçut son regard presque comme un coup.

– Vous voulez le voir ? demanda-t-elle. Vous voulez voir mon frère ?

– Ah… euh, oui, bien sûr. Dans une minute.

– On ne peut pas le laisser là, dit-elle pensivement.

– Non. Quand le docteur l'aura examiné, on emportera votre frère à… enfin, là où vous voudrez.

Il crut la voir sourire.

– Dans un funérarium quelconque, je suppose, dit-elle.

Il examina la cuisine. Dans un angle, un récepteur de télévision était posé sur une petite table. Une quantité d'appareils électriques étincelants s'alignaient sur les plans de travail. Une bouteille de vin rouge non décachetée jouxtait un grille-pain. La pièce était d'une propreté méticuleuse. Même l'évier en inox brillait.

Zoé Strachan tourna d'un coup sur sa chaise pivotante et croisa les jambes. Alberg fut incapable de se rappeler quand il avait entendu pour la dernière fois ce bruit, ce crissement soyeux de deux jambes gainées de bas, cette caresse. Les femmes ne mettaient pratiquement plus de bas. Et même si cela leur arrivait, c'étaient des collants qu'elles mettaient, pas des bas. D'ailleurs, elles étaient rarement en jupe. Et presque jamais en tailleur. Peut-être, pensa-t-il, peut-être que, puisqu'elle portait une jupe, un vrai tailleur en fait, et des bas aussi, peut-être que c'étaient de vrais bas et pas un collant, ce qui signifiait qu'elle portait aussi quelque chose pour les tenir, un porte-jarretelles noir, qui sait…

Il se racla la gorge et s'énerva sur son calepin, aux prises avec la page qui refusait de tourner. Son stylo-bille tomba par terre. Zoé Strachan ne bougea pas quand il se pencha pour le récupérer, alors qu'il avait pourtant atterri juste à côté de son pied. Alberg sentit le cuir lisse de l'escarpin noir contre le bord de sa main quand il ramassa le stylo-bille.

Elle le regardait avec attention. Il n'arrivait pas à deviner l'âge qu'elle avait. Il distinguait à présent quelques éclats argentés dans ses cheveux de jais. Mais son visage ignorait les rides et elle avait un corps mince, un corps de sportive.

– D'après le caporal Sanducci, votre frère aurait bu, fit-il.

– Je pense en effet qu'il était ivre, répondit-elle. Je crois que Benjamin buvait beaucoup.

– Racontez-moi ce qui s'est passé.

– Nous étions dans le séjour…

Elle se leva.

Automatiquement, Alberg en fit autant. Elle était à peu près de la même taille que Cassandra, pensa-t-il. Non, plus petite, car elle avait des talons hauts.

– Je vais vous montrer, dit Zoé.

Il la suivit à l'extérieur de la cuisine.

Dans le séjour, elle désigna le fauteuil en cuir noir.

– Il était assis ici. Moi, j'étais là, sur le canapé. Il a dit qu'il voulait prendre le ferry de trois heures trente, mais je lui ai répondu qu'il avait trop bu et qu'il valait mieux qu'il reste dîner avec moi. (Elle jeta un coup d'œil à Alberg qui restait planté près de l'ouverture en arc qui donnait sur le vestibule.) Ce n'est pas ici qu'il s'est saoulé, brigadier. Il était ivre en arrivant.

Elle attendit qu'Alberg ait fini de prendre consciencieusement ses notes.

– Mais je n'avais pas fait mes courses de la semaine, reprit-elle. Je lui ai dit de s'étendre et de dormir, le temps que j'aille nous chercher quelque chose à manger.

Elle s'assit sur le canapé, son bras gauche reposant sur le dossier bas, les jambes croisées.

– Il a accepté. « Mais d'abord, a-t-il dit, je descends chercher une bouteille de vin pour accompagner le dîner. » (Elle haussa les épaules.) On ne discute pas avec des gens qui sont dans cet état. Si bien que je suis restée assise là, en attendant qu'il revienne. Quelques minutes plus tard, j'ai entendu un cri, et un bruit de chute.

Elle se leva et s'approcha d'Alberg.

– Je suis allée jusqu'à la porte de la cave, reprit-elle en passant près de lui et en continuant dans le vestibule. Elle était ouverte, exactement comme vous la voyez maintenant.

Elle s'arrêta sur le pas de la porte et jeta un regard en bas.

– J'ai dû l'appeler une fois ou deux. Il faisait très sombre en bas. J'ai allumé ; il était là, par terre. (Elle se tourna vers Alberg avec un sourire.) Et il y est toujours…

Alberg jeta un coup d'œil sans insister.

– Pauvre Benjamin, fit-elle.

– Pourquoi était-il passé vous voir ?

– Il voulait m'emprunter de l'argent, dit-elle en continuant à regarder le bas des marches.

– Une somme importante ?

– Je n'en ai pas la moindre idée. (Elle s'appuya contre le chambranle et leva les yeux vers Alberg.) Cela n'aurait servi à rien de savoir combien il voulait : je n'avais pas l'intention de lui donner un sou.

– Il avait des ennuis ?

– Je ne crois pas. Il n'avait pas assez d'argent, c'est tout. Benjamin n'avait jamais assez d'argent.

– Il travaillait ?

Elle soupira et repartit dans le vestibule en direction de la cuisine, se retournant pour parler à Alberg.

– Apparemment. Je n'ai jamais su où. Comme je vous l'ai dit, nous n'étions pas très liés, Benjamin et moi. Les seules fois où je le voyais, c'était quand il avait besoin d'argent.

Elle prit une boîte à café dans le placard.

– Je ne sais pas pourquoi il insistait, reprit-elle. Je ne lui ai jamais rien donné, et il aurait dû savoir que je ne l'aurais jamais fait.

Sanducci s'encadra dans la porte d'entrée :

– Le docteur Gillingham est là.

– Si vous restiez dans la cuisine, mademoiselle Strachan, dit Alberg.

– Merci. (Elle sourit et agita sa boîte.) Je prépare le café.

Alberg trouva le médecin au bas des marches de la cave, sa

serviette noire à la main ; il contemplait d'un air satisfait la forme de Benjamin Henry Strachan.

– Encore un qui ne souffrira pas des ans l'irréparable outrage, lança-t-il d'un ton approbateur.

– Bon sang, Alex, moins fort, pesta Alberg. La sœur est là-haut.

Le médecin, le teint bistre, la cinquantaine, voulut s'accroupir près du cadavre.

– Et merde. J'avais oublié ce sacré genou, dit-il. Apportez-moi un siège, voulez-vous ?

Alberg jeta un coup d'œil autour de lui. Il vit trois portes, toutes fermées, et ouvrit la première ; la petite pièce qu'elle révéla semblait faire office de cave à vin. Un tabouret bas se trouvait dans un coin. Il l'apporta à Alex Gillingham.

– Qu'est-ce qu'il a, votre genou ?

– Je me le suis foulé. En faisant de l'escalade.

– Doux Jésus !

– Riez, riez... dit le médecin, du reproche dans la voix, en se penchant sur Benjamin Strachan. Vous vous enveloppez, Karl ; ça me frappe chaque fois que je vous vois ! Cela ne vous ferait pas de mal de crapahuter un peu.

– Ça vous ennuierait de vous magner, non ? La sœur n'a pas envie que le corps moisisse ici.

– C'est exact, dit Zoé, depuis le haut de l'escalier.

Les deux hommes levèrent la tête. Elle se tenait là, immobile, une main sur chaque montant de la porte, un peu plus haut que la ligne des épaules. Un de ses genoux était fléchi. Son visage se perdait dans l'ombre. Elle semblait remplir la largeur de la porte, mais Alberg savait que c'était une illusion due à la perspective.

Il attendit avec inquiétude qu'elle parle de nouveau.

Il aurait voulu bouger, lui dire un mot d'encouragement, mais il restait pétrifié.

– Eh bien... commença le médecin. (Il donna un petit coup de coude à Alberg.) Je comprends parfaitement vos sentiments, madame. Et soyez assurée que je vais expédier la chose aussi vite que possible. (De nouveau, il envoya un coup de coude à Alberg.) Remontez donc changer les idées de la dame, brigadier !

En haut des marches, Zoé éclata de rire.

21

En jetant un coup d'œil autour d'elle, le jeudi après-midi, Ramona avait constaté que, si personne ne venait s'occuper des plantes pendant les trois semaines à venir, certaines allaient mourir. Elle avait alors deviné que Marcia avait sûrement laissé la clé et la mission de les arroser à quelqu'un. Ce quelqu'un ne pouvait être que la mère de Marcia, Reba McLean. Voilà comment le policier était entré : il avait demandé la clé à Reba McLean.

Autrement dit, elle pouvait s'attendre à voir Reba rappliquer en faisant un raffut de tous les diables chaque fois que l'envie l'en prendrait, au volant de la Coccinelle blanche complètement déglinguée qu'elle conduisait partout en cornant à mort. Ramona savait qu'il n'était pas question de rester là. Reba connaissait trop bien la maison. Elle repérerait tout ce qui aurait changé ; tout ce qui ne serait plus à sa place. Et elle fouinerait partout, ça aussi, elle ferait comme chez elle et qui sait si elle n'irait pas fourrer son nez dans la penderie ?

Ramona se creusa désespérément la cervelle, cette nuit-là et le jour suivant, pour trouver un endroit où se réfugier.

Et, elle n'aimait pas tellement le reconnaître mais autant l'avouer : à un moment donné, le vendredi après-midi, le temps lui avait une fois de plus échappé. Lorsqu'elle avait « repris contact », elle était de nouveau recroquevillée au fond de la penderie de la chambre à coucher. Cela l'avait un peu rassurée, de voir qu'elle avait, semblait-il, toujours suffisamment ses esprits, même lorsque ceux-ci battaient la campagne, pour se rappeler qu'il lui fallait rester cachée.

A l'hôpital aussi, elle avait parfois perdu le sens du temps ; mais cela n'avait pas grande importance là-bas.

Aujourd'hui, on était samedi matin. Ramona vérifia une fois de plus le terreau des plantes en pots. Aucune n'était encore complètement à sec, mais le fait est que toutes auraient apprécié un bon coup d'arrosage.

Elle se demanda comment Anton aurait réagi en la voyant dans ce pétrin ; l'idée lui arracha un sourire et elle se sentit un peu mieux. Armée d'un crayon et d'un bloc de papier jaune à lignes, elle s'assit à la table de cuisine mal calée et entreprit de faire des listes.

D'abord, elle nota tous les aspects positifs de sa situation. Même s'il fallait admettre que son esprit s'égarait de temps en temps, elle estima que, lorsqu'elle pouvait compter sur lui, il était plus vif et plus malin qu'avant. Physiquement, elle se sentait infiniment mieux qu'elle n'aurait vraiment dû.

Dans la colonne du passif, toutefois, elle devait abandonner sa maison, et ça, c'était un coup terrible. Il faudrait qu'elle parte en reconnaissance tout de suite et essaie de trouver, un peu plus loin sur la plage, une maison ouverte et temporairement inhabitée.

Toujours dans la colonne des moins – inutile de se leurrer, elle allait tôt ou tard commencer à s'ennuyer et à ne plus tenir en place. Pour l'instant, elle goûtait pleinement la liberté de faire tout ce qu'elle voulait, quand elle le voulait. Mais elle savait qu'au bout d'un certain nombre de jours – combien, elle l'ignorait – son intense besoin de compagnie se manifesterait de nouveau. Alors quoi ? Retourner à l'hôpital ?

Ramona savait bien que le docteur Gillingham ne l'avait pas convaincue d'aller là-bas pour le seul plaisir de la rendre malheureuse. Il avait vraiment cru qu'elle était incapable de se débrouiller toute seule.

Peut-être pas éternellement, admit-elle, mais pour l'instant, en tout cas, je peux assumer. Pour l'instant, je veux vivre ma vie.

Elle écrivit toutes ces considérations, et les étudia.

Bon. La voie lui paraissait clairement tracée. Elle allait savourer chaque seconde de liberté, aussi longtemps que cela durerait.

Peut-être lui faudrait-il faire confiance à une amie. Quand elle serait à court de vêtements ou de lecture, ou quand elle en aurait ras-le-bol de son tête-à-tête avec elle-même.

Oui, mais ce n'était pas demain la veille.

En priorité à son ordre du jour : dénicher une autre taupinière. Et trouver une nouvelle source d'approvisionnement.

Elle recula la chaise de la table et se leva, tout ankylosée. Elle ferait mieux de s'occuper de ce qu'elle allait emporter.

Ramona fourra dans le sac à provisions quelques paires de chaussettes de secours qu'elle piqua dans le tiroir de la commode de Robbie. Plus un pantalon de Marcia. Et un rouleau de papier hygiénique. La bouteille de gin. Le bloc sur lequel elle avait fait ses listes, et le crayon.

C'était à peu près tout ce qu'elle se sentait capable de trimbaler sans trop de mal.

Tout en se bagarrant pour enfiler son manteau en tweed par-dessus ses trois pulls, elle se souvint de l'agitation qu'elle avait observée la veille autour de la maison de la Strachan. Elle avait vu une voiture de police remonter l'allée, et puis une ambulance était arrivée. Peut-être que la malheureuse avait eu un problème de santé.

Au moment précis où elle posait la main sur le loquet de la porte, elle entendit une voiture s'immobiliser sur les gravillons du bord de la route ; juste devant la maison.

Elle pivota prestement sur elle-même, attrapa le sac à provisions et fonça vers la cuisine. Une portière claqua. Deux personnes s'approchaient. Elle les entendit qui parlaient : une femme s'adressait à un homme et l'homme faisait « Mmmm, mmmm ».

Reba.

Ramona jeta un regard paniqué autour d'elle.

Puis elle ouvrit la porte de derrière, se faufila par une trouée de la haie du jardin des Ferris et, de là, gagna la route, d'où elle redescendit enfin jusqu'à la plage.

Elle suivit furtivement le rivage, tanguant sur ses jambes, avec l'impression d'être le bagnard – son nom lui échappait… mais si ! Le bagnard des *Grandes Espérances* – qui…

Elle avait oublié de prendre son bonnet de laine.

Elle avait aussi oublié ses gants ; et son écharpe.

Ramona marcha dans le sable en se tordant les pieds, hébétée et effrayée, serrant fort son sac à provisions.

22

Zoé refusait de déménager. Catégoriquement. Mais en fin de compte elle n'eut pas le choix.

Elle fit tout un cirque. Elle pleura, elle hurla, elle trépigna. Elle savait qu'elle se conduisait comme un nouveau-né, mais elle ne voyait pas comment faire autrement. Elle grelottait de peur, elle était terrifiée ; elle n'arrivait pas à croire que cela allait vraiment se produire.

La violence de sa réaction exaspérait et inquiétait ses parents, mais pas une seconde ils n'envisagèrent de revenir sur leur décision. Lorsqu'elle comprit qu'en dépit de tout ce qu'elle pourrait faire il ne leur viendrait même pas à l'idée de renoncer à commettre cette abomination, elle cessa de pleurer, de hurler et de trépigner.

Longtemps elle fit la tête ; elle ne le leur pardonnait pas. Ils ne se laissèrent pas décourager et tentèrent de la sortir, à force de gentillesse, de son humeur morose. Les mois qui précédèrent le déménagement, ils lui parlèrent avec enthousiasme de leur nouvelle maison, qui se trouvait à West Vancouver, près de l'océan. Ils l'y conduisirent même en voiture, mais elle resta à l'intérieur, fixant la rue d'un air morne. Elle ne voulut même pas y jeter un regard.

Elle faisait des cauchemars, rêvait qu'elle mourait, qu'elle n'arrivait plus à respirer, que des gens la poursuivaient en brandissant des couteaux.

Son père traçait avec soin le plan des pièces de la nouvelle maison et lui demandait son avis sur l'endroit où l'on devait placer les meubles. Mais Zoé refusait de participer. Son père lui dit qu'elle choisirait en premier sa chambre ; dans l'ancienne maison, Benjamin avait eu la priorité, parce qu'il était né le premier. Mais Zoé se fichait de la chambre qui lui serait attribuée. Son père lui dit qu'il allait lui faire visiter les deux lycées du quartier où ils allaient vivre ; comme cela, elle pourrait choisir celui qu'elle préférait. Mais Zoé refusa de l'accompagner.

Elle essayait bien, parfois, d'imaginer la vie dans une autre maison. Mais elle se méfiait du résultat et faisait encore plus de cauchemars.

Elle était furieuse de ne pas pouvoir décider sur un point aussi important que l'endroit où elle allait vivre.

Les mois passèrent, on arriva à la fin de l'année scolaire, et soudain ce fut le moment de déménager. Au début, Zoé refusa de s'occuper de ses affaires à elle, mais sa mère perdit patience et lui dit que, si elle ne le faisait pas, Benjamin s'en chargerait à sa place. Zoé commença à vider sa chambre tandis que Benjamin l'espionnait en ricanant dans le couloir. Elle lui claqua la porte au nez.

Le jour du déménagement, elle partit tôt le matin et ne remit pas les pieds à la maison de toute la journée.

Lorsqu'elle rentra, les déménageurs étaient déjà passés et repartis. Benjamin et ses parents mangeaient des sandwichs sur la table pliante derrière la maison ; comme leur nouveau foyer n'avait pas de jardin, ils laissaient la table. Son père poussa l'assiette de sandwichs vers Zoé.

– Je n'ai pas faim, fit-elle.

Son père se frotta un côté de la tête ; il avait beaucoup de cheveux gris à présent.

– Comme tu veux, dit-il sans se fâcher. Alors on y va.

Ils montèrent en voiture et prirent la direction de West Vancouver, à une cinquantaine de miles de là.

Ce soir-là, ils couchèrent à l'hôtel.

Le lendemain matin, ils retrouvèrent les déménageurs à la nouvelle maison. La journée était déjà bien avancée quand on s'aperçut que trois grands cartons manquaient, deux qui contenaient les livres des parents de Zoé, et un ses affaires à elle. Son père lui demanda de dresser la liste de ce qu'elle croyait y avoir mis, pour l'assurance ou autre, mais Zoé ne s'en souvenait plus. Elle y avait juste entassé des trucs jusqu'à ce que lui aussi fût plein, l'avait fermé, scotché, avait ouvert un autre carton, entassé des choses jusqu'à ras bord, et ainsi de suite.

Elle ne toucha quasiment pas à ses cartons pendant des semaines entières. La fin de l'été approchant, Benjamin rentra de son stage à la mine de Great North et Zoé dut se préparer à aller dans une nouvelle école. Quand tout fut enfin sorti des cartons et rangé, elle constata que plusieurs de ses cahiers se trouvaient dans le carton qui s'était perdu.

De toute façon, se dit-elle, il était temps de s'en débarrasser, et elle déchira les autres et les brûla dans la cheminée.

23

Le samedi matin, dans le bureau d'Alberg, Sokolowski faisait tristement son rapport :

– Y a ses mômes qui me téléphonent au moins six fois par jour.

– En tout cas, j'aimerais bien savoir une chose, moi : pourquoi ne sont-ils pas là, à nous aider ? lança Isabella.

Elle était appuyée contre le mur, les bras croisés.

– Le fils, Horatio, enfin… si c'est son nom…

Le sergent entreprit de feuilleter son calepin avec le gras du pouce.

– Horace, rectifia Isabella.

– C'est ça, Horace. Il veut savoir combien de temps elle doit être portée disparue avant qu'on puisse conclure officiellement au décès.

– Ah !… fit Alberg.

– Comme vous dites. (Sokolowski se tourna vers Isabella.) Elle est espagnole, non ?

– Qui ça, Ramona ? Espagnole ?

– Ben oui, quoi. Ramona. C'est un nom espagnol.

Mais Isabella secouait la tête.

– Elle n'est pas espagnole.

– Ah bon ?

Sokolowski en parut infiniment déçu.

– Vous êtes sûre ?

– Elle-n'est-pas-es-pa-gnole.

– Bref, c'est l'impasse, dit Alberg.

– Exact, patron. C'était pas elle dans le bus de Powell River. C'était pas elle qui faisait du stop près de la baie du Marsouin. C'était pas elle sur le ferry et on l'a pas vue au rayon vins et spiritueux. Elle a disparu sans laisser de traces.

Il articula cette dernière phrase comme si c'était la trouvaille du jour.

– Moi je crois... je peux vous dire ce que je crois ? demanda Isabella à Alberg.

– Allez-y.

– Je crois que vous devriez retourner voir chez elle.

– Elle y est pas, Isabella, dit Sokolowski. Je vous en donne ma parole.

– Peut-être qu'elle se cachait sous le lit ?

– C'est ça ! Une mémé de soixante-quinze berges qui serait allée se fourrer sous un lit !

– Bon, peut-être pas sous le lit, lui concéda-t-elle. Mais, si elle se trouvait dans la maison, elle ne voudrait certainement pas qu'on la trouve. Elle se cacherait, non ?

Ce jour-là, par-dessus sa chemise blanche et son T-shirt marron, Isabella avait enfilé un gilet marron et blanc dont les motifs parurent vaguement islandais à Alberg. Il se demanda si elle l'avait tricoté elle-même. Enorme, qu'il était. Mais c'est vrai qu'Isabella affectionnait les gros chandails.

– Jette quand même un œil, Sid, dit-il. Ça ne peut pas faire de mal.

– OK, marmonna Sokolowski, pas très chaud.

– D'après son notaire, elle ne peut pas tirer d'argent, reprit Alberg. Comment se nourrit-elle ?

– Elle s'est peut-être réfugiée chez quelqu'un, dit Isabella avec espoir. Je ne sais pas, moi... une amie.

Alberg la dévisagea d'un air songeur.

– Isabella, si elle avait débarqué chez vous en vous disant qu'elle ne voulait pas qu'on sache où elle était, vous l'auriez laissée entrer, vous vous seriez occupée d'elle sans en parler à personne ?

– Je n'aurais pas pu, lui répondit-elle, du regret dans la voix. Pas avec mon bonhomme et mon Jimmy à la maison.

– Alors disons… si vous aviez été seule ?

Isabella renversa la tête et fixa le plafond d'un air songeur.

– Oui, dit-elle au bout d'une minute.

– Eh bien voilà ! s'écria Sokolowski. Génial. (Il s'extirpa lourdement du fauteuil.) J'appelle Reba McLean. (Il poussa un soupir.) Je hais ce genre de boulot.

– Elle va bien finir par se montrer, déclara Isabella d'un ton décidé.

Sokolowski quitta la pièce avec un geste dubitatif de la tête.

– Et maintenant, racontez-moi, dit Isabella en se tournant vers Alberg. Elle est aussi sexy qu'on le prétend ?

– Qui ça ? lui demanda-t-il en éprouvant soudain le besoin de consulter sa montre.

– La Strachan ! Celle dont le frère, qui était en état d'ivresse, a fait une chute dans l'escalier de la cave, chute ayant entraîné sa mort…

– Vous me semblez rudement au courant, dit Alberg, agacé.

– Sanducci m'a mise au parfum. A le voir, on croirait qu'il a pris un coup de marteau sur la tête. Allez, racontez-moi. C'est vraiment un canon, cette nana ?

– Sanducci ! La bonne blague. Elle pourrait être sa mère ! (Isabella se renfrogna, ne sachant trop s'il plaisantait.) Bon, disons sa tante. Vous n'avez rien à faire, juste là ?

– Je le savais, lui lança Isabella d'un air satisfait. Quelqu'un m'a dit qu'elle était actrice.

– Dans moins d'une heure, il faut que je sois parti, dit Alberg. Je vous ai assez vue.

– Ou peut-être mannequin.

– Isabella, vous dégagez, et vite !

– Bof, sûrement des inventions. On peut être une créature de rêve et pas forcément mannequin. Vous pensez qu'elle vit de quoi, vous ?

Alberg se leva et ouvrit grand la porte de son bureau.

– Bon vent, Isabella.

Son téléphone sonna. C'était Alex Gillingham.

– Alors Alex, quoi de neuf ?

– Je souffre, dit Gillingham.

Sur quoi il s'étrangla de rire, un rire cassé.

Alex Gillingham passait son temps à avoir mal partout. Le genou qui le taquinait quand ils s'étaient trouvés chez Zoé Strachan n'était que la dernière en date des douleurs dont il se plaignait en permanence, certaines plus sérieuses que d'autres.

Il ne jurait plus que par le sport. Parfois, il boitait, la cheville foulée. Parfois, son épaule lui en faisait voir de toutes les couleurs. Parfois aussi, ses souffrances étaient plus diffuses. « Ah, j'ai mal à mes vieux os, confiait-il à Alberg. Sans doute que j'ai trop forcé, une fois de plus. » Toutes choses qu'il confessait avec volupté. Il semblait s'escrimer à malmener sans trêve son malheureux corps pour le rendre insensible à la douleur – et, ce faisant, peut-être à la maladie aussi.

– Strachan, dit Alberg sans s'énerver. Quoi de neuf sur Benjamin Strachan ?

– Fracture du cou ayant causé la mort. Je parie que vous n'avez même pas besoin que je vous fasse un dessin, pas vrai ? Oui, mais moi, je n'en ai pas encore fini avec lui. Il y a deux détails qui me chiffonnent.

– Comment ça, qui vous chiffonnent ?

Cela faisait un an que Gillingham prêtait son concours à la police montée. Il feignait souvent d'être exaspéré d'avoir à lâcher séance tenante ce qu'il faisait pour venir constater un décès, mais Alberg savait à quoi s'en tenir. Le médecin ne quittait presque jamais la péninsule : il craignait bien trop de rater quelque chose. Alberg était convaincu que, si Gillingham s'était trouvé au chevet d'un cas désespéré et que la police montée l'avait soudain convoqué, son patient se serait retrouvé en carafe dans l'instant.

– Et faites court, ajouta le brigadier, j'ai un avion à prendre.

– Il a l'arrière du crâne entamé.

– Ce type s'est payé l'escalier, on est bien d'accord ? Ça ne me surprend pas autrement qu'il se soit cogné la tête !

– Mmmm… Ce n'est pas la blessure qu'on attendrait.

Deux hivers plus tôt, Gillingham s'était mis au ski. L'été suivant, à la planche à voile. A présent, c'était la randonnée. Sauf qu'il appelait ça de l'escalade. Les sports comme le tennis, la paume ou le squash l'agaçaient. Ils faisaient intervenir l'esprit de compétition et représentaient donc une démarche en grande partie intellectuelle, soutenait-il. Il préférait, comme il disait, se « colleter directement avec la nature ». Mais il se jetait sur elle avec tant d'ardeur, l'attaquait avec tant de vigueur qu'il ne fallait pas s'étonner, de l'avis d'Alberg, que la nature prenne la mouche et l'envoie régulièrement au tapis.

Il n'était pas comme ça quand Alberg avait fait sa connaissance. Cela datait des deux dernières années ; depuis qu'il avait quitté sa femme. Alberg ne connaissait pas d'autre homme à avoir rompu les liens du mariage non pour une autre femme, mais pour une liaison torride, quoique foncièrement frustrante, avec Mère Nature.

– Que voulez-vous dire, « pas la blessure qu'on attendrait » ?

– Exactement ça. Et puis il y a aussi un hématome de première grandeur à l'estomac…

– Vous essayez de me dire quoi, au juste ?

– Je l'ignore, Karl. Peut-être rien. Mais tout ça me paraît un peu louche, si vous m'en croyez.

– Alex, dit Alberg d'un ton las. Le type est tombé dans

l'escalier, il s'est cassé le cou et il est mort. Signez-moi le constat, vous voulez bien ?

– Il est tombé, je vous l'accorde, lui renvoya Gillingham, il s'est cassé le cou et il est mort, je vous l'accorde aussi. Mais il y a cette entaille à la tête… et cet hématome à l'estomac… qui m'intriguent tous les deux.

Alberg se rendit compte qu'il avait froid et qu'il éprouvait un sentiment d'anxiété. Il se demanda s'il ne couvait pas la grippe.

– Si je ne fais pas gaffe, je vais rater mon avion, marmonna-t-il.

– Je ne peux pas affirmer qu'il soit tombé dans cet escalier, dit Gillingham. D'abord, comment je le saurais, hein ? Je n'étais pas là ! Et vous non plus.

– Mais, bon Dieu, il est normal d'émettre cette hypothèse dans le cas présent ! hurla Alberg dans le combiné. Vous avez un type par terre, sur une dalle en ciment, au bas de ces foutues marches, et il a le cou cassé. On peut à bon droit émettre l'hypothèse que c'est ce vol plané au bas des marches qui lui a causé sa fracture du cou, non ? Où est le problème ? Et puis, d'ailleurs, où est *votre* problème, bordel !

Sa colère le sidérait lui-même.

– Peut-être qu'il n'est pas tombé, dit doucement Gillingham. C'est ça, mon problème. Tout simplement.

Alberg se souvint brusquement des clés. Zoé Strachan avait demandé qu'on enlève la voiture de son frère de son allée. Alberg lui avait proposé de la garer dans le parking du commissariat. Mais il n'avait pas réussi à trouver les clés sur le corps de Benjamin Strachan. C'était Zoé qui les avait.

Elle s'en était expliquée, naturellement : « Je les lui avais prises, avait-elle dit en détachant les clés de la voiture du trousseau de son frère. Je ne voulais pas qu'il conduise dans cet état. »

Avec un sourire, elle lui avait tendu les clés de la voiture et avait remis le trousseau dans son sac.

– Faites votre boulot, Alex, dit Alberg d'un ton calme. Signez ce foutu papier.

Il raccrocha.

Alberg resta sans bouger à son bureau. Songeur.

Zoé Strachan éveillait en lui un frisson de crainte qu'il se sentait incapable d'expliquer, et n'avait pas envie d'élucider.

Rien ne s'opposait à ce qu'elle ait eu les clés de Benjamin Strachan sur elle.

C'était la bouteille de vin sur le meuble de la cuisine qui soudain le tracassait.

24

Le temps qu'Alberg et Gillingham soient repartis et qu'on ait emporté le corps de Benjamin, le dernier ferry à destination de la baie du Fer-à-Cheval avait quitté Langdale. Zoé dut attendre jusqu'au samedi matin pour aller à West Vancouver.

A la cafétéria du ferry, elle reconnut plusieurs visages : celui d'une femme qui travaillait comme caissière au Super-Valu, celui d'une autre qui exerçait les mêmes fonctions au London Drugs, et celui du propriétaire de la quincaillerie.

Elle ne remarqua pas Karl Alberg.

Alberg utilisait le téléphone-radio quand il l'aperçut. Il bavardait avec Cassandra. Lorsqu'il vit Zoé Strachan, les mots qu'il allait prononcer devinrent un magma inaudible.

– Karl ? Karl ? dit Cassandra.

Zoé était assise près de la vitre, portant de temps à autre à ses lèvres un gobelet en polystyrène.

Elle trouvait la vue déprimante au-delà de toute expression. D'ordinaire, les ciels gris et les flots désolés ne la dérangeaient guère, mais par cette matinée sinistre elle aurait souhaité du soleil. La côte semblait monter à l'horizon avec des intentions menaçantes ; le bras de mer qu'ils traversaient donnait à Zoé une impression de désordre – des îlots informes, dispersés n'importe comment, sans ordre, sans rime ni raison, dans les eaux du détroit de Howe ; à croire qu'ils changeaient régulièrement de place, par pure perversité.

Alberg l'imaginait mal expédiant son frère au bas des marches.

– Karl, vous êtes toujours là ? demandait Cassandra.

– Euh, oui, désolé. Ecoutez, il faut que j'y aille. Je serai de retour lundi en fin de journée ; je vous appellerai. Saluez votre mère de ma part.

Il raccrocha et se dirigea d'un pas normal vers le présentoir de dépliants touristiques, près de l'escalier qui conduisait aux ponts des voitures.

Il se demandait où elle allait, et pourquoi. Sans doute des dispositions à prendre pour l'enterrement. Peut-être là où travaillait son frère, pour annoncer elle-même la nouvelle. Mais il se rappela qu'on était samedi. Et puis elle avait dit qu'elle ignorait où il travaillait.

Comme elle se penchait pour boire une gorgée de café, ses cheveux noirs lui balayèrent la figure. Elle leva soudain les yeux et Alberg crut qu'elle l'avait repéré. C'était ridicule, et il se sentait grotesque, mais, lorsqu'elle tourna son visage dans sa direction, il sentit son cœur s'emballer. Puis elle détourna les yeux et regarda de nouveau par la vitre.

Zoé observa les embarcations qui traçaient leur route sur l'eau : un petit remorqueur tirait un train de grumes, un bateau de pêche mettait le cap sur le rivage, un voilier naviguait au moteur, voiles ferlées. On approchait de la baie du Fer-à-Cheval. Ils croisèrent un autre ferry, à destination de Nanaimo celui-là, et aussi le ferry de Bowen Island, beaucoup plus petit ; on aurait dit qu'il broutait l'eau pour s'ouvrir un passage, petit animal féroce crachant de l'écume des deux côtés de sa gueule.

Ostensiblement plongé dans une brochure sur Butchart Gardens, Alberg l'étudiait avec attention. Surveillance de routine, se dit-il. Mais il ne se sentait pas policier. Plutôt voyeur.

Zoé se félicitait prudemment. Elle estimait s'en être plutôt bien tirée, compte tenu des circonstances. Elle avait oublié cette satanée bouteille de vin, posée par terre dans le vestibule, mais elle avait réussi à l'emporter dans la cuisine sans attirer l'attention du caporal. Et l'autre, le brigadier, avait accepté son explication sans réagir lorsqu'elle lui avait dit avoir pris les clés de voiture de Benjamin parce qu'il était ivre.

Zoé n'aspirait qu'à une chose : en finir, trouver ces fichus cahiers, les brûler et reprendre le cours normal de son existence. Les cahiers n'étaient pas dans sa voiture : autrement dit, ils se trouvaient ou dans la maison, ou à son bureau, ou dans un coffre de banque quelque part. Mais plus vraisemblablement, pensa-t-elle, dans la maison.

Elle leva de nouveau les yeux vers l'avant du ferry, vers Alberg.

– Ouaouh… laissa-t-il échapper tout bas.

La peau de cette femme, ses cheveux, ses yeux… Il la regarda se redresser et rejeter son grand sac en cuir sur son épaule ; elle bougeait avec grâce et sensualité dans son jean, ses bottes et son blouson, en jean lui aussi.

Et puis ses yeux s'attardèrent de nouveau sur son visage.

Un froid glacé, redoutable, s'insinua en lui tandis qu'il comprenait ce qui rendait Zoé Strachan si peu ordinaire. Ce n'était pas son apparence physique. Ni la présence chez elle de quelque chose de hautain, de distant, voire d'indifférent. C'était plutôt la présence d'un vide ; l'évidence d'une absence.

Quelque chose lui manquait. Il se sentit extrêmement peu désireux d'en savoir plus.

25

Ramona grimpa la pente jusqu'à la propriété de la Strachan, traînant son sac à provisions, et s'appuya une fois de plus contre le grand pin Douglas pour reprendre son souffle et définir la stratégie qu'elle allait adopter.

Oui, elle en était convaincue, il n'y avait qu'une explication à l'apparition de l'ambulance. La pauvre femme avait dû se sentir mal – peut-être l'appendicite – et on l'avait emmenée d'urgence à l'hôpital.

Elle vivait seule, tout le monde le savait. Donc il n'y aurait personne chez elle.

Ce scénario lui parut d'une telle limpidité qu'elle aurait pu jurer en avoir parlé au téléphone avec le docteur Gillingham. « La Strachan se fait un sang d'encre à l'idée de laisser sa maison sans personne, avait-il dû lui lancer, et je lui ai dit que vous cherchiez un endroit où vous installer provisoirement ; cela vous tenterait-il de lui garder sa maison ? »

Ramona, qui reprenait des forces, s'imagina en gardienne professionnelle, allant d'un endroit à l'autre, veillant sur les maisons des gens en échange du vivre et du couvert.

Elle quitta avec précaution l'abri des arbres, se dirigeant vers l'allée qui menait à la maison.

Elle remonta discrètement l'allée en question, en proie à une grande anxiété. Peut-être qu'elle se trompait, après tout. Peut être que la Strachan était en parfaite santé et occupait sa maison comme à l'accoutumée. Auquel cas, elle pouvait surgir devant elle à tout instant. En faisant son jogging, en gagnant sa voiture pour aller faire ses courses à l'épicerie ou autre. Bah, si cela se produisait, Ramona ferait semblant de s'être perdue, c'est tout.

Elle fit passer son sac à provisions de sa main droite dans sa main gauche et écarta les mèches qui lui tombaient sur le front ; elle était coiffée en dépit du bon sens, les cheveux bien trop longs, sans aucune tenue, avec juste un reste de permanente encore accroché aux pointes. Elle avait l'air d'une folle, elle le savait. Ayant pris soin de laver sa lingerie et ses bas tous les soirs, elle pouvait se dire que ce qu'elle portait sur la peau était impeccable. Mais sa robe était crasseuse, et ses mi-bas ainsi que les chandails qu'elle avait empruntés à Marcia avaient terriblement besoin d'un coup de propre.

Le sac pesait lourd.

Elle s'obligea à avancer, faisant crisser les gravillons sous ses pas, regrettant l'absence du soleil. L'endroit n'avait rien d'accueillant, avec ce promontoire pointé vers la mer comme un gros pouce obscène. Il aurait fallu un brin de soleil pour lui remonter le moral, lui redonner du courage.

L'océan faisait un raffut du diable, juste derrière la maison ; il devait y avoir des rochers par là, pas du sable.

Ramona ralentissait de plus en plus le pas, mais ce n'était que reculer pour mieux sauter ; à moins de rebrousser chemin, tôt ou tard elle y arriverait.

Et elle se retrouva soudain juste à côté de la maison, le regard fixé sur la porte.

L'océan faisait un bruit infernal et les bouquets d'arbousiers qui entouraient la villa grattaient le toit avec des crissements d'ongles éraflant un tableau noir.

Au moment où elle levait la main, elle eut le sentiment de ne pas avoir vraiment fait le tour du problème… Elle ne savait pas exactement ce qu'elle était venue faire là…

Pourquoi se sentait-elle si anxieuse… ? Mais elle sonna.

A propos, qui donc habitait là ? se demanda Ramona, dont le cœur se mit à battre la chamade.

Personne. Ou alors on était sorti.

Ah oui, cette femme, la Strachan ; c'était elle qui vivait là.

D'un coup, tout redevint clair. Merci, mon Dieu, pensa-t-elle ; mais elle continuait à avoir peur, à se sentir en danger.

Si elle vient m'ouvrir, je lui raconte que je me suis perdue. Il n'y a absolument rien à craindre, rien du tout, se dit-elle, mais son cœur battait à cent à l'heure, ce qui ne lui était pas recommandé, elle le savait, et puis ce tremblement qu'elle avait soudain dans les genoux lui coupait les jambes.

Personne n'avait réagi au coup de sonnette.

D'une main nettement plus ferme, elle sonna encore.

Et encore.

Il n'y avait personne. Absolument personne.

Encouragée, elle tenta d'ouvrir la porte. Mais celle-ci était fermée à clé.

Elle résolut de faire le tour de la maison pour voir si elle pouvait entrer par une fenêtre.

Mais d'abord elle jeta un coup d'œil au garage… et le garage était vide.

Ramona comprit qu'il était inutile d'essayer d'entrer dans la maison, parce que, si la Strachan avait filé Dieu sait où avec sa voiture, c'est qu'elle n'était pas clouée sur un lit d'hôpital.

Et qu'elle pouvait remonter son allée au volant de son auto d'une minute à l'autre.

Ramona décampa sans demander son reste, le sac à provisions lui cognant la cheville.

Elle était à peu près à mi-chemin entre la maison et la route lorsqu'elle entendit siffloter et vit une silhouette tourner dans l'allée. Elle recula aussitôt dans les taillis, se cacha derrière un arbre et vit Sandy McAllister remonter l'allée sans se presser, sa sacoche de lettres à l'épaule. Elle dut se mettre la main sur la bouche pour s'empêcher de l'appeler ; elle faisait partie de sa tournée, quand elle habitait chez elle, et ils prenaient souvent un café ensemble, les froides matinées d'hiver. Elle ne le quitta pas des yeux le temps qu'il pose le courrier, repasse à sa hauteur et disparaisse dans le virage, là où l'allée rejoignait la route.

Cachée dans les bois, Ramona fit le point. Soudain, plus rien ne tournait rond. Elle se sentait mal dans son corps. Et incapable de décider quoi que ce soit, abattue ; l'esprit comme englué dans une toile d'araignée.

Peut-être qu'elle devrait téléphoner à Isabella. Ou à Rosie. Ou même au docteur Gillingham.

La perspective était sans joie, mais rassurante. Des gens s'occuperaient d'elle. Lui laveraient son linge. S'arrangeraient pour l'emmener chez le coiffeur. Lui parleraient.

Et la flanqueraient de nouveau à l'hôpital.

Ramona s'aperçut qu'elle regardait droit vers ce qui ressemblait à une maison en modèle réduit. Perdue au milieu des arbres à une dizaine de mètres de l'allée, de l'autre côté. Il y avait une petite fenêtre à droite de la porte, mais les rideaux étaient tirés. Il s'en dégageait une impression d'isolement, d'abandon. Pour un peu, elle serait passée sans la voir, si bien dissimulée dans les arbres et les buissons.

Ramona traversa l'allée en clopinant. Elle essaya d'ouvrir la porte, sans succès. Cette Strachan commençait à l'agacer prodigieusement. Où est-ce qu'elle se croyait, celle-là ? A New York ou quoi ? A verrouiller comme ça toutes ses foutues portes !

Ramona suivit le petit chemin mal entretenu qui faisait le tour de la maisonnette, et, derrière, elle découvrit une autre porte. La partie du haut était vitrée.

Et la vitre brisée.

Des lambeaux d'écorce collaient aux fragments de verre qui tenaient encore, une branche d'arbre se déployant en dessous, sur le perron. Ramona leva les yeux et son regard plongea dans les branches denses et épaisses d'un cèdre. Il bruissait doucement, comme en chuchotant.

Elle posa son sac à provisions. Avec précaution, elle passa la main à travers la fenêtre jusqu'à ce qu'elle trouve le loquet, qui tourna sans peine, et le petit verrou, au milieu, lâcha aussitôt. C'était une serrure à chaîne de sécurité, en plus : il fallait pousser la targette du verrou. Elle le fit et la porte s'ouvrit.

Ramona recula d'un pas, sidérée.

Elle se sentit tout à coup gaie comme un pinson.

Que Dieu ne bouge surtout pas de Son paradis ! pensa-t-elle en s'adressant un petit rire joyeux à elle-même. Le monde va bien.

Et puis elle ramassa son sac, franchit la porte et entra dans le cottage de Zoé Strachan.

26

A West Vancouver, Zoé gara sa voiture dans un petit parking dallé qui desservait trois ou quatre maisons situées en contrebas de la route. Elle remarqua que son frère avait fait poser un garde-fou, mais il n'était pas très haut. Elle aurait parfaitement pu le faire passer par-dessus. Agrippant solidement la barre, elle jeta un coup d'œil en bas. La falaise devait faire quinze bons mètres ; la maison se trouvait à mi-hauteur, coincée dans le roc. Un escalier très raide partait de la porte d'entrée, un autre, qu'on ne voyait pas de la route, descendait derrière la maison jusqu'à une crique encombrée de rochers. Le père de Zoé y avait jadis ancré un petit bateau, pour aller à droite et à gauche. Benjamin aimait le prendre pour partir à la pêche.

Il y avait aussi un ascenseur, installé après que Zoé avait quitté la maison. Une simple cabine avec une porte verrouillée. Elle récupéra le trousseau de Benjamin dans son sac et trouva la bonne clé. L'ascenseur la déposa lentement, sans à-coup mais bruyamment, à la maison. Elle sortit, referma la porte de la cabine et chercha les clés. Elle ouvrit la porte et entra.

Un silence curieux pesait sur les lieux. Zoé resta immobile et écouta, intensément ; on aurait dit le calme qui tombe soudain après une dispute ; une sorte d'écho s'y attachait.

Elle se trouvait dans une large entrée baignée par la

lumière tamisée qui venait d'une lucarne en verre dépoli et de panneaux en vitrail situés de part et d'autre de la porte d'entrée. Quelque chose semblait avoir changé. Elle finit par se rappeler qu'avant il y avait eu un parquet en chêne toujours impeccablement ciré, avec quelques petits tapis jetés çà et là pour les chaussures mouillées. A présent, ses pieds s'appuyaient sur un carrelage au motif plus ou moins méditerranéen ; Zoé se demanda avec dégoût si toute la maison avait été refaite dans ce même semblant de style espagnol.

Elle quitta l'entrée pour passer au salon… et s'arrêta dans le vestibule, attentive. Elle n'entendit rien. Mais elle crut ressentir quelque chose, une sorte de courant qui circulait dans la maison. D'un geste impatient, elle secoua la tête. Ce n'était pas le moment de commencer à s'imaginer des choses.

Dans le séjour, elle fut stupéfaite de ne trouver aucun meuble, juste des tas d'énormes coussins aux couleurs éclatantes, empilés çà et là. On avait conservé le parquet en chêne, mais il était rayé et terne. Elle s'approcha des fenêtres dont la vue plongeait à la verticale jusqu'à la crique, cachée par un affleurement du rocher. Sur les côtés de la maison, des arbousiers s'accrochaient à la pente de la falaise, griffant le toit de leurs branches. Zoé ouvrit en grand les fenêtres et entendit le clapotis assourdi de la mer et le grattement désordonné des branches d'arbousier sur les ardoises ; des bruits qu'elle entendait chez elle aussi, mais différents.

Elle ne tenait pas à s'attarder dans cette maison. Elle voulait retrouver son séjour à elle et contempler sa terrasse, austère sans doute, mais bien à elle.

Elle ferma hermétiquement les fenêtres et enclencha la sûreté.

Où diable les meubles sont-ils passés ? se demanda-t-elle, intriguée par la pièce vide. Rien sur le sol, rien sur les murs – sûrement un coup de Benjamin qui avait dû vider complètement la maison, vendre tout.

Cette fois, elle entendait quelque chose. Un chuintement étouffé. Elle en était certaine. Peut-être que Benjamin avait un animal domestique, un chien ou un chat. Elle tendit l'oreille, concentrée, respirant à peine.

Rien.

Peut-être n'était-ce que le bruit de la mer, rendu plus distant du fait qu'elle avait fermé la fenêtre. Elle sortit du séjour aussi silencieusement que possible, essayant d'empêcher ses bottes de résonner sur le parquet.

Au bout du couloir, elle trouva la chambre principale, celle qu'occupaient autrefois ses parents. Sous deux fenêtres d'angle sans rideaux qui donnaient sur le ciel à travers les branches d'arbousier, une énorme baignoire dressait sa masse. Abasourdie, Zoé ne pouvait en détacher son regard, se rappelant le petit bureau qui avait eu bien du mal à remplir ce coin. C'était là que sa mère s'asseyait pour faire ses comptes. La baignoire était gigantesque, avec un large rebord. On y avait installé des jets.

Une moquette recouvrait tout le sol de la chambre, sauf un espace carrelé autour de la baignoire, et un élément de rangement en osier blanc désuet sur lequel s'empilaient des serviettes de toilette s'appuyait contre le mur. Le lit était immense – cinq personnes auraient pu y tenir – et défait, le couvre-lit traînait par terre, et les draps, la couverture matelassée et quatre oreillers démesurés étaient complètement froissés ; Zoé plissa le nez et renifla. On n'avait pas dû changer les draps depuis belle lurette. Elle se demanda comment Benjamin avait organisé sa vie sexuelle lorsqu'il n'avait plus eu d'épouse légitime sous la main. Elle essaya de l'imaginer rôdant sournoisement dans les bars, prenant son courage à deux mains, faisant son choix ; elle essaya de se le représenter sous les traits d'un homme anonyme, en quête d'une proie, mais se faisant rembarrer à tout coup ; grotesque. Elle éclata de rire à cette idée – et entendit une sorte de trottinement furtif qui venait du vestibule.

Elle se dirigea vivement vers la porte, regarda dehors, mais ne vit rien. Rien ne bougeait.

– Minou, minou, minou ! appela-t-elle, agacée. (Zoé exécrait les chats. Ils lui donnaient la chair de poule.) Minou, minou, minou…

Aucun chat ne se manifesta. Le bruit ne se renouvela pas.

Elle hésita, ne sachant trop quelle décision prendre. La maison la mettait mal à l'aise. Elle se sentait complètement désorientée. Et puis elle n'en avait rien à faire, après tout.

Elle poussa avec précaution la porte qui s'ouvrait près de la chambre principale, celle de son ancienne chambre. Sans entrer, elle jeta un regard à l'intérieur. Benjamin s'en était visiblement servi comme d'un bureau. Elle vit des éléments de rangement pour des dossiers, des étagères et une grande table, et eut la certitude qu'il avait caché les cahiers quelque part dans cette pièce.

A peine eut-elle posé le pied à l'intérieur qu'elle entendit un bruit, si réel cette fois qu'elle sentit ses cheveux se hérisser sur sa nuque. Elle se retourna vivement, le cœur battant.

– Bon sang ! s'écria-t-elle. Qui es-tu ?

Il était assis par terre, le dos appuyé au mur. Il avait l'air terrifié, les genoux repliés sous le menton, et ses petits poings se crispaient sur sa bouche.

– J'ai dit : qui es-tu ? répéta Zoé, plus fort.

Il était habillé n'importe comment. Il avait pleuré. Des traces noires lui marquaient la figure.

– Qu'est-ce que tu fais là, sale petit fouineur ?

Sans se redresser, il fila en biais vers la porte, comme un crabe.

– Oh, mais ça ne va pas se passer comme ça, jeune homme ! cria Zoé en tendant le bras pour refermer la porte d'un grand coup. Tu ne partiras pas avant de m'avoir dit ce que tu fabriques dans cette maison !

– Mais c'est là que j'habite ! s'écria l'enfant.

27

Alberg loua une voiture à l'aéroport de Calgary. Maura lui avait dit qu'elle passerait le prendre et lui servirait de chauffeur, mais il n'avait pas voulu en entendre parler : il avait besoin de sa liberté de mouvements.

Diana lui avait retenu une chambre dans un motel proche du campus et Janey lui avait écrit pour lui expliquer en détail le chemin qu'il devait prendre.

C'était une journée maussade, réfrigérante, remarqua-t-il en suivant la Seizième Avenue. Le ciel semblait coulé dans de la fonte. Et il soufflait un vent assez glacé pour congeler les couilles d'un capucin.

Au motel, il trouva tout ce qu'il lui fallait : un grand lit à deux places, un énorme poste de télévision et une salle de bains avec baignoire et douche. Il posa son sac et alluma la télé. Pas extra, mais on ferait avec. Il la laissa branchée. A peine venait-il de s'allonger sur le lit, les mains croisées derrière la tête, que le téléphone sonna.

– Papa ! Tu es là ! s'écria Diana. Pourquoi tu n'as pas appelé ?

– J'arrive tout juste, protesta-t-il. Un peu plus et tu me trouvais sur le paillasson.

– Alors, tu aimes ? L'endroit ?

– Oui, oui, c'est très bien, dit-il en éteignant avec la télécommande. C'est parfait. Exactement ce qu'il me fallait.

– Génial. Ecoute. On passe bien la journée de demain tous les trois, n'est-ce pas ? Toi, moi et Janey ?

– Evidemment, fit-il en souriant.

– Alors, nous nous sommes dit que peut-être on pourrait tous aller dîner dehors. Autant profiter de ce que tu es là pour se faire inviter un max !

– Ça me paraît une excellente idée. Mais je ferais mieux d'appeler ta mère tout de suite, juste pour dire bonjour. Ça te va si je passe te prendre dans une heure ? Donne-moi l'adresse, dit-il en faisant passer le récepteur dans sa main gauche pour chercher dans sa poche de veste un stylo et du papier. Ensuite, nous irons chercher Janey. Je ferais mieux de l'appeler elle aussi.

– Papa… ! Arrête de décider. Ecoute !

– J'écoute. Alors ?

– Je t'appelle de chez Grand-père et Grand-mère. Janey est là aussi. Et Maman. Ce que je voulais dire, c'est pourquoi on n'irait pas *tous* dîner dehors ?

– Tu veux dire, avec ta mère aussi ?

– Oui, et avec Grand-père et Grand-mère. Tout le monde. Oh, s'il te plaît…

– Merde.

– Papa !

– Je maintiens : merde… Bon, d'accord.

– Mon petit papa ! Tu es un amour ! Je t'adore !

– Mais oui, je sais.

Il raccrocha et contempla son bagage. Il n'avait pris qu'une veste et un pantalon corrects. Pour le lundi. Le pantalon en velours côtelé et le polo seraient pour le lendemain. Qu'est-ce qu'il allait bien pouvoir se foutre sur le dos ce soir ?

Il défit la glissière du sac, en tira en douceur son costume correct et le suspendit. Il y avait quelques faux plis, mais il se dit qu'il n'y paraîtrait sûrement plus le lendemain. Il accrocha le polo et le pantalon en velours, et rangea ses chaussures, tout aussi correctes, par terre, dans le placard. Il posa son nécessaire de rasage dans la salle de bains et un exemplaire de poche du *Bûcher des vanités* de Tom Wolfe sur une des tables de chevet. Les cadeaux pour ses filles allèrent sur le bureau. Il laissa ses sous-vêtements de rechange et ses chaussettes dans son sac et plaça celui-ci sur une des deux chaises de la chambre.

Puis il consulta sa montre et appela Sechelt.

– Au cas où, expliqua-t-il à Sid Sokolowski.

– Ça fait juste quatre heures que vous êtes parti, patron !

– Je me demandais simplement si Gillingham avait envoyé son rapport. Sur le décès Strachan.

– Pas encore. Ah, que je vous dise, maintenant que je vous ai au bout du fil. Isabella avait raison…

– A quel sujet ?

– Je suis retourné à la maison de la vieille, là où elle habitait avant. J'y suis retourné avec Reba McLean. Et voilà-t-il pas que ma Reba jette un petit coup d'œil partout, lâche un piaulement et dit qu'il y a quelqu'un qui est passé par là !

Alberg s'assit sur le bord du lit.

– Sans blague ? A quoi a-t-elle vu ça ?

– Des trucs qu'on a bougés. Il y a un fauteuil qui va avec la chambre, eh bien il est dans le salon maintenant. Et, attendez, je peux en témoigner, ce foutu fauteuil était dans la chambre la première fois que j'ai inspecté l'endroit.

Alberg ricana.

– Ce qui voudrait dire qu'elle était cachée sous le lit… (Blanc sur la ligne.) Ça va, je plaisantais, Sid. Il y a des chances qu'elle n'y ait même pas encore mis les pieds.

– Eh bien moi, je dirais que si, rétorqua le sergent. Elle a dû s'introduire sans se faire voir un peu plus tard dans la journée. Sans doute qu'elle a une clé.

– Je suppose que tu as procédé à un examen en règle, dit Alberg, toujours hilare. Aujourd'hui, je veux dire.

– Justement. Elle n'y était pas. Mais j'ai emprunté sa clé à Reba et je l'ai filée à Sanducci. Il ira jeter un œil pendant son service.

– Parfait.

– Autre chose. J'ai interrogé de nouveau les voisins. Ils n'ont rien vu, rien entendu. Mais les vieux, le couple avec le chien, ils ont l'impression qu'on s'est introduit chez eux. Ils l'ont pas signalé parce que tout ce qu'on leur a pris, c'est de la bouffe, plus une bouteille de gin !

Alberg éclata de rire.

– Vous voulez que je vous dise ? lança Sokolowski. Je suis rudement content qu'elle l'ait piqué, ce gin !

Il était six heures quand Alberg sortit du motel. Il soufflait un vent glacial, et il frissonna en se dirigeant vers sa voiture de location. Il se ramollissait avec l'âge ; trop habitué aux hivers cléments de la côte du Soleil.

Comme il prenait la direction de la maison de ses ex-beaux-parents, il pensa soudain qu'il aurait dû apporter quelque chose – quelque chose de symbolique : des fleurs, des chocolats, n'importe quoi. Et un truc pour Maura aussi, sans doute.

Ça devait bien exister, un livre là-dessus. Et sûrement plus d'un. Il aurait même parié son dernier dollar que c'étaient toutes des bonnes femmes qui les avaient écrits, ces guides du savoir-vivre en cas de divorce qu'il n'avait jamais vus, et à plus forte raison jamais cherchés, chez les libraires ou à la bibliothèque de Cassandra. Il lui poserait la question, au retour. Vous avez quelque chose du genre « Comment établir des rapports nouveaux, mais toujours enrichissants, avec vos ex-beaux-parents » ?

Il se demanda où était Zoé Strachan à ce moment précis. En jean, bottes et blouson, en jean lui aussi. Sans doute qu'en été elle ne quittait pas ses lunettes de soleil.

Y avait-il des hommes dans sa vie ? Y avait-il eu un mari un jour ? On n'en voyait pas l'ombre, à présent. Peut-être était-elle divorcée, comme lui.

Alberg ne trouvait plus pénible de voir son ex-épouse. Il

attendait même ces occasions avec impatience. Leurs rencontres lui procuraient un sentiment de confusion, mais une confusion timide, pas désagréable. Sans parler de la forte impression de familiarité qu'il éprouvait aussi, et d'inconnu en même temps. Etrange mélange qui éveillait immanquablement en lui une sorte de tension fébrile, comme si tout pouvait arriver.

Il tomba sur une petite galerie commerciale et dénicha un fleuriste qui était encore ouvert. Il choisit un truc du nom de « glauxinia » pour ses ex-beaux-parents et jugea préférable de s'en tenir là : les senteurs du magasin le prenaient à la gorge. Il trouverait bien des bonbons pour Maura. Mais peut-être qu'elle suivait un régime. Maura était naturellement svelte et il n'avait jamais entendu parler de régime en ce qui la concernait, mais, comme tout le monde semblait s'y mettre, peut-être qu'elle aussi… après tout.

Il hésitait, cette connerie de glauxinia dans les bras, contemplant un saintpaulia d'un air chagrin, incapable de se décider. Pourquoi ne pas lui acheter un cerf-volant ? Il la vit en haut d'une colline, sa jupe et ses cheveux volant au vent. Elle tenait le cerf-volant qu'il lui avait offert, il montait dans le ciel au-dessus d'elle, elle riait. Il resta là avec son glauxinia, les yeux fixés sur le saintpaulia, essayant de se rappeler ce qui avait bien pu l'amener à divorcer.

La porte s'ouvrit avant qu'il ait eu le temps de sonner, et il se trouva nez à nez avec ses filles, ses deux filles. Dès qu'il les vit, il sentit un coup au cœur, un coup violent qu'il attribua à la joie, car Dieu sait qu'il ne ressentait aucune tristesse à les avoir là, devant lui. Elles souriaient, bras tendus, et déjà le serraient contre elles ; il sentit leurs cheveux contre ses joues ; elles embaumaient de jeunesse. Il ferma les yeux et capitula. Il se dit qu'il ne demandait rien d'autre que de rester là pour toujours, sans rien voir, protégé par les bras qui l'entouraient. Il se rendit compte que, sous ses paupières closes, ses yeux s'embuaient. Il cligna plusieurs fois des yeux, Oh, et puis merde, on s'en fout, et il leur jeta un regard de défi. Diana et Janey. Elles le prenaient en otage. Et puis il s'aperçut qu'elles aussi elles pleuraient.

– Eh bien, on a l'air malin, dit Diana. Janey, regarde ! Il a apporté des fleurs ! C'est pour nous ?

– Il sait bien qu'on les laisserait mourir, dit Janey. C'est sans doute pour Maman.

Elle lui adressa un sourire tendre, approbateur.

– Il y en a une pour votre mère, dit Alberg. Celle-ci, précisa-t-il en tendant la plante violette. L'autre est pour votre grand-mère.

– Et rien pour nous, fit Diana d'un ton résigné en le débarrassant de ses plantes.

Janey prit Alberg par le bras et le fit entrer.

– Maman, lança-t-elle d'un ton joyeux, Papa est là !

Et elle adressa à son père un sourire en coin qu'il ne sut déchiffrer.

Maura apparut au bout du vestibule. Il éprouva immédiatement une sensation familière. Cela se produisait chaque fois qu'il la voyait, et chaque fois il s'en étonnait. Même lorsque quelque chose avait changé en elle – sa façon de s'habiller, de se coiffer, il ne savait quoi dans le maquillage –, il le remarquait, mais éprouvait en même temps une impression d'intimité qu'il n'avait jamais connue avec une autre. Il ne pouvait s'empêcher de sourire en la voyant, et pourtant, il en avait mal jusqu'à la moelle des os.

– Bonjour, dit-il.

– Bonjour, Karl. Ne reste pas là, entre. Je te sers un café ?

Elle le précéda dans la cuisine. Derrière lui, ses filles dansaient d'impatience.

Sa belle-mère était assise à la table de la cuisine, une tasse de café entre les mains. Une revue était ouverte devant elle, sur la table. Elle avait mis ses lunettes pour lire. Elle ne les ôta pas et il sut aussitôt qu'elle n'entendait ni se lever ni lui tendre les bras. Il se pencha pour l'embrasser sur la joue, marmonnant un bonjour et elle, elle dit « Bonjour Karl », de cette voix limpide et mélodieuse qu'il aimait tant. Son visage était ridé et hâlé ; elle avait toujours adoré le soleil.

Alberg recula et s'assit.

– Comment allez-vous, Peggy ?

– Raisonnablement bien, Karl. Et vous ?

– En pleine forme, dit-il en levant les yeux vers Diana et Janey. Enfin… en forme. On fait aller.

– Tiens, Grand-mère ! dit Diana en posant le glauxinia sur la table. De la part de Papa. Et toi, Maman, celle-là, c'est pour toi, ajouta-t-elle en lui tendant le saintpaulia.

Chacune dit merci, Alberg assurant que ce n'était rien du tout.

– Cela fait vraiment du bien de te voir, Karl, reprit Maura avec un sourire.

Alberg lui rendit son sourire, se râcla la gorge, bégaya quelque chose – et pensa soudain, inexplicablement, à Zoé Strachan se détachant à contre-jour en haut de l'escalier de sa cave. Maura portait un pull-over gris, une jupe plissée écossaise rouge et gris et des talons hauts. Et un collant aussi, bien sûr. Ou des bas. Il reconnut que ce n'était pas impossible, que peut-être elle avait des bas. Mais jamais, pensa-t-il en posant sur elle un regard plein d'affection, jamais, au grand jamais, un porte-jarretelles noir.

Puis le père de Maura entra dans la cuisine. Alberg se leva, et ils échangèrent une poignée de main.

– Papa, dit Diana, regarde-moi ça ! Grand-père a moins de ventre que toi ! Je croyais que dans la police on vous obligeait à garder la ligne !

– J'ai arrêté de fumer, protesta Alberg sans conviction.

– Bravo, dit Arthur Lobb.

– Tous mes compliments ! renchérit Maura. Depuis combien de temps ?

– Six mois.

– Alors le pire est passé, dit Arthur. A ce qu'il paraît.

– Diana fume, dit Janey. J'aimerais autant qu'elle s'abstienne.

– Tu la fermes, mon cœur, lui renvoya Diana.

– J'ai entendu dire que vous nous emmeniez dîner dehors ? lança Arthur.

– C'est exact, dit Alberg avec entrain. Où aimeriez-vous aller ?

– Je me suis permis de réserver, dit Maura.

– Ah ? fit Alberg.

– J'espère que tu n'y vois pas d'inconvénient ?

– Oh non, bien sûr que non.

Déséquilibré par une soudaine et puissante attaque de *déjà-vu*, il leur adressa un large sourire d'impuissance.

28

Il y avait un bidet dans la salle de bains.

Ramona n'avait pas vu de bidet depuis qu'Anton et elle avaient fait leur unique voyage en Europe, et cela remontait à 1956.

Elle contempla la chose d'un air un peu hébété et décida que, chaque fois qu'elle ne saurait plus trop où elle était ni ce qu'elle faisait, elle viendrait jeter un coup d'œil à ce bidet qui ne manquerait pas de la ramener brutalement à la réalité.

Il n'y avait pas que le bidet de curieux dans cet endroit, d'ailleurs, oh que non !

Au crayon, sur le papier à lignes qu'elle avait pris chez Marcia et Robbie, elle écrivait à ses frères et sœurs.

« Chers tous,

Je séjourne dans un ravissant cottage, juste à la sortie de Sechelt. Il est entouré d'arbres qui bruissent avec de doux chuchotis. Il y a une foule d'oiseaux, des étourneaux et des moineaux, des rouges-gorges et des geais. »

Elle était assise dans la minuscule cuisine, à une table de forme ronde, en bois, peinte en blanc, avec deux chaises massives assorties. Les rideaux étaient tirés. Ramona avait déniché une boîte de punaises dans un tiroir et fixé un carton pour couvrir la vitre cassée.

« On est très bien ici. Encore qu'il faille avouer que c'est une maison assez déconcertante. »

Le cottage comportait une cuisine, une salle de bains, un séjour et une chambre.

« Ils ont installé le poste de télévision dans la chambre, et ils ont un magnétoscope aussi, et toute une collection de films. »

La première chose qu'elle avait faite, enfin presque, après avoir pris ses quartiers, avait été de mettre une cassette et de la passer. Elle l'avait regardée une minute ou deux avant de se rencogner sur le lit, bouche bée, les yeux écarquillés. Oh, elle avait entendu parler de ce genre de films, naturellement. Mais, à cette heure, elle en avait déjà vu vingt-cinq.

« Je garde la maison, et les propriétaires ont tout prévu, question provisions et produits de maison. »

Dans les placards, elle avait découvert des bocaux de noisettes d'Australie, des huîtres fumées en boîte, des paquets de crackers et des pêches au sirop. Dans le réfrigérateur, plusieurs marques de bière d'importation et quelques bouteilles d'eau minérale. Dans un petit buffet, dans le séjour, tous les alcools et liqueurs de la création, plus quelques bouteilles de vin.

Sous le lavabo de la salle de bains, elle avait enfin trouvé, avec soulagement, trois paquets de quatre rouleaux de papier hygiénique et plusieurs boîtes de Kleenex.

« Ce travail de gardienne est très simple et très agréable. Je regrette de ne pas y avoir songé plus tôt. »

Une pellicule de poussière recouvrait tout lorsqu'elle était arrivée. De toute évidence, le cottage n'avait pas été habité depuis des mois. Elle avait donné un bon coup partout, mais sans utiliser l'aspirateur qu'elle avait repéré dans le placard. A cause du bruit.

« C'est très instructif de séjourner chez les autres. Avec la télévision, le magnétoscope et tous les livres qu'il y a, j'ai largement de quoi me distraire. »

Tous les livres de la bibliothèque qui se trouvait dans le séjour, à côté du poêle Franklin, étaient des livres érotiques, sans exception. Elle en connaissait déjà un ou deux. Mais elle n'en revenait pas que certains aient eu l'autorisation d'être imprimés.

« C'est une petite maison extrêmement bien arrangée. Je crois que tout ce qu'il y a dedans a dû coûter la peau des fesses. »

Elle ne pouvait pas faire du feu dans le poêle, bien sûr. Heureusement, la chambre possédait un radiateur.

Le lit en cuivre était un véritable monument. Quand elle se faufilait dedans, le soir, elle avait l'impression d'être une île filant à la dérive dans un océan de draps et de couvertures. Pourtant, elle se sentait douillettement installée et bien au chaud lorsque, calée contre les oreillers, elle y sirotait son gin en regardant la télévision.

Dans la table de nuit, elle tomba sur un… une… euh, le terme exact lui échappait. Mais elle pensait savoir à quoi cela servait. A en juger par la forme.

« Je vous écris pour que vous ne vous inquiétiez pas. Horace ou Martha ont peut-être téléphoné à l'un de vous pour vous annoncer que j'étais partie de l'hôpital. Ce petit

mot est juste pour vous dire que je vais bien et que je m'amuse beaucoup. »

Dans la chambre, elle avait aussi découvert de la lingerie féminine en dentelle noire ; parfaite si l'on appréciait ce genre de raffinements, mais il y manquait carrément des morceaux, à ces sous-vêtements, certaines parties du corps n'en ayant que plus de liberté pour pointer hardiment.

« Maintenant je dois vous quitter, mais je vous écrirai quelques lignes dès que je saurai où je vais après. »

Et, étranges entre toutes les choses étranges de cette étrange petite maison, il y avait les bouts de corde – pas de la corde rêche, mais quand même – noués aux quatre coins du lit.

Ramona était restée en arrêt devant eux, elle les avait contemplés, elle avait réfléchi, sourcils froncés, se mordillant doucement l'intérieur de la lèvre…

Elle se demanda si elle n'allait pas les défaire, s'en débarrasser une bonne fois.

Mais elle décida de ne pas y toucher.

Elle plia la lettre avec soin et la glissa dans la poche de sa robe, prête à être postée dès qu'elle tomberait sur une enveloppe et un timbre.

Elle se leva, ouvrit le placard, y chercha quelque chose pour le dîner, puis entendit une voiture.

Elle se précipita dans le séjour et écarta un rien le rideau. Elle resta aux aguets tandis que le bruit de moteur s'amplifiait et vit l'auto de la Strachan remonter lentement l'allée en direction de la maison. Ramona se trouvait à une dizaine de mètres d'elle. Il y avait bien trois branches d'arbre qui lui bloquaient presque la vue, mais elle aurait pu jurer que, sur le siège avant, à côté de la Strachan, qui vivait complètement seule dans cette maison, il y avait un enfant.

29

Alberg se réveilla alors que la nuit n'en était qu'à la moitié de sa course. Au creux de ses mains, il sentait encore la courbe du cul de Zoé Strachan.

Il se redressa dans son lit, reprit possession de son rêve et l'examina d'un peu plus près.

Ils sortaient de quelque part, une chambre, un bois – il ne savait plus exactement quoi, maintenant. Il était debout derrière elle. Tous deux faisaient face à quelqu'un d'autre, à plusieurs personnes peut-être même. Ils venaient de quitter l'endroit où ils s'étaient abrités et regagnaient le monde, mais leur intimité nouvelle leur collait avec éloquence à la peau.

Elle avait les mains croisées devant elle. Lui se tenait juste derrière. Ses mains reposaient sur les hanches de la femme, étreinte délicate, familière, parenthèse refermée sans insistance autour de sa taille. Alberg rentra de nouveau dans son rêve et sentit ses mains dessiner souplement la courbe des fesses de Zoé.

C'était une caresse intime qu'elle acceptait. Il ne lui chuchotait rien à l'oreille, ses lèvres ne lui caressaient pas la nuque, ni les tempes ; il regardait droit vers cette autre personne, ou chose, tous deux l'observaient sereinement, en lui accordant presque toute leur attention – et c'était précisément cette proximité distante qui exacerbait le désir d'Alberg lorsqu'il s'était réveillé.

Il lui caressa les fesses. Elle le laissait faire. Et il savait que, s'il la tournait vers lui, elle aurait les yeux brillants, qu'elle lui donnerait son sourire ; que sa bouche s'ouvrirait pour accueillir sa langue. Il le savait. Parce qu'il l'avait vécu dans son rêve ; et il savait, dans son rêve, qu'il connaîtrait encore la sensualité lascive de Zoé Strachan.

– Bon Dieu ! s'écria-t-il, tout chaviré.

30

Un chrysanthème jaune trônait dans un pot sur le comptoir du poste des infirmières du premier étage ; il exhibait fièrement un nœud rouge couvert de poussière, un petit bristol, avec un *Merci* dûment calligraphié, s'épanouissant sur une tige de métal qu'on avait fichée dans la terre.

– Ce truc est en train de crever, dit Cassandra à l'infirmière.

On était dimanche midi.

Doris Moon regarda la plante avec espoir.

– Vous croyez vraiment ?

– Maman est toujours dans sa chambre ?

L'infirmière fit signe que oui.

– Pas de danger de la voir filer. A mon avis, en tout cas.

La mère de Cassandra était l'unique occupante d'un service pouvant accueillir quatre malades. On l'avait calée contre deux oreillers. On avait aussi légèrement surélevé son lit pour lui permettre de voir par la fenêtre la pelouse qui descendait en pente douce vers une tonnelle recouverte, en été, de roses grimpantes. Les petites allées qui traçaient des volutes paresseuses dans le paysage étaient vides, luisantes de pluie. Par beau temps, les fauteuils roulants prenaient possession des lieux, des infirmières passaient, poussant les chariots à goutte-à-goutte des patients invalides, et des blessés en rééducation clopinaient avec prudence d'une plate-bande à l'autre.

– J'ai entendu dire qu'on allait raser ce machin-là, dit Mme

Mitchell en regardant la tonnelle par la fenêtre, et supprimer les jardins pour construire une aile supplémentaire pour malades de longue durée. Vous êtes au courant ?

Elle tourna la tête et vit que c'était Cassandra qui venait d'entrer. Son visage se froissa et elle se mit à pleurer.

Cassandra se précipita pour la prendre dans ses bras.

– Maman, qu'est-ce qui ne va pas ?

– Personne ne m'a prévenue que tu passais. Tu ne m'as pas dit que tu venais.

– J'ai pensé qu'on me laisserait peut-être déjeuner avec toi.

Sa mère se dégagea et fourragea dans la boîte de mouchoirs en papier posée sur sa table de chevet.

– Tu aurais dû me demander d'abord.

– D'accord, Maman. Je peux déjeuner avec toi ? (Sa mère se moucha dans une poignée de Kleenex.) Nous pourrions peut-être leur dire de nous servir au solarium ?

Mme Mitchell eut un petit rire méprisant.

– Parce que tu appelles ça un solarium ?

Elle jeta les Kleenex dans une corbeille en métal.

Cassandra s'assit sur la chaise près du lit. Sa mère ne portait pas ses lunettes, et son visage paraissait nu et vulnérable. Mais sa peau, bien que ridée, rayonnait de santé, et ses cheveux gris étaient soyeux et brillants.

– Tu as une mine superbe, dit Cassandra. Quand est-ce qu'ils vont te laisser partir ?

– Alex doit me le dire aujourd'hui.

Cassandra tendit la main pour ôter un cheveu de la joue de sa mère. Mme Mitchell recula, la main levée comme pour se défendre. Les deux femmes se regardèrent. Mme Mitchell baissa la garde.

– Quand j'étais petite, dit Cassandra, tu me lavais les cheveux dans le lavabo, ensuite tu les rinçais, et puis tu remplissais le lavabo d'eau froide et tu ajoutais quelques gouttes de vinaigre pour un dernier rinçage.

– Je me rappelle.

– Tu disais que ça enlevait tout le savon qui restait. Et que ça faisait briller les cheveux.

– Je me rappelle.

– Mais je me suis toujours demandé… pourquoi fallait-il faire ça à l'eau froide ?

– Ce n'était pas obligé. (Mme Mitchell repoussa ses couvertures.) Mais on n'était pas forcé non plus de le faire à l'eau chaude. (Elle fit passer ses jambes sur le côté du lit.) Et nous ne roulions pas sur l'or. Aide-moi. Passe-moi ma robe de chambre. Bon, nous y allons, oui ou non ?

Le solarium comportait nombre de fenêtres, larges et imposantes. Mais tout ce qu'elles laissaient voir, c'était de la pluie, grasse, palpable. Elle semblait capable d'engluer l'imprudent qui aurait tenté de s'y aventurer, capable de le ficeler, vite fait bien fait, dans ses fils épais et mouillés. Les verrières du plafond laissaient chichement passer quelque chose d'un gris compact qui prétendait être de la lumière.

Un vieux était assis dans un coin, maigre et noueux. Il portait un pantalon marron, qui faisait des poches aux genoux, et une chemise blanche dont le bouton du haut n'était pas fermé, l'un comme l'autre trop grands pour lui, des chaussettes marron et une paire de pantoufles de cuir râpées. De larges bretelles écossaises retenaient son pantalon. Genoux écartés, il s'appuyait des deux mains sur une canne, un peu penché en avant, son regard fixant le sol. Il ne bougea pas quand Cassandra et sa mère entrèrent dans la salle.

Dans un autre angle, une femme jeune et mince, un peignoir bleu en éponge passé sur sa chemise de nuit d'hôpital, occupait un canapé, en compagnie d'un homme que Cassandra jugea être son mari. Il lui tenait les mains et lui parlait à voix basse. Elle l'écoutait intensément ; de temps à autre, elle l'approuvait d'un signe de tête.

Un écran de télévision se trouvait à côté du vieux. Il y passait une émission de jardinage en provenance de Victoria, mais on avait coupé le son.

Mme Mitchell s'écarta de Cassandra et se dirigea vers un grand caoutchouc piqué dans un pot en plastique, posé près des fenêtres.

– Regarde-moi ça, dit-elle à Cassandra, qui s'approchait. (Elle écrasa un peu de terre entre ses doigts.) Complètement sec.

Elle jeta un coup d'œil autour d'elle pour voir si quelqu'un allait renchérir, mais personne ne faisait attention à elle.

– Je n'ai pas mes lunettes, reprit-elle en scrutant les feuilles de la plante. Tu vois de la poussière ?

– Et pas qu'un peu, dit Cassandra.

– Et ils appellent cette cochonnerie un solarium ! lança violemment Mme Mitchell. Pas un atome de soleil, une plante en tout et pour tout, et personne pour s'en occuper !

Elle secoua la tête. Des larmes brillaient dans ses yeux.

– Y a quelqu'un d'inscrit pour le déjeuner ? lança une voix depuis la porte.

– Oui, nous ! s'écria Cassandra, reconnaissante. C'est-à-dire, ma mère.

– J'ai du café et des sandwichs pour les visiteurs, dit l'infirmière, poussant un chariot. On ne va tout de même pas vous laisser repartir l'estomac vide !

Le vieux leva la tête.

– Quand est-ce qu'on vient me chercher ?

– C'est le docteur qui va venir, monsieur Simpson, dit l'infirmière. Il ne va pas tarder.

Elle prit un plateau-télé dans une pile appuyée contre le mur et le plaça devant lui.

– En attendant, vous feriez mieux de déjeuner.

– Je ne peux pas supporter ça, glissa Mme Mitchell, exaspérée, à l'oreille de Cassandra. Je veux retourner dans ma chambre.

– Déjeunons d'abord, Maman, chuchota Cassandra. Elle a pris la peine de tout apporter ici. On déjeune, et puis je te ramène dans ta chambre.

Elle obligea doucement sa mère à s'asseoir sur le canapé et prit place à côté d'elle.

M. Simpson fixait la nourriture qu'on étalait devant lui avec une expression hébétée, comme s'il n'arrivait pas à comprendre ce qu'il fallait en faire.

– Voilà, dit l'infirmière. Et maintenant, on attaque.

– Je vais attendre mon frère, dit M. Simpson. Je lui ai dit de me retrouver ici.

Mme Mitchell se leva.

– Je rentre dans ma chambre, fit-elle. (Cassandra se précipita sur ses talons.) On n'a pas une minute de paix dans cette maison de fous, continua-t-elle d'un ton irrité, sauf si on ne bouge pas de sa chambre ni de son lit.

Elle enfila rapidement le couloir, passa devant le poste des infirmières et pénétra dans sa chambre.

– Ah, vous voilà ! s'écria Alex Gillingham tout sourire. Je croyais que vous nous aviez fait une fugue ! (Il se pencha vers les deux femmes.) Vous êtes au courant pour Ramona ?

Helen Mitchell le regarda et se remit à pleurer.

– Maman ! s'exclama Cassandra, impuissante et exaspérée.

Le docteur Gillingham prit la mère de Cassandra dans ses bras.

– Allons, allons, dit-il en adressant un petit signe rassurant à Cassandra. Je vous renvoie chez vous demain, Helen. L'ambiance est trop déprimante ici.

Cassandra se sentit soudain vidée. Elle se laissa tomber sur la chaise.

Mme Mitchell pinça les lèvres, serra sa robe de chambre autour d'elle et remonta dans son lit.

– Tout ce qu'il vous faut, c'est du repos, reprit le médecin. Et on ne peut pas dire qu'on se repose beaucoup dans ces sacrés hôpitaux.

– Ne me racontez pas qu'il vous est encore arrivé quelque chose, lui lança Helen Mitchell d'un ton accusateur. Vous boitez.

– Une petite chute en faisant de l'escalade le week-end dernier, déclara Gillingham en se rengorgeant. Rien de grave.

– J'ai vu Marjorie l'autre jour, dit Mme Mitchell. Cassandra, remonte un peu le lit à la manivelle, veux-tu ? Elle paraît en bonne forme. En excellente forme, en fait.

– Tant mieux, dit Gillingham avec indulgence. Je suis heureux de l'apprendre. J'éprouve toujours beaucoup d'affection pour elle.

– Elle s'est teint les cheveux.

Il la regarda, estomaqué.

– Qui ça, Marjorie ?

– En blond.

– Marjorie ?

– Ça lui va très bien.

– En blond ?

– C'est une femme très agréable, cette Marjorie. Elle m'a toujours plu.

– Comme ça, Maman ? demanda Cassandra. C'est assez haut ?

– C'est parfait. Merci, Cassandra.

– Je n'arrive pas à m'imaginer Marjorie en blonde, dit Gillingham, l'air préoccupé. Ça me fait penser à Jean Harlow.

– Elle a la même tête que d'habitude, dit Mme Mitchell. Sauf qu'elle a les cheveux blonds. Et elle a dû perdre une quinzaine dc kilos.

– Vous plaisantez !

– Et elle a rencontré l'âme sœur, en tout cas à ce qu'on m'a dit.

– Bonté divine ! s'écria Gillingham en clopinant jusqu'à la porte. Ça suffit, je refuse d'en savoir plus.

– C'est pas sur une de vos montagnes que vous retrouverez une perle comme Marjorie, vous savez, Alex.

– Je ne crois pas que ce soit vraiment ça qu'il cherche là-haut, Maman, dit Cassandra en jetant un coup d'œil furtif à sa montre.

– Ce n'est pas un passe-temps pour un homme de votre âge ! Tout ce que vous allez faire, c'est vous estropier pour la vie, continua Mme Mitchell, béate. Ou carrément vous tuer.

– On vit parfois plus dangereusement dans une maison que dehors, Helen, lui renvoya Gillingham. (Il s'appuya négligemment contre l'encadrement de la porte.) Vous savez que je dépanne la police à l'occasion, n'est-ce pas ? Eh bien, ils m'ont contacté l'autre jour. Un quidam qui avait fait une chute dans un escalier de cave. Raide mort.

Helen Mitchell parut horrifiée.

– Qui ça ? Je n'en ai pas entendu parler ! Qui était-ce ?

– Vous connaissez la Strachan ? C'est son frère. Il était venu la voir de West Vancouver. (La main du médecin fit un mouvement plongeant.) Il a raté les marches et atterri droit sur le crâne.

– La malheureuse ! compatit Mme Mitchell. C'est affreux pour elle !

– Pour être franc, dit Gillingham, elle paraissait s'en moquer comme de sa première liquette. Et c'est le moins qu'on puisse dire. Pas franchement fraternelle, la belle… (Il jeta un coup d'œil en biais à Cassandra.) J'ai l'impression que Karl l'a remarqué aussi, ajouta-t-il.

Cassandra en eut quelques palpitations au cœur.

Elle s'aperçut qu'ils la dévisageaient, sa mère depuis le lit, Alex Gillingham depuis la porte. Cassandra, plantée sur sa chaise, se sentait grosse et mal fagotée. Elle craignit de rougir.

– J'ai oublié de te dire, Maman. Karl m'a dit de te dire bonjour, lâcha-t-elle tout à trac.

– Karl qui ? demanda sa mère, glaciale.

– Karl Alberg, Helen, dit Gillingham avec un sourire moqueur.

– Ah oui, fit Mme Mitchell d'un ton vague. L'agent de police…

– Bon, je ne veux pas que vous restiez seule pour l'instant, reprit le médecin. Pouvez-vous vous installer chez Cassandra pour quelques jours ? Disons, jusqu'à la fin de la semaine ?

– Oh, j'ai bien peur que ce ne soit pas très commode, Alex, soupira Mme Mitchell. Ma fille a une vie déjà très remplie. (Elle jaugea Cassandra.) Trop remplie pour son bien. Je me fais du souci pour toi, Cassandra, franchement. Tu es rentrée d'Angleterre cela fait quoi, une semaine ? Quinze jours ? Et voilà que tu repars. Elle va à Victoria, expliqua-t-elle d'un ton las à Gillingham. Pour quelques jours. Oh, je sens bien que je suis un poids pour cette petite…

Cassandra poussa un soupir, ramassa son sac et se leva. Et merde, pensa-t-elle.

31

En nouant sa cravate dans son motel de Calgary, le lundi matin, Alberg étudia avec consternation son front qui commençait à se dégarnir. Rien à dire sur ses blonds cheveux – au moins, on ne verrait pas qu'il grisonnait –, mais, à ce train-là, il n'aurait bientôt plus un poil, d'une couleur ou d'une autre, sur le haut du crâne.

En juillet, il passerait le cap des cinquante ans. Chaque fois qu'il y pensait, il éprouvait un petit pincement au ventre.

Encore que beaucoup de femmes, il le savait, préféraient les hommes qui avaient atteint une certaine maturité.

Il fallait qu'il maigrisse un peu. Huit kilos, sûr. Dix peut-être. Et côté abdominaux, néant, pensa-t-il, en s'expédiant distraitement un coup dans le diaphragme – il avait toujours été fier de sa façon d'encaisser les coups à l'estomac. De la graisse à l'état pur, à présent, de la putain de saloperie de graisse. Façon de parler, bien entendu, rectifia-t-il en se contemplant dans la glace. Du muscle, il y en avait là-dedans. De l'acier !

Un mec comme Sanducci, avec ses nénettes aux quatre coins de la péninsule... tout ça, c'était bien beau, super, mais qu'est-ce que ce genre d'individu pouvait offrir à une vraie femme, à une femme adulte, séduisante, oui, et attirante, certes – mais qui avait aussi ses exigences !

Il fit gicler dans le creux de sa main un peu de mousse

répondant au doux nom d'*European Styling Foam* et s'en frictionna les cheveux, avant de les lisser de la paume et du peigne jusqu'à ce qu'ils consentent à faire preuve d'un peu de discipline. Résultat ? Il avait le haut du crâne tout humide. Ça aura eu largement le temps de sécher, avant que j'y sois, se dit-il. Il se rendit compte qu'il n'attendait pas l'après-midi avec tellement d'impatience, et cette constatation le chagrina.

La veille, il avait passé une journée agréable avec ses filles. Mais cela aussi éveillait en lui un sentiment de tristesse et une certaine irritation. Dieu sait quand il allait les revoir, maintenant.

Comme s'ils n'avaient pas pu tous atterrir au centre du Canada, près de chez ses parents à lui, au lieu d'émigrer dans cet Ouest pourri pour y mener une vie à la con à proximité de ceux de Maura ! Il n'était pas juste que Diana et Janey ne bénéficient pas de l'influence stabilisante de leurs autres grands-parents, des gens qui possédaient un peu de dignité, bon Dieu ! Des gens qui regardaient la vie en face, sous son vrai jour, et ne se payaient pas d'illusions ! Les gamines avaient grandi en se prenant pour des filles de l'Ouest, sous prétexte qu'elles y étaient nées ! Tout ça alors qu'elles avaient une kyrielle de parents dans l'Ontario et que leur propre père était né là-bas !

Il se lava les mains, s'essuya et enfila sa veste.

Un jour comme celui-ci, ils auraient dû être tous réunis ! Les quatre grands-parents au complet, pas juste la moitié. Mais le père d'Alberg avait des ennuis de santé et sa mère n'aurait jamais accepté de venir sans son mari.

Il appela de nouveau Sechelt.

– Elle s'est toujours pas montrée, lui répondit Sokolowski. On a vérifié la maison. Néant.

– Et merde !... Sid, on ferait mieux de fouiller encore le coin. Peut-être qu'elle est partie faire un tour, qu'elle est tombée, qu'elle s'est cassé le col du fémur, est-ce que je sais !

– OK. Je m'en occupe.

– Des nouvelles de Gillingham ?

– Non. Pourquoi ?

– Quelque chose le tracasse dans l'histoire Strachan.

– C'est-à-dire ?

– Une broutille. Il y a une blessure, une trace de coup ou je ne sais quoi. Gillingham s'est mis dans la tête que ce n'était peut-être pas un accident.

– Ah bon ?

Sokolowski hésita, puis ajouta :

– C'est pas un type qui me revient, patron, vous le savez bien… Mais je dois reconnaître qu'il a du nez.

– Il a du nez, d'accord. Mais il l'a fourré dans la merde ce coup-ci.

– Vous serez de retour dans l'après-midi, si j'ai bien compris ?

– Le temps que je regagne Sechelt, il fera nuit.

– Si Gillingham passe aujourd'hui avec son rapport, je m'arrangerai pour que vous le trouviez sur votre bureau.

– Parfait. Merci, Sid.

Alberg boutonna sa veste, s'inspecta dans la glace, se déboutonna, se tourna à gauche et à droite, enfila ses mains dans ses poches d'un geste décontracté, se reboutonna, se redressa et s'étudia quelques instants encore.

– Oh, et puis merde, s'écria-t-il finalement en défaisant ses boutons.

Il tapota ses poches, vérifia qu'il avait bien son portefeuille et récupéra les clés de la voiture et celles de la chambre sur le dessus de la commode.

Puis il prit les deux paquets-cadeaux sur la table et les glissa avec précaution dans l'une de ses poches de veste.

Il était paré.

Ce jour-là, des centaines et des centaines d'étudiants recevaient officiellement leur diplôme à l'université de Calgary.

Des centaines et des centaines de voitures – c'est en tout cas l'impression qu'eut Alberg – essayaient de trouver à se garer. Maura et ses parents avaient préféré venir en taxi et proposé à Alberg de le prendre au passage, mais il avait décliné leur offre. A présent, il s'en mordait les doigts.

Il continuait à faire froid et gris – en tout cas, il ne neigeait pas, Dieu merci – et il espérait que ses filles auraient assez chaud dans leur tenue de cérémonie quand elles se rendraient en procession au gymnase.

Maura réussit à le repérer dans la cohue ; elle lui fit de grands signes et hurla son nom jusqu'à ce qu'il l'aperçoive. Il avait espéré se faufiler sans se faire remarquer, et faire son trou au milieu des hordes de parents, mais la voir lui fit chaud au cœur. Elle l'emmena s'asseoir en haut des gradins, près des poutres de la charpente.

– On aurait dû arriver avec une heure d'avance, hurla-t-elle. Je ne croyais pas que les gens viendraient si tôt !

Lorsque la cérémonie démarra enfin, Alberg s'aperçut que, côté acoustique, l'endroit était une catastrophe. On n'entendait strictement rien de ce qui se disait en bas, sur la scène. De temps à autre, des rires approbateurs montaient par vagues jusqu'à eux, apparemment déclenchés par les bons mots des différents récipiendaires, du président de l'université et Dieu sait qui encore.

Alberg avait manqué sa propre remise de diplôme, ayant préféré rendre une visite éclair à ses parents avant de se présenter au centre d'instruction de la police montée. Aussi s'était-il imaginé que celle de ses filles allait le submerger d'émotion ; il s'attendait à lutter héroïquement contre les larmes qui lui monteraient aux yeux ; il s'était dit qu'il devrait peut-être passer un bras autour de Maura, la consoler quand elle pleurerait. De fait, il se sentait fortement dépité : Maura, l'œil sec, affichait un calme olympien, et lui-même n'éprouvait strictement rien, sauf de l'exaspération parce qu'il n'entendait pas les noms qu'on appelait.

Son esprit vagabondait. Du côté de Cassandra. De Benjamin Strachan. De Zoé. Il se demanda de quoi elle vivait. Peut-être qu'Isabella avait raison. Peut-être qu'elle était mannequin.

La cérémonie finie, Maura et ses parents partirent les premiers en taxi au restaurant, où ils devaient se retrouver tous pour déjeuner et offrir à Janey et Diana leurs cadeaux. Alberg dit qu'il allait attendre que ses filles aient enlevé leur tenue de cérémonie et qu'il les emmènerait au restaurant dans sa voiture de location.

Il se posta au pied des marches du gymnase. Les gens continuaient à sortir en foule du bâtiment. Tout autour de lui, on étreignait les lauréats, on versait des larmes, on souriait, on photographiait. Il avait oublié de prendre son petit autofocus.

Il se morfondait, frissonnant dans sa veste trop légère, se demandant ce qui pouvait bien les retenir ; parce que, quand même, il avait un avion à prendre, lui ! Il consulta sa montre, leva de nouveau les yeux... et soudain il les vit, à quelques mètres à peine, debout sur les marches et scrutant la marée de visages au-dessous d'elles. Elles s'étaient immobilisées et obligeaient les gens à les contourner, mais personne ne semblait s'en formaliser.

Janey se tenait sur la marche derrière Diana, les doigts de la main droite légèrement appuyés sur l'épaule de sa sœur. Elles portaient la robe noire et le mortier, une gravité inattendue marquant leur visage. Elles le cherchaient parmi les nuées de parents ; il fut sidéré de les trouver si belles.

Il savait qu'il vivait là un de ces moments qui se figent à jamais dans la mémoire ; tellement plus précieux qu'une photographie, songea-t-il.

Lorsqu'elles l'aperçurent, leurs visages rayonnèrent d'une telle joie qu'il tendit les bras, vaincu. Elles dévalèrent le reste des marches, il les serra contre son cœur et leur proposa un boulot pour l'été à Sechelt.

Un peu plus tard, il roulait, l'âme mélancolique, dans sa voiture de location en direction du port. Comme il attendait son tour dans la file d'embarquement d'Air Canada, il sentit une main se poser sur son bras.

– Maura ! s'exclama-t-il, ravi.

– J'ai décidé de te mettre à ton avion, dit-elle.

Elle portait un long manteau gris qu'éclairait un foulard rouge noué autour du cou, des bottes noires et un sac noir à l'épaule.

– Les filles avaient envie de venir aussi. Mais je n'ai pas voulu en entendre parler !

Alberg arrivait au comptoir ; il tendit son billet. Il fit enregistrer son sac, bien que celui-ci fût assez petit pour tenir sous son siège, et récupéra une carte d'embarquement.

– On a peut-être le temps de boire un café ? dit-il en saisissant Maura par le bras.

Ils montèrent au niveau de la cafétéria.

– Comme ça, tu as engagé tes filles pour l'été, embraya-t-elle une fois qu'ils furent assis.

– Exact, répondit-il avec un large sourire. Je n'ai pas la moindre idée de ce que je vais leur donner à faire. Mais je trouverai.

Maura avait les yeux noirs, la peau mate et des cheveux raides coupés court. Grande, elle était d'une minceur élégante. Alberg l'examina avec affection.

– Ce sont vraiment de braves petites.

– Oui, Karl. De braves petites.

Janey, le portrait de sa mère, était allée un an à l'étranger après le lycée. Une année qu'Alberg n'oublierait pas de sitôt. Il avait passé son temps à appeler Maura, à vouloir savoir où était Janey, ce qu'elle faisait ; dans quel pétrin elle s'était fourrée. Dans aucun, semblait-il. En tout cas, Alberg n'avait été informé de rien.

Diana, qui ressemblait à Tante Dorothée, du côté du père

d'Alberg, avait deux ans de moins que sa sœur. Elle avait sauté une classe en primaire et était passée directement du lycée à l'université. Les deux jeunes filles s'étaient retrouvées ensemble en fac.

– Elles adorent tes cadeaux, dit Maura.

Il avait donné dans le bijou en argent, un médaillon pour Janey et un bracelet pour Diana, des créations d'un artiste indien de la côte Ouest.

– Vraiment ? Tu crois ?

Mais il savait déjà, à la réaction de ses filles, qu'il leur avait fait plaisir.

– Que pensent-elles faire, d'ici l'été ? demanda-t-il à leur mère.

– Elles rentrent avec moi. Diana dit qu'elle va s'occuper de la maison. Janey m'aidera quelques semaines à la boutique. (Maura avait un magasin de mode à Kamloops, petite ville de l'intérieur en Colombie britannique.) Ensuite, je pense qu'elle fera une virée en Californie avec un copain.

– Comment ça ? s'écria Alberg. Quel copain ? Pourquoi ne m'en a-t-on pas parlé ?

– Eh bien, on t'en parle… là, maintenant ! Et je suis sûre que Janey sera ravie de te raconter elle-même tout ce que j'aurai omis de te dire.

– Quel genre de copain ?

– Tu veux savoir s'ils sortent ensemble ? Non.

– Encore heureux ! lâcha-t-il, un peu moins crispé.

– Et toi, Karl, comment va ta vie ?

Il ouvrit la bouche pour dire quelques phrases enthousiastes, rassurantes et impersonnelles, mais se rendit compte qu'il en était incapable.

Le visage de Maura reflétait la sérénité qui l'avait toujours obsédé. C'était son jardin privé à elle, un jardin précieux où l'on n'entrait pas, une force intérieure, une assurance qu'il lui enviait profondément. Il avait souvent pensé que leur mariage en avait fait les frais ; que, lorsque tout avait commencé à gripper, cette tranquillité avait pesé plus lourd que lui dans la balance.

Il s'aperçut qu'elle le regardait, sans se cacher, avec beaucoup de tendresse. Il soupira :

– Que veux-tu que je te dise… Le boulot me plaît. J'aime bien Sechelt. Et j'aime bien les gens du coin. J'ai deux chats. Je me sens un peu seul, ajouta-t-il courageusement. De temps en temps.

– Je croyais que tu voyais quelqu'un, dit-elle. Une bibliothécaire. Ou bien c'est fini ?

– Fini… non, ce n'est pas fini, c'est… commença-t-il, écarlate.

Le visage de Zoé Strachan, pensif et lumineux, s'incrusta sur un écran, quelque part dans son esprit. Il ouvrit la bouche pour dire quelque chose qui remplacerait cette image par celle de Cassandra. Il lui fallait une minute, juste une minute, pour trouver les mots…

– Tant mieux, dit son ex-femme avec élan. A propos, Karl. Je voulais que tu saches… je me remarie.

Il la dévisagea, interloqué. Sa main tressauta convulsivement, frappa la tasse qui se renversa et inonda la table de café noir. Il se leva d'un bond, pour éviter de tacher son pantalon « correct ».

– Merde ! (Il lança un regard de détresse à Maura.) Bravo. (Elle repoussa sa chaise et se leva.) C'est super, Maura.

Elle frotta le café qui tachait le devant de son manteau gris et mit ses bras autour de lui, solidement.

– Je suis content pour toi, fit-il.

– Je sais bien, Karl. Je sais bien.

32

Dans l'avion, Alberg râla, retourna le couteau dans sa plaie, se tourmenta ; c'était qui, ce connard qu'elle allait épouser ? Epouser ! Il en eut un frisson. Comment avait-on pu en arriver là ?

Pendant tout le trajet de l'aéroport de Vancouver à Gibsons, il se lamenta, geignit, souffrit. Sur le ferry, il ne sortit même pas de sa voiture ; trop ramolli de s'être attendri sur son sort. Il refusait de se rappeler le nom de cet individu. Un comptable, avait dit Maura. Divorcé lui aussi. Pas d'enfants. Bon Dieu ! fuma Alberg. Le comptable aurait pu avoir des mômes, et Maura devenir une marâtre ! Janey et Diana récupérer des frères et des sœurs d'un premier lit ! L'horreur…

Toute la nuit – il en eut l'impression en tout cas –, il rumina, gémit, s'affligea. Dans son esprit, il voyait Maura avec une ombre contre son épaule. Au début, l'ombre était impressionnante, baraquée, inquiétante. Implacable, il la ramena à des proportions plus humaines. Benoîte mais obstinée, elle ne s'en incrustait pas moins, collée à l'épaule de Maura ; pour un peu, il aurait entendu l'individu haleter et baver, refusant de lâcher Maura, s'accrochant à son cou. Bon Dieu de putain de bordel de merde ! Et puis la fureur l'envahit. Quand l'aube du mardi pointa, il était assis dans son lit, fou de rage, attendant que ce soit une heure décente pour téléphoner à Calgary. Non mais, qu'est-ce qu'elle avait dans la tête ? Se marier ! Et les petites, elles en pensaient quoi, hein ? Il aurait bien voulu le savoir !

Lorsqu'il fut assez tard pour téléphoner à Calgary, il appela Cassandra à la place. Il avait besoin de compréhension. De sympathie. De tendresse. Evidemment, pour obtenir ces douceurs, il serait bien obligé de lui dire qu'il en avait besoin ; elle n'était pas voyante, après tout. Et puis elle voudrait savoir pourquoi il en avait besoin. Quant à prévoir comment elle réagirait quand il lui annoncerait qu'il souffrait parce que son ex se remariait…

Finalement, ses cogitations se révélèrent vaines : la mère de Cassandra était sortie de l'hôpital et s'était installée chez sa fille. A l'entendre, il devina que Cassandra avait les dents serrées de rage, au sens figuré, mais sans doute au sens propre aussi. Il poussa un énorme soupir et émit l'idée qu'ils pourraient peut-être se voir à l'heure du déjeuner, mais non, naturellement, il fallait qu'elle file à midi préparer le repas de Madame Mère. Le courant ne passait décidément pas, Alberg avec ses contrariétés, Cassandra avec les siennes, et, lorsqu'il raccrocha, il se sentit triste et dolent.

Au commissariat, l'ambiance n'était guère meilleure. Isabella l'informa que la cousine de la femme de Sid Sokolowski, Ludmilla, postulait la place d'employée de maison. Alberg ne tenait pas à engager une parente de Sid Sokolowski comme femme de ménage. Oui, seulement elle était là, en chair et en os ; il ne pouvait pas se défiler. C'était une femme jeune, solide, musclée, intelligente, avec de grosses mains rouges et une épaisse tignasse blonde. Un coup d'œil et il battait intérieurement en retraite. Il lui adressa un sourire faiblichon, lui posa quelques questions, l'écouta répondre et la remit courtoisement sur le chemin de la sortie. Il ne savait absolument pas ce qu'il invoquerait comme excuse pour expliquer son refus à Sid, mais il ne l'engagerait pas, point à la ligne. Je ne crois pas que je vais prendre quelqu'un, se dit-il tout haut dans son bureau, les yeux fixés sur le téléphone, imaginant la conversation qu'il allait avoir avec Janey et Diana.

Car il fallait qu'il les appelle. Il aurait mis sa main au feu qu'elles savaient déjà à quoi s'en tenir au sujet de Maura et du comptable, et il fallait qu'il leur dise que lui, ça allait très bien, qu'il était heureux pour leur mère, et tout ce baratin fétide. Et puis, elles peut-être, elles le plaindraient. Car Dieu savait qu'il avait besoin d'une épaule compatissante !

Sur quoi le téléphone sonna ; c'était Gillingham.

– C'est bon, je vous signe le permis d'inhumer du dénommé Strachan.

– Bravo, dit Alberg. Vous avez mis le temps !

– Croyez-moi si vous voulez, Karl, mais cette femme n'a pas le téléphone ! Moi, j'ai autre chose à faire que de me coltiner des macchabées dans tout le village ! Vous ne pourriez pas envoyer un de vos gars chez elle ? Lui dire qu'elle peut passer prendre le colis quand ça lui chantera ?

– Je me félicite que vous ayez changé d'avis, dit Alberg.

– Ne me félicitez pas, je n'ai pas changé d'avis. Je n'aime pas cette blessure à la tête. Je n'aime pas cet hématome à l'estomac. Je n'aime pas sa foutue sœur qui dit qu'il était complètement bourré alors qu'il ne l'était pas. (Il poussa un soupir.) Mais ce n'est pas la blessure à la tête qui l'a tué. C'est sa chute dans l'escalier.

– Et il aurait pu…

– Oui oui, je sais : il aurait pu se heurter la tête pendant la chute. Et je vous dois des excuses. J'ai bien peur d'avoir perdu mon temps.

– Ça nous arrive à tous.

Alberg raccrocha et s'étira. Les mains nouées derrière la tête, il étudia le plafond.

– Je vais m'en occuper moi-même, marmonna-t-il au bout d'un moment. Une petite pause ne sera pas du luxe.

Il prévint Isabella et fila chez Zoé Strachan.

Quelques minutes plus tard, il s'arrêtait devant chez elle, montait jusqu'à la porte massive à deux vantaux et sonnait. Il entendit la sonnerie se répercuter faiblement dans la maison. Il s'essuya les pieds sur le paillasson et souleva ses chaussures l'une après l'autre pour en astiquer les bouts aux revers de ses jambes de pantalon.

La pluie s'était mise à tomber. Il entendait les gouttes frapper les branches des arbousiers, s'écraser sur l'auvent au-dessus de la porte et dans l'allée. Mais elles tombaient lentement, rêveusement. Une rafale de vent se leva, qui fit bruire les arbousiers. De nouveau, il sonna. Apparemment, elle n'était pas chez elle.

Il colla son oreille contre la porte et n'entendit rien à l'intérieur de la maison. Il sonna encore, juste pour le plaisir de faire du bruit.

Il enfila ses mains dans ses poches et jeta un coup d'œil sur la propriété. Au bout d'une minute, il décida de faire le tour de la maison.

Il y avait deux fenêtres sur la façade sud-ouest, celle qui donnait sur la partie la plus orientale des Trail Islands, au-delà de la pointe de la Mission. Alberg tâcha de voir à l'intérieur et dérapa sur l'herbe mouillée. La pluie augmentait et devenait plus serrée. A l'angle de la maison, l'herbe s'arrêtait pour faire place à la terrasse, de grandes dalles de pierre non polies, placées côte à côte et tenues avec du ciment. Derrière la terrasse, il vit un amas d'énormes rochers et, derrière, la mer gris métallisé et les Trail Islands.

La pluie tombait dru à présent, ridant l'océan. Alberg traversa rapidement la terrasse. Le dos courbé, il remonta le col de sa veste. Il ne voyait pas grand-chose, de toute façon ; cette façade était certes quasiment toute en verre, mais des stores vénitiens arrêtaient ses coups d'œil curieux. Il savait, sans même devoir le vérifier, qu'il trouverait les portes-fenêtres fermées, et puis d'ailleurs pourquoi aurait-il essayé de les ouvrir ? Rien ne l'autorisait à fouiner autour de la maison de Zoé Strachan.

Il attendit une minute à l'abri de l'auvent avant de tourner les talons et de se diriger vers sa voiture.

Et puis, sans raison apparente, il s'immobilisa et fit encore une fois le tour de la maison. Tandis que le vent le poussait et que la pluie lui collait les cheveux au crâne, il vit le store qui masquait la porte-fenêtre la plus proche bouger légèrement. L'espace entre deux des minces lames horizontales s'élargit, s'élargit encore et Alberg crut distinguer un visage. Le store reprit lentement sa position d'origine. Alberg attendit, perplexe, ne sachant trop s'il avait rêvé ; et puis la chose fut de nouveau là – un petit visage pâlichon, enfantin, avec des yeux énormes. Certainement pas celui de Zoé Strachan. Alberg ne fit pas un geste, mais sourit, leva la main, lentement, et fit un salut militaire au petit visage. Il essaya de mettre dans son sourire, dans son salut, toute la chaleur possible, tout ce qu'il avait en lui de rassurant. Le visage continuait de le regarder. Soudain, Alberg entendit une voiture crisser sur les graviers de l'allée, le store se referma, le visage disparut.

33

Zoé Strachan mit son clignotant et coupa la route pour prendre son allée privée. Après quoi elle longea lentement le promontoire, réfléchissant au gamin, se demandant s'il était bien resté à l'intérieur comme elle le lui avait ordonné.

Où aurait-il pu aller, d'ailleurs ?

L'idée pouvait l'avoir pris de faire du stop jusqu'au ferry. Sauf qu'il n'avait pas d'argent pour la traversée.

A moins qu'il n'ait fait du stop jusqu'à Sechelt pour téléphoner à un copain. Il devait bien en avoir un ou deux.

Elle n'avait pensé qu'à ça en faisant ses courses, et elle avait hâte d'être rentrée pour s'assurer qu'il n'avait pas bougé.

Elle vit une voiture blanche garée devant sa porte et le brigadier sur la marche du perron.

Elle prit son boîtier électronique pour ouvrir la porte du garage et y pénétra. Elle eut le temps d'en ressortir, avec son sac et ses courses, avant que la porte ne retombe.

– Que voulez-vous ? dit-elle. Que faites-vous ici ?

– On reste dehors ?

Alberg rentra sa tête dans ses épaules. Un type bâti en force, ce qui n'était pas pour lui déplaire, mais un peu empâté du côté de la ceinture ; il ne conduisait pas une voiture de police, il ne portait pas d'uniforme – bref, il ne correspondait pas du tout à l'idée que Zoé se faisait d'un policier. Autrement dit, il cachait son jeu. On devait toujours afficher la vraie couleur et ne pas essayer de se faire passer pour ce qu'on n'était pas.

– J'aimerais autant me mettre à l'abri, ajouta-t-il.

– Vous pouvez vous mettre à l'abri en remontant dans votre voiture et en partant.

Alberg lui sourit. Elle regarda les gouttes d'eau qui lui dégoulinaient sur la figure et vit qu'il avait envie de la toucher.

– J'ai un petit point à tirer au clair, mademoiselle Strachan, dit-il. Pourrions-nous le faire à l'intérieur ?

A croire que tout le monde veut semer la pagaille dans ma vie ces temps-ci, pensa-t-elle avec irritation.

Elle affronta la pluie le temps d'aller jusqu'à la porte et ouvrit.

– Eh bien, entrez ! dit-elle.

Alberg franchit le seuil derrière elle et la suivit dans la petite entrée carrelée, entièrement nue à l'exception d'un porte-parapluies dans le coin, près de la porte, et d'une console à étagères contre l'un des murs.

Zoé Strachan posa son sac à main et le sac en plastique qui contenait ses courses sur la table, ouvrit une penderie et y accrocha son imperméable. En se tournant vers lui, elle se passa les mains sur les hanches pour lisser sa jupe noire, plusieurs fois. Il n'y avait aucune invite dans ce geste ; il se dit qu'elle n'en était même pas consciente, elle semblait trop soucieuse. Il entendit le chuchotis de ses mains sur le tissu de la jupe et vit de nouveau cette curieuse absence dans le regard. Il se demanda si elle parlait quand elle faisait l'amour.

Il s'attendait à ce qu'elle appelle l'enfant, mais non.

– Qu'avez-vous à tirer au clair ? demanda-t-elle en refermant la porte de la penderie. (Elle descendit les manches de son tricot sur ses poignets, un pull-over vert émeraude.) Je suppose que c'est au sujet de mon frère ?

Elle avait les yeux bleus, mais ils paraissaient verts ce jour-là, à cause du pull. Des yeux de toute beauté. Peut-être pas si vides, après tout, pensa-t-il. Peut-être lui faisaient-ils cette impression parce qu'il ne l'intéressait pas. Rien qu'à la façon dont elle le regardait, il savait qu'il ne l'intéressait pas.

– Qui est cet enfant ? demanda-t-il, avec plus de brusquerie qu'il ne l'aurait souhaité.

Zoé Strachan accusa le coup.

– Enfant ? répéta-t-elle machinalement.

– Celui qui me surveillait derrière les lames du store.

Elle le dévisagea un instant. Cette fois, il l'intéressait, c'était net. Il éprouva un sentiment de satisfaction pour le moins incongru, comme s'il avait matérialisé le gamin qui l'épiait derrière le store, le créant à partir de rien, puis le plantant devant Zoé Strachan pour la prendre au dépourvu. Il sentit que son visage trahissait l'attente et la curiosité et fit de son mieux pour arborer une expression neutre.

– Il semblerait, dit lentement Zoé Strachan, que ce soit le fils de Benjamin.

– Je croyais que vous aviez dit que votre frère n'avait aucun parent, sauf vous ?

Elle hocha la tête, l'étudiant.

– Je sais ce que j'ai dit.

Elle reprit son sac à main et le sac en plastique et partit lentement dans le couloir. Il regarda la manière dont son corps bougeait sous la jupe noire et entendit de nouveau le crissement de la soie, ou du nylon, ou de n'importe quelle satanée fibre qu'on utilisait dans la confection des bas. Arrivée à la cuisine, elle se retourna.

– Asseyez-vous là. Je reviens tout de suite. Il faut que je lui donne ces vêtements.

Debout dans l'entrée de la cuisine, Alberg la vit pénétrer dans le séjour, puis en ressortir. Elle ouvrit une porte au bout du couloir et disparut un instant, le temps de ranger son sac. Puis elle ouvrit la porte suivante.

– Ah, tu es là, fit-elle.

Elle disparut à l'intérieur de la pièce.

Alberg entendit un bruit de voix assourdi, mais ne saisit rien de ce qui se disait. Elle ressortit presque aussitôt, sans son sac de courses, et rejoignit Alberg dans la cuisine.

– Je fais du café, dit-elle. Vous en prendrez ?

– Oui, merci.

– Asseyez-vous.

Alberg obtempéra.

– Comment s'appelle-t-il ? commença-t-il. J'aimerais le voir.

Elle se retourna, tenant la boîte de café instantané qu'elle venait de prendre dans le placard.

– Vraiment ?

Elle paraissait stupéfaite.

– Sûr, dit Alberg. J'adore les gosses.

– Ah bon.

Elle secoua la tête en signe d'incompréhension et commença à mesurer le café dans le pot.

– A votre avis, pourquoi votre frère ne vous a-t-il jamais parlé de lui ?

– Benjamin était un être bizarre, dit-elle vaguement. On saisissait mal les raisons qui le poussaient à agir.

– Comment l'avez-vous découvert ? Enfin, votre neveu ?

Elle hésita.

– Je suis allée à la maison, dit-elle en s'appuyant au meuble de cuisine et en croisant les bras. J'ai pensé qu'il me faudrait des vêtements pour Benjamin. Pour l'enterrer.

– Ah, fit Alberg en fixant intensément son visage, résolu à ne pas regarder ses seins.

– J'ai ses clés, ajouta-t-elle.

– Ah oui, c'est vrai.

– Et heureusement que j'y suis allée, renchérit-elle. C'est comme ça que je l'ai trouvé. L'enfant. Tout seul. Dieu sait ce qu'il serait devenu.

– Quel âge a-t-il ?

Elle parut réfléchir.

– Je crois qu'il m'a dit dix ans.

– Donc il est scolarisé.

– Très certainement.

– Il a des amis, des professeurs. Il aurait téléphoné à quelqu'un.

– Oui, je vois ce que vous voulez dire. Je pense en effet que oui.

Elle versa l'eau dans le pot et remua. Il espéra qu'elle viendrait s'asseoir à la table, avec lui.

– Mais il vaut cent fois mieux que quelqu'un de la famille se soit manifesté, dit Alberg.

Elle lui jeta un regard presque amusé. Puis elle prit deux tasses et deux soucoupes dans un placard et les posa sur la table. Comme elle se penchait vers lui, il sentit son parfum.

– C'est un enfant adopté, dit Zoé. Je ne suis pas à proprement parler une parente.

– Elle est parente avec mon père, dit une voix.

Alberg se retourna et vit l'enfant dans l'encadrement de la porte.

Il était petit et fluet, avec des cheveux châtains et de grands yeux noisette. Il semblait pâle et fatigué.

Alberg lui sourit.

– J'espère que je ne t'ai pas fait peur, tout à l'heure, dit-il. Quand je regardais la maison et que toi tu me surveillais.

Les yeux du garçon se posèrent rapidement sur Zoé, puis revinrent à Alberg.

– Non, dit-il.

– Je t'avais recommandé de ne pas bouger de ta chambre, lui rappela gentiment Zoé.

Le garçon la regarda, puis Alberg.

– Je m'appelle Kenny. Kenneth. J'ai neuf ans. J'aurai dix ans dans sept semaines.

– Donc tu es… attends que je calcule… tu es en huitième. Exact ?

– Exact. (Le gamin se glissa dans la pièce, le dos collé au mur.) Qui êtes-vous ?

– Je m'appelle Karl. Je suis officier de police. La police montée, ajouta-t-il au cas où l'enfant serait encore assez jeune pour être favorablement impressionné.

– Je crois que tu devrais retourner dans ta chambre, dit Zoé.

– Oui. (Kenny fixait Alberg.) Mon père est mort, fit-il.

Alberg hocha la tête.

– Je sais. C'est très triste.

– Il est tombé dans un escalier.

– Je sais. Il doit beaucoup te manquer.

– Où ça ? dit Kenny.

Alberg se pencha légèrement en avant.

– Pardon ?

– Dans quel escalier ?

Alberg regarda Zoé.

– Je ne pense pas que ce soit le moment d'en parler, dit-elle à l'enfant. Maintenant, tu repars dans ta chambre. Tu peux regarder la télévision. (Comme elle s'approchait du garçon, Alberg vit celui-ci se crisper.) Allez, viens.

Elle tendit le bras pour le toucher, ou le prendre par la main, mais Kenny s'écarta vivement. Zoé le saisit par l'épaule d'un geste vif et brutal.

– Attention… s'écria Alberg en tendant la main en signe de protestation.

Il recula sa chaise avec l'intention de se lever.

Mais, aussi soudainement qu'elle avait agrippé l'enfant, Zoé le libéra et se redressa. Kenny plongea sous son bras et fila prestement vers sa chambre.

Zoé se tourna vers Alberg.

– Excusez-moi un instant, dit-elle aimablement.

Alberg l'observa avec attention tandis qu'elle suivait le garçon dans le couloir.

– Qu'allez-vous en faire ? lui demanda-t-il lorsqu'elle revint.

– Le prendre avec moi quelque temps.

Elle lui sourit, Alberg se sentit la bouche soudain très sèche. C'était à lui qu'elle pensait à cet instant précis. Il savait que rien d'autre ne lui occupait l'esprit ; juste lui. Il avait l'impression d'être aveuglé par un projecteur.

– Il a des grands-parents, continua Zoé. Du côté de sa mère. Je pense qu'il va aller vivre chez eux. Après l'enterrement.

Il hocha la tête, amorçant un sourire, la regardant droit dans les yeux. Il se demanda si elle lisait dans ses pensées.

– Peut-être pourriez-vous me dire une chose, brigadier… Quand ce médecin pense-t-il me rendre le corps ?

Il sentit son sourire se figer et s'entendit répondre :

– Incessamment. Je suis sûr que ça ne tardera pas.

Elle paraissait interloquée et il s'aperçut qu'il s'était levé. Il tourna les talons et se dirigea rapidement vers l'entrée.

– Vous ne voulez pas de café ? lui demanda-t-elle en le suivant.

– Je vais poser la question au docteur Gillingham tout de suite, lui lança-t-il par-dessus son épaule, et voir avec lui quand vous pourrez avoir le permis d'inhumer.

– Mais je croyais… Pourquoi êtes-vous venu alors ? dit-elle, contrariée.

Sur les marches du perron, il inspecta le ciel d'un air soucieux.

– Il pleut toujours. Et ça m'a l'air parti pour durer. (Il remonta le col de sa veste.) Je ne serai pas long.

Il partit sous la pluie d'un pas pressé. Zoé, ahurie, le regardait filer. Avec un peu de chance, il attrapera une pneumonie et crachera ses poumons, pensa-t-elle. Elle était de méchante humeur.

34

Cassandra était assise dans son séjour et regardait la télévision, terriblement consciente de la présence de sa mère allongée sur le canapé de cuir blanc. Les gloussements de joie que Bill Cosby arrachait à celle-ci lui écorchaient les oreilles. En la voyant avancer les lèvres en cul de poule pour boire son thé, Cassandra battit nerveusement des paupières, comme si elle avait une poussière dans l'œil. Les effluves lavande des sels de bain, du talc et de la crème de sa mère lui chatouillaient désagréablement l'arrière du nez.

Lorsqu'on en eut fini avec le *Cosby Show*, Mme Mitchell embraya sur *Matlock*.

– J'ai toujours aimé Andy Griffith, dit-elle d'un ton approbateur.

– Comment se fait-il que tu ne te sois jamais remariée ? lui demanda Cassandra d'un ton brusque.

– Tu le sais très bien, lui répliqua sa mère sans s'émouvoir. Je n'ai jamais trouvé d'homme qui arrive à la cheville de ton père.

Le père de Cassandra était mort quand sa fille avait huit ans. Lorsqu'elle pensait à lui, ce qui ne lui arrivait pas souvent, Cassandra se rappelait une présence bienveillante mais distante, celle d'un homme qui semblait avoir arboré un complet gris sa vie durant. Il était mort en 1951, la mère de Cassandra entrant alors en veuvage comme si elle n'avait attendu que ça depuis sa naissance.

– Je sais, Maman. Mais tu as bien dû rencontrer quelqu'un qui aurait pu, honnêtement, être le second homme de ta vie ?

– J'avais des enfants à élever, dit-elle. Graham et toi. Vous passiez avant tout le reste.

Le frère de Cassandra, Graham, avait sept ans de plus qu'elle. Il gardait de leur père des souvenirs précis et clairs, une kyrielle de souvenirs. Parfois, quand ils se trouvaient réunis tous les trois et reparlaient du passé, Cassandra essayait de se mettre au diapason en racontant ce qu'elle-même avait gardé en mémoire. Mais les deux autres la reprenaient automatiquement, ajoutant d'autres détails, si bien que très vite tout ce qu'elle croyait se rappeler devenait méconnaissable. Définitivement mort.

Cassandra se leva.

– Je vais au lit, dit-elle. As-tu besoin de quelque chose ?

– Il n'est même pas neuf heures ! s'exclama sa mère. Tu te couches toujours avec les poules ?

– Non. Simplement, je suis fatiguée aujourd'hui, c'est tout. Veux-tu que je t'apporte quelque chose ?

– C'est un peu tôt, mais je pense que je vais prendre mon lait chaud, si ce n'est pas trop te demander.

Cassandra dormit mal, cette nuit-là.

Lorsqu'elle se réveilla, le mardi matin, elle entendit sa mère qui parlait à quelqu'un. Elle s'habilla en vitesse et découvrit Mme Mitchell assise devant la table de la cuisine, bavardant au téléphone avec Graham.

Cassandra fit son lit et sa toilette, se coiffa et se maquilla légèrement. Sa mère parlait toujours. Elle semblait gaie et heureuse. Lorsque Cassandra revint dans la cuisine pour commencer à préparer le petit déjeuner, sa mère lui tendit le combiné :

– Tiens, ma chérie, dis bonjour à ton frère.

– Je ne veux pas dire bonjour à mon frère, dit Cassandra en ouvrant un placard.

– Il va falloir que je te laisse, Graham, conclut Mme

Mitchell. (Elle raccrocha.) Je l'appelle toujours tôt le matin. Les communications sont moins chères avant huit heures.

Cassandra, concentrée sur la confection du café, ne répondit pas.

– Surtout dis-moi bien, quand tu recevras la facture, combien je te dois pour les appels interurbains, dit sa mère.

Le téléphone sonna ; cette fois, c'était Karl. Il semblait dolent et abattu. Il l'invita à déjeuner dehors. Cassandra lui répondit que non, elle devait s'occuper du déjeuner de sa mère.

Elle sortit du jus d'orange du réfrigérateur et s'en versa un verre.

– Pas pour moi, ma chérie, dit sa mère. C'est trop acide pour mon estomac. Je vais juste prendre du lait et des céréales. Et puis, ajouta-t-elle en se levant lentement, je crois que je vais pouvoir me débrouiller toute seule ce matin.

– Assieds-toi, dit Cassandra. Je t'apporte ça.

– Non, non, dit Mme Mitchell en obliquant vers l'office de son pas de petite vieille, je m'en occupe.

– Maman, si tu es suffisamment remise pour te préparer ton petit déjeuner, c'est que tu l'es sans doute aussi pour rentrer chez toi. Tu te sens assez bien pour rentrer chez toi ?

Des larmes frémirent dans les yeux de Mme Mitchell, mais Cassandra savait qu'elle commençait à s'énerver.

– Pourquoi es-tu méchante ? lui demanda sa mère.

Cassandra s'assit à la table.

– Je ne sais pas. Excuse-moi.

Comme sa mère n'était pas assez grande pour attraper les céréales sur l'étagère du haut, Cassandra s'en chargea pour elle. Elle se rassit et la regarda verser avec précaution les flocons dans un bol, ajouter du lait et prendre une cuillère dans le tiroir à couverts.

Mme Mitchell devait passer derrière sa fille pour revenir à sa place. Lorsqu'elle le fit, Cassandra ne put réprimer un petit sursaut.

Après avoir quitté Zoé Strachan, Alberg alla chez Cassandra. On était mardi, il savait que la bibliothèque n'ouvrait pas avant treize heures, il y avait toutes les chances qu'elle soit chez elle. Il longea l'hôpital, monta la côte et prit la contre-allée gravillonnée qui doublait la route. La porte du garage de Cassandra était ouverte, sa vieille Hornet de quatorze ans d'âge garée à l'intérieur.

Il remonta l'allée et fut surpris d'entendre qu'on se disputait dans la maison. Il frappa. Au bout d'une minute, il saisit des chuchotements exaspérés, une porte claqua, il y eut un bruit rapide de pas dans sa direction. La porte s'ouvrit. Cassandra se tenait sur le seuil, le visage fiévreux.

– Savez-vous, dit Alberg d'un ton solennel, que ce qu'on redoute le plus dans la police, ce sont les querelles familiales ?

Le visage de Cassandra vira à l'écarlate.

– Quelqu'un vous a téléphoné ? demanda-t-elle, effarée.

Alberg éclata de rire.

– Non, je passais juste. (Il jeta un coup d'œil derrière elle, mais Mme Mitchell restait invisible.) Tout va bien ?

– Tout va bien, dit Cassandra. Que vouliez-vous ?

Il la regarda tendrement écarter quelques mèches folles de son front. Il adorait la façon dont ses cheveux frisaient sous l'effet de l'humidité.

– J'avais seulement besoin de replacer l'objet de mes convoitises dans mon champ de vision, dit-il doucement.

La peau de Cassandra semblait très chaude ; son visage moite brûlait.

– De quoi parlez-vous ? dit-elle avec impatience.

– Je m'étais mis dans l'idée d'attendre que vous ayez fini de préparer le repas de votre mère pour vous emmener déjeuner chez Earl's. Comme ça, nous pourrons discuter de notre virée.

– Notre virée ? Quelle virée ?

– Comment ça, « quelle virée » ? s'exclama-t-il, indigné. Je vous rappelle que nous allons à Victoria. Ce week-end.

Elle secoua la tête d'un air las.

– Je ne peux pas partir ce week-end, Karl.

– Vous voulez dire… votre mère ? (Il baissa la voix.) Mais je croyais que vous disiez qu'elle était en pleine forme ?

– Parlez-en donc à votre copain Gillingham, lui lança-t-elle, furieuse. Tout ça, c'est de sa faute !

– Merde !…

– Treize ans que ça dure ! Ça fait treize ans que je vis dans ce bled pourri, à veiller sur ma fichue mère qui pourrait avoir le cœur fragile !

– Cassandra, calmez-vous.

– Calmez-vous vous-même, bon Dieu ! Et puis d'abord, qu'est-ce que vous faites à rester planté là ? Allez-vous-en ! Trouvez quelqu'un d'autre à emmener à Victoria !

Et elle lui claqua la porte au nez.

35

En arrivant au commissariat, quelques minutes plus tard, Alberg trouva Sandy McAllister, le facteur, en pleine discussion avec Isabella et Sid Sokolowski qui prenait un café au distributeur.

– Regardez-moi cette pluie, dit Isabella. Je crois qu'une fleur ou deux dans cette pièce ne seraient pas du luxe, juste pour donner un petit air de gaieté.

– N'y songez pas trop, dit Alberg.

– J'en apporterai demain, lui renvoya-t-elle. Peut-être des jacinthes en pot. Attendez une seconde avant de disparaître dans votre couloir ! Bernie Peters vous laisse une chance : elle peut vous glisser entre deux ménages demain après-midi.

– J'ai changé d'avis, Isabella, dit Alberg en lançant un regard furtif à Sid Sokolowski. (Blessé qu'il ait éconduit la cousine de sa femme Ludmilla qui postulait l'emploi, celui-ci lui tournait le dos d'un air réprobateur.) Finalement, je ne prends personne.

Il fila dans son bureau et referma la porte avant qu'Isabella ait eu le temps de le harponner.

Puis il appela Gillingham.

– Je voudrais vous dire un mot, fit-il.

Ils convinrent de se retrouver chez Earl's pour déjeuner.

Gillingham commanda une salade d'épinards et de l'eau gazeuse. Alberg prit un hamburger garni et un café.

– Je suis passé voir Zoé Strachan, annonça Alberg au médecin. Je ne lui ai pas dit qu'elle pouvait récupérer le corps.

Gillingham le dévisagea, estomaqué.

– Vous voulez rire ?

– J'ai changé d'idée… lui répondit Alberg, sur la défensive.

D'un geste, Gillingham l'empêcha de continuer.

– Attendez, laissez-moi deviner. Il y a un autre macchabée dans sa cave.

– Non. Mais un enfant dans sa chambre d'amis.

– Un enfant ?! Un enfant de quel genre ?

– Petit. De sexe masculin. Dix ans dans sept semaines.

Earl, le patron chinois du troquet, déposa devant Alberg un café servi dans une chope grand format.

– Bonté divine, Earl ! s'exclama le médecin. Vous voulez sa mort ou quoi ?

– Son café, c'est sacré, dit Earl en servant à Gillingham son eau minérale. Que voulez-vous que je fasse ? Si je ne lui donne pas ce qu'il me demande, il ira voir ailleurs.

– C'est le gamin de son frère, reprit Alberg une fois qu'Earl fut parti.

– Quoi ? De la victime ? Je croyais que vous m'aviez dit qu'il n'avait pas de gosses…

– Exact. Elle prétend qu'elle n'était pas au courant. C'est un enfant adopté. Il s'appelle Kenny.

Gillingham se recula sur son siège et regarda d'un air approbateur le grand bol de salade d'épinards, avec l'assaisonnement sur le côté, qu'Earl posait devant lui.

– Je ne dirai pas un mot sur l'infamie dont vous gavez mon camarade obèse, lança-t-il au patron.

– Mes hamburgers sont faits avec du bœuf extra maigre, lui renvoya Earl. Mes frites sont maison. Et la sauce est un secret de famille.

– Ne vous laissez pas faire, Earl, dit Alberg en saisissant une frite.

– Ma salade d'épinards est une petite merveille, dit Earl, mais c'est de la roupie de sansonnet, comparée à mon hamburger.

– Où est-ce que vous avez déniché le truc que vous portez ? demanda Gillingham.

Earl jeta un regard orgueilleux sur sa personne. Il avait passé un énorme tablier blanc de boulanger.

– A Paris ! C'est Mme Eddersley qui me l'a rapporté.

Il repartit vers ses cuisines en lissant tendrement son tablier sur ses fesses.

Alberg coupa son hamburger en deux et souleva la partie supérieure du petit pain pour rajouter du sel à l'intérieur.

– Elle est allée chez son frère le lendemain du jour où il est mort. Pour prendre des vêtements dans lesquels l'enterrer. Dit-elle. Et elle a trouvé le môme.

– Il est resté seul toute la nuit ?

– Je suppose.

– Je me demande pourquoi il n'a prévenu personne.

– Il a sans doute cru que son père allait rentrer d'une minute à l'autre.

– Si bien que, le lendemain, la tantine se pointe et lui dit que son vieux a passé l'arme à gauche. Ça a dû être un foutu choc.

– Mmmm.

Alberg mordit dans son hamburger, penché en avant pour que le jus goutte dans l'assiette.

– Un pur délice, dit Gillingham lentement, solennellement, en contemplant sa salade d'épinards.

Puis il poussa un soupir et se cala de nouveau contre son dossier.

– L'autre jour, Helen Mitchell a vu ma femme, reprit-il. Enfin, mon ex-épouse. D'après elle, elle aurait perdu quinze kilos et se serait teint les cheveux. En blond.

Alberg vit rouge aussitôt.

– A propos d'Helen Mitchell. Qu'est-ce qui vous prend, de la refiler comme ça à Cassandra ?

– « La refiler » ? Mais, bon Dieu, Cassandra est sa fille !

– On avait prévu une petite virée, marmonna Alberg sans aménité.

Gillingham esquissa un sourire.

– Vous m'en direz tant... A Victoria, je suppose ?

– Vous supposez bien. Et je ne vous remercie pas. (Il mordit de nouveau dans son hamburger.) Marjorie va sans doute se remarier. Avec un comptable.

– Vous fabulez, Karl, dit le médecin d'un ton apaisant. Marjorie n'épouserait jamais, au grand jamais, un comptable !

Il chassa avec une attention méticuleuse quelques grains de sel qui avaient glissé sur la toile cirée de la table.

– Vous savez, reprit-il, vous ne pouvez pas empêcher Zoé Strachan d'enterrer son frère sous prétexte qu'elle a chez elle un gamin qui, d'après vous, n'a rien à faire là.

Alberg posa son hamburger.

– Ça m'a vraiment mis mal à l'aise.

Gillingham ricana.

– Comment vous appelez ça ? Instinct de flic ? Réaction viscérale ?

Alberg appuya ses coudes sur la table.

– Quand je vous ai vu ce matin, vous avez dit quelque chose sur Strachan... qu'il n'aurait pas été si pété que ça.

– Exact. Il avait bu, d'accord. Mais il n'était pas ivre.

Avec un soupir, Alberg poussa son assiette de côté.

– Ça me pose un sérieux problème. Je crois me rappeler que vous m'avez aussi sorti des conneries sur les blessures. « Pas les blessures qu'on attendrait. » Ça signifie quoi, hein ? (Il leva la main.) Laissez-moi parler, vous voulez bien ? Le temps que je finisse. Bon. Le type rate les marches. Il se casse le cou. Il trépasse. Ce sont des choses qui arrivent.

Elle, elle nous dit qu'il avait trop bu. C'est logique. Mais, maintenant, vous venez me dire qu'il n'était pas ivre ! (Il haussa les épaules.) D'accord, elle s'est trompée. Il avait bu et il est tombé dans son escalier, donc elle est *partie du principe* qu'il devait être ivre. Ça aussi, j'accepte… (Il se pencha en avant.) Mais c'est le gamin qui me chiffonne. Qu'est-ce que ce gosse fout chez elle ? Elle ne l'aime pas et lui non plus.

– Bon, admit aimablement Gillingham, elle n'aime pas les enfants. Vous savez, il y a un tas de gens qui n'aiment pas les enfants !

– Oui, mais alors, pourquoi l'avoir ramené avec elle au lieu de le mettre chez un copain ? Ce gosse de neuf ans, il a des amis chez qui aller, des gens qu'il connaît ! Ce que je n'arrive pas à comprendre, c'est pourquoi elle l'a ramené chez elle.

Gillingham le regarda avec curiosité.

– Je l'ignore, Karl.

– Elle a un foutu caractère, reprit Alberg en baissant la voix.

– C'est ce gosse qui vous tracasse ? lui demanda le médecin au bout d'une minute. Je veux dire… vous croyez qu'elle pourrait lui vouloir du mal ?

– Je ne sais pas, dit Alberg avec lenteur. Ce que je sais, en tout cas, c'est qu'il a sacrément peur d'elle.

– Vous êtes sûr ?

– Sûr et certain.

– Moi aussi, marmonna le médecin.

Alberg remit son assiette devant lui. Il saisit son hamburger et le reposa aussitôt.

– Que voulez-vous dire, « moi aussi » ?

– Cette femme a quelque chose d'inhumain. Je la revois en haut des marches, en train de rire.

Gillingham frissonna.

– Elle n'était pas dans son état normal, dit Alberg, agacé.

Les gens ont des réactions bizarres en cas de coup dur. Bon Dieu, vous êtes toubib, vous devriez le savoir !

Il réattaqua son hamburger et, cette fois, le mordit à pleines dents.

Gillingham, tout en broutant ses épinards, observait son compagnon avec attention.

Alberg grignota une frite. Elle avait un goût de carton.

– Nous ne disposons d'aucun élément qui puisse justifier une enquête, n'est-ce pas ?

Etonné, Gillingham fit signe que non.

– Aucun.

– Eh bien moi, je ne suis pas de cet avis. (Alberg se laissa aller contre le dossier.) J'aimerais bien faire traîner les choses encore quelques jours. Le temps de voir si je ne pourrais pas avoir une ou deux réponses à mes points d'interrogation.

Gillingham réfléchit un instant.

– Elle est futée, la petite dame, hein ? dit-il.

Alberg parut étonné.

– Comment ça ? Qui ?

– Parfaitement inhumaine, comme je vous l'ai dit. Mais sexy. Très, très sexy.

– Où voulez-vous en venir, Alex ?

– Peut-être est-ce une réaction excessive de votre part…

– Mais, bon Dieu, de quoi voulez-vous parler ?

Gillingham pointa un doigt vers lui.

– De ça, précisément. Vous vous énervez. (Il haussa les épaules.) Vous avez envie de la sauter. Voilà tout. Comme Sanducci. Comme les gars de l'ambulance. On peut éprouver des pulsions érotiques et rester un policier, vous savez. C'est tout ce que je voulais dire. (Alberg le regarda d'un air furibard.) Disons qu'il vous faut deux jours pour fourrer votre nez partout, calcula le médecin d'un air méditatif. Satisfaire votre curiosité de flic. Vous convaincre que vous avez fait votre boulot. (Il hocha la tête d'un air entendu.) On doit pouvoir arranger ça. Sans problème.

– Comment ? fit Alberg d'un air soupçonneux.

Gillingham lui adressa un large sourire.

– On va bluffer, dit-il.

– Le succès me paraît douteux.

– Vous retournez la voir, et vous lui dites qu'il reste quelques points à établir. (Il se pencha vers Alberg ; c'était le professionnel qui parlait, à présent.) OK. Voici mon rapport d'autopsie, Karl. Paré ?

– Je vous écoute.

– Parfait. Il me reste quelques points à établir, brigadier, dans l'autopsie que j'ai pratiquée sur le cadavre du malheureux qui a atterri en chute libre au bas des marches de la cave de la dénommée Strachan. Il me faut encore un peu de temps pour… pour confirmer, pour…

Alberg vint à sa rescousse :

– …pour parvenir à des conclusions définitives relevant du domaine de la jurisprudence médico-légale et qui seules pourront établir de manière déterminante les causes et les circonstances du décès.

– Je n'aurais pas dit mieux moi-même ! (Gillingham se cala contre son dossier et croisa les bras.) Ça devrait vous donner un jour ou deux. Elle sera peut-être un tantinet contrariée, mais vous pourrez toujours lui dire que je veillerai à ce que le processus de décomposition ne soit pas trop entamé…

36

Lorsque Alberg repartit de chez elle ce matin-là, Zoé alla dans sa chambre pour se changer et enfiler un jean et un sweat-shirt. Elle suspendit sa jupe noire et rangea son pull vert, soigneusement plié, dans le tiroir d'un des placards de sa chambre. Puis elle passa dans la pièce suivante, la chambre d'amis.

– Je vais courir, dit-elle au garçon qui, réfugié sur le lit, l'observait sans ciller. Je serai absente vingt-cinq minutes.

– Combien de temps il faut que je reste ici ?

– Pourquoi ne mets-tu pas la télévision ?

Elle alluma le récepteur placé sur une commode basse, face au lit.

– Je ne sais pas combien de temps il faut que tu restes ici, ajouta-t-elle en quittant la pièce.

Il pleuvait toujours, mais Zoé s'en moquait.

Elle descendit l'allée d'un pas vif pour s'échauffer et, arrivée à la route, se mit à courir.

Pour l'instant, je me sors cet enfant de l'esprit, se dit-elle, et, quand j'aurai fini de courir, je prendrai une décision.

Tcherniak, le notaire de la famille, avait déjà dû prévenir les grands-parents, à l'heure qu'il était. Peut-être qu'ils finiraient par débarquer à Sechelt. Oui, mais ça, elle n'y pouvait rien.

Ce n'était pas de la colère qu'elle éprouvait. Sa colère, elle la maîtrisait depuis des années. Non, elle se sentait seulement exaspérée. On ne pouvait pas lui en vouloir. Rien d'étonnant à ce qu'elle se sente énervée, avec ce policier qui fouinait partout. Se déguiser en individu ordinaire, poser toutes sortes de questions qui ne le regardaient strictement pas et avoir l'impudence de l'empêcher d'enterrer son propre frère ! Elle se demanda s'il allait continuer à jouer les empêcheurs de tourner en rond, ce crétin de « monté ».

Elle courait beaucoup plus vite que d'habitude, filant comme un bolide sur la route. Prenant sur elle-même, elle ralentit l'allure et passa à une petite foulée. Forcer ne servirait pas à grand-chose, sinon à se donner un point de côté – ce qui ne l'irriterait que plus.

Si on lui avait laissé la possibilité de suivre son plan, il n'y aurait pas eu tout ce cafouillage. Si tout s'était déroulé comme prévu, elle aurait récupéré les cahiers, et le corps disloqué de Benjamin attendrait au bas de la falaise. Mais là… quelle pagaille ! pensa Zoé, écœurée. Quel gâchis que cette mort, accidentelle sans l'être. Ce n'était pas en improvisant qu'on arrivait à de bons résultats. Si la vie lui avait appris quelque chose, c'était bien ça. Et pourtant, en une minute – non, moins d'une minute –, en quelques secondes, quelques petites secondes d'impulsion irrépressible, elle avait compromis tout ce qui avait de l'importance pour elle. Elle éprouvait un sentiment de frustration extrême, elle s'en voulait à mort. Mais tout ça, pensa-t-elle, c'était du gaspillage d'énergie. Le temps passé à regretter était toujours dépensé en pure perte.

Zoé courait, lentement, régulièrement : elle pensait à sa vie et se demandait comment la protéger.

Le lundi, elle se rendit à Sechelt pour appeler Edward Tcherniak. Pour la première fois de sa vie, elle regrettait de ne pas avoir le téléphone. L'agglomération ne possédait pas un seul endroit d'où téléphoner qui soit muni d'une porte. En général, les appareils étaient tristement collés sur les murs de restaurants sordides. Elle finit par en trouver un au milieu d'une galerie marchande, pourvu, c'était déjà ça, d'une plaque dc plexiglas arrondi qui protégeait en partie des curieux.

La galerie grouillait d'adolescents qui auraient dû être en classe. Ils restaient là, appuyés contre les murs, le regard morne dans des visages terreux, à fumer Dieu sait quoi et à s'embrasser. Ce fichu brigadier ferait bien mieux de s'occuper d'eux, pensa-t-elle, abattue.

– Je crains que Benjamin ne soit mort, annonça-t-elle à Tcherniak, le notaire.

Elle attendit que le notaire se fût remis du choc et ait cessé de marmonner.

– Un accident. Il était ivre et il est tombé dans l'escalier de ma cave.

Elle attendit de nouveau, tandis que le notaire y allait de sa surprise douloureuse et de son chagrin. Elle remarqua que plusieurs des jeunes qui s'avachissaient à proximité du téléphone avaient des bottes à bout pointu qui semblaient faire un mètre de long.

– Où est l'enfant ? demanda Edward Tcherniak. Comment prend-il la chose ?

– Il est chez moi. Benjamin a-t-il une concession ?

– Oui. Juste à côté de Lorraine, dit Tcherniak.

– Parfait. Je vous préviendrai dès qu'ils auront rendu le corps pour que vous preniez les dispositions nécessaires. (Le notaire commença à protester.) Epargnez-moi ça, Edward. Ces choses-là font très certainement partie des attributions d'un notaire. Je n'ai pas la moindre intention de m'en occuper moi-même.

Un grand nombre de jeunes, même les garçons, arboraient deux, trois anneaux ou plus à l'oreille. Comme si on venait de les acheter, se dit Zoé. Un frisson de dégoût la parcourut.

– Vous avez son testament ? demanda-t-elle.

– Oui, naturellement.

– Qu'y a-t-il dedans ?

– Vous savez bien que je ne peux pas vous le dire, Zoé. D'ailleurs, je ne m'en souviens plus. Sauf qu'il voulait que la garde de l'enfant soit confiée à Peter et Flora Quenneville.

– Je n'y vois aucun inconvénient, dit Zoé. Encore une question, Edward.

– Oui ?

– Benjamin vous aurait-il remis quelque chose en dépôt ? Un paquet ? Quelque chose qu'il voulait que vous lui gardiez ?

Certains adolescents avaient le crâne partiellement rasé et les cheveux restants teints dans des nuances bizarres, genre fuchsia, citron vert et noir sans éclat.

– Un paquet ? répéta le notaire. Non, je ne crois pas. Non, je suis sûr que non. Pourquoi ?

– Il a un coffre quelque part ?

– Je n'en ai pas la moindre idée, Zoé. Pourquoi ?

– Il avait quelque chose à moi que je tiens à récupérer.

Elle avait raccroché et composé un autre numéro, celui de la banque de Benjamin, à West Vancouver. En effet, c'était exact, son frère y avait bien un coffre. Mais elle ne pouvait en aucun cas y avoir accès.

Folle de rage, elle abattit le combiné sur son support et partit comme une furie.

– Hé, m'dame ! lui lança un jeune individu léthargique.

Les jambes de son jean étaient serrées à l'intérieur de bottes noires et il portait une veste en cuir noir râpé sur un T-shirt où s'étalait une inscription. Zoé réussit seulement à lire trois mots : *suce le sang*. Elle s'arrêta et le regarda droit dans les yeux.

– Dites, vous auriez pas une pièce ?

Zoé le dévisagea d'un air incrédule.

– Vous êtes fou ou quoi ? dit-elle. Laissez-moi passer ou j'appelle la police.

– L'appeler pourquoi ? lui renvoya-t-il d'une voix plaintive.

Mais elle lui avait tourné le dos et s'éloignait.

C'était le lendemain, et elle courait et courait, espérant que l'exercice physique allait dissiper un peu de son exaspération et tenir la bride à sa colère.

Elle s'était construit un refuge. Une idée de son père.

Elle courait sans effort, d'une foulée continue, le cœur battant vite. Cela faisait du bien de pouvoir compter sur son corps, pensa-t-elle.

Elle aimait les sapins qui se serraient autour du cottage et marquaient la limite de son territoire : ils protégeaient son intimité. Elle aimait aussi ses arbousiers ; l'écorce en partait par plaques pour révéler le bois d'un rouge éclatant et ils ne perdaient pas leurs feuilles, même si celles-ci ressemblaient à celles d'espèces caduques.

Elle aimait que son séjour et son bureau soient orientés à l'ouest et donnent sur la terrasse. Elle appréciait l'absence de fenêtre sur la façade opposée de la maison. Elle goûtait le grand espace de rangement que lui offrait le sous-sol, et souvent elle dressait mentalement la liste de ce qu'elle y avait entreposé : des casiers pleins de conserves, de rouleaux de papier et d'essuie-tout, des lampes à pétrole et des recharges, des boîtes de bougies et des allumettes, des dizaines de grandes bouteilles d'eau minérale en plastique.

C'était rassurant d'avoir beaucoup d'argent.

Oui, songea-t-elle en se rapprochant de l'épicéa dont la masse imposante marquait la moitié de sa course, tout bien considéré, elle ne pouvait que se féliciter de s'être construit une vie si parfaite.

Elle n'y serait jamais parvenue sans son père.

Elle arriva à la hauteur de l'épicéa et pressa la paume de sa main droite, puis la gauche sur son tronc. Alors seulement, elle fit demi-tour et repartit en courant vers sa maison.

Géologue, son père avait fait des placements miniers judicieux. Mais l'élément qui avait assis sa fortune, c'était sa mine, Great North, celle qu'il avait achetée et exploitée pendant plus de dix ans avec ses deux frères, géologues eux aussi. A la fin de ses études secondaires, Zoé savait que son avenir était matériellement assuré ; son père avait tenu à bien lui faire entrer cette vérité dans la tête. Plus tard, elle comprit pourquoi, et elle se rendit compte qu'elle avait eu de la chance d'être née dans cette famille.

Zoé était incontestablement intelligente et capable de travailler sérieusement. Mais elle se lassait vite et, quand elle en avait assez, n'arrivait plus à fournir l'effort nécessaire. Elle s'inscrivit à l'université, mais lâcha ses études avant Noël, la première année. Elle eut ensuite toute une succession d'emplois, mais sans jamais pouvoir ou vouloir s'y maintenir. Ses parents, surtout sa mère, s'en plaignaient mais continuaient à l'entretenir. Ils refusèrent, toutefois, de la laisser prendre un appartement avant qu'elle eût vingt et un ans.

Zoé savait que, si elle n'avait pas eu l'argent de son père, elle aurait été contrainte d'en voler. Ce qui l'aurait obligatoirement conduite à mener une vie agitée et désordonnée. Heureusement, elle avait pu l'éviter.

Il ne pleuvait presque plus du tout maintenant, remarqua-t-elle en approchant du tournant d'où partait son allée. Elle quitta la route et reprit progressivement un rythme de marche, décompressant.

Tant que ses parents étaient restés en vie, elle était allée d'emploi en emploi, d'appartement en appartement, et avait peu à peu appris à reconnaître ce qui lui procurait du plaisir, quelles circonstances muselaient sa colère, quelles activités étaient capables d'absorber son attention.

Son père l'observait tandis qu'elle faisait ainsi son apprentissage, et ce fut lui qui lui parla de se construire un refuge. Cette idée avait beaucoup plu à Zoé.

Lorsque ses parents moururent, d'abord son père, puis sa

mère, elle abandonna son travail, plaça judicieusement son héritage et finit par se retirer sur la côte du Soleil.

Zoé jeta un coup d'œil au cottage et se demanda s'il lui servirait encore. Cela faisait six mois qu'elle n'y était plus retournée.

Mais, du train où allaient les choses, se dit-elle en haletant, et tout en se dirigeant à grands pas vers sa maison, il s'écoulerait sans doute pas mal de temps avant qu'elle n'éprouve à nouveau l'envie de faire l'amour.

Une fois à l'intérieur, elle quitta ses vêtements, prit une douche et remit sa jupe noire et son pull vert.

Puis elle gagna la chambre d'amis.

– Viens à la cuisine, lança-t-elle à l'enfant. J'ai à te parler pendant que je prépare le déjeuner.

– Je pourrais aller chez Roddy, dit-il dès qu'il fut dans la cuisine.

Zoé ouvrit une boîte de potage de poulet aux vermicelles, ajouta une proportion égale d'eau et mit le tout à chauffer.

– Il va falloir que nous nous occupions de l'enterrement de ton père.

Il se laissa glisser le long du mur jusqu'au moment où il se retrouva accroupi.

– Je n'ai pas trouvé ce que je cherchais dans ta maison, reprit Zoé en sortant un pain en tranches du placard.

Elle sortit des tomates et de la laitue du réfrigérateur et entreprit de confectionner des sandwichs.

– Où faut-il que je regarde encore ?

Il ne répondit rien. Elle lui jeta un coup d'œil et vit qu'il avait rentré sa tête dans ses épaules. On aurait dit qu'il n'avait pas de cou.

« J'habite ici », lui avait-il dit, tandis qu'elle reprenait difficilement son calme après un bref instant de panique. La suite l'avait confirmé.

Elle l'avait assis sur une chaise, à un endroit où elle pouvait le surveiller, et lui avait intimé l'ordre de ne pas bouger. Puis elle avait fermé la porte, pris la clé dans sa poche et entrepris de fouiller le bureau de Benjamin. Elle passa au peigne fin les tiroirs, les classeurs, les étagères. Bientôt, elle eut les mains collantes de crasse. Elle chercha pendant une heure ; deux heures ; trois. Sous ses cheveux, sa nuque transpirait. Elle avait l'impression d'étouffer sous le poids de la vie de quelqu'un d'autre. Aucune trace des cahiers.

Elle apprit que, depuis la mort de la femme de Benjamin, la maison croulait sous les hypothèques. Qu'on avait vendu des titres, des obligations, qu'on avait renoncé à des plans d'épargne-retraite pour récupérer des liquidités.

Elle apprit aussi que, sept ans plus tôt, Benjamin et Lorraine avaient adopté un enfant de deux ans.

Elle tomba sur des dossiers bourrés de correspondance avec des employeurs passés ou éventuels. Benjamin travaillait depuis quatre ans pour la même société lorsque le dossier d'adoption avait été accepté. Il y était resté un an encore après la mort de Lorraine, après quoi on avait eu le « regret » de se passer de ses services : absentéisme chronique. Il avait ensuite décroché plusieurs emplois, mais avait été chaque fois remercié. La dernière lettre du dossier remontait à quelques mois. Elle saluait l'arrivée de Benjamin dans un cabinet d'experts-comptables dont les locaux étaient situés à l'angle de Burrard et de Hastings.

« Ton père avait retrouvé du travail », avait dit Zoé au garçon rivé sur sa chaise. Il avait fait signe que oui.

Elle s'était levée, étirée, et avait regardé l'heure. Il fallait qu'elle parte tout de suite si elle voulait attraper le dernier ferry.

Elle regardait l'enfant tout en réfléchissant.

« Je t'emmène, avait-elle décrété d'un ton brusque. – Je pourrais aller chez Roddy », lui avait-il répliqué.

Et voilà qu'il remettait ça.

– Je te l'ai déjà dit, lui répondit-elle en aplatissant les sandwichs tomate-laitue d'une tape vigoureuse. Nous devons enterrer ton père.

– Quand ?

– Bientôt.

Elle se servit un peu de café, posa l'assiette de sandwichs sur la table et versa une louche de bouillon de poulet dans les bols.

– Assieds-toi, fit-elle. Déjeune.

Kenny obtempéra. Il eut un mouvement craintif quand elle plaça le bol de soupe devant lui.

– Mais, enfin, qu'est-ce que tu as ? Benjamin te battait ou quoi ? (L'enfant nia d'un signe de la tête.) Alors arrête de te recroqueviller tout le temps ! Mange ! lui cria-t-elle en prenant un sandwich. Je suis à la recherche de quelque chose de très important.

Il avait des cheveux châtain clair et de grands yeux noisette, et il était fluet. Un enfant peu attirant, pensa-t-elle. Elle n'aimait pas cette façon qu'il avait de ne pas la quitter des yeux, sans ciller, ou à peine, comme s'il craignait qu'elle lui saute dessus.

– C'est quelque chose qui m'appartient, reprit-elle en mordant dans son sandwich. Que ton père m'a emprunté, ajouta-t-elle, la bouche pleine de pain de mie-margarine-mayonnaise-tomate. Je veux le récupérer.

Elle s'essuya les coins de la bouche avec une serviette en papier.

– Mange, dit-elle au garçon, qui n'avait pas bougé.

Elle attendit que sa main se décide à saisir furtivement une cuillère sur la table. Puis elle attendit encore qu'il ait avalé plusieurs cuillerées. Elle eut un geste d'approbation, soulagée. Elle ne pouvait tout de même pas le laisser mourir de faim chez elle, dans sa maison.

– Des cahiers, dit-elle. Voilà ce ce que je cherche.

Kenny baissa la tête et continua à manger mécaniquement son potage.

– On ne fait pas de bruit en avalant, s'énerva-t-elle. C'est très mal élevé.

Il continua de manger, vite, le dos rond.

Zoé l'observait et réfléchissait.

Elle tendit le bras et lui saisit l'épaule.

– Regarde-moi.

Kenny accéléra le mouvement. La cuillère racla le fond du bol. Zoé secoua le gamin, qui lâcha son couvert.

– Regarde-moi ! (Il la regarda, pas les yeux, mais la bouche.) Tu sais où ils sont. (Il secoua la tête, fixant toujours sa bouche.) Si, fit Zoé doucement. Tu le sais…

Ils entendirent tous les deux un bruit de pneus sur le gravier devant l'entrée.

37

La porte s'ouvrit violemment : Zoé Strachan se tenait devant lui, l'air furieux.

– Doucement ! fit Alberg en levant les mains en l'air. Je vous jure que ce n'est pas moi !

Elle fit un effort pour se calmer.

– Encore vous, brigadier.

– J'ai parlé au docteur Gillingham.

– Bien.

– Mais il ne peut pas encore signer le permis. Je suis désolé.

Elle le regarda sans s'émouvoir, un rose d'une incroyable légèreté lui colorant les joues ; une nuance quasi imperceptible. Mais il sentit que Zoé s'était tendue d'un coup.

– Je peux entrer ? Je vais essayer de vous expliquer.

Ben, voyons, pensa-t-il. Depuis quelques minutes, il lui apparaissait qu'il ne s'était pas suffisamment préparé à cet entretien.

– Où est l'enfant ? demanda-t-il en la suivant dans le séjour.

– Dans sa chambre.

Elle prit place dans le fauteuil en cuir noir, près de la fenêtre. Elle n'avait pas l'air spécialement ravie de le voir. Les choses auraient été nettement plus simples si elle avait eu le téléphone.

– Je ne voudrais pas qu'il nous entende, reprit-il.

– Il ne nous entendra pas. Il regarde la télévision.

Alberg s'assit sur le canapé.

– Il y a quelques… Les résultats de l'autopsie ne permettent pas de parvenir à des conclusions définitives, commença-t-il.

Il se rendit compte avec consternation qu'il avait les paumes moites.

– Cela me paraît difficile à croire, dit Zoé en croisant les jambes. Il est tombé dans l'escalier. Sa tête a porté sur le sol qui est en ciment. Il est mort. Cela me paraît très concluant. J'y étais.

Alberg jeta un coup d'œil dans le couloir, mais il ne pouvait pas voir la porte de la chambre de Kenny d'où il était assis.

– Cet enfant est sous le choc, dit Zoé Strachan. Et vous ne lui rendez pas les choses plus faciles. Il ne pourra même pas commencer à se remettre tant que l'enterrement n'aura pas eu lieu.

Ses joues avaient encore rosi d'un ton, et ses yeux étincelaient.

– Le problème, c'est que… il a l'intention de demander qu'on ouvre une enquête, embraya rapidement Alberg. Enfin, lui, le docteur Gillingham…

Elle le dévisagea, abasourdie.

– Mais pourquoi ?

– Eh bien, quelques points d'interrogation subsistent…

Alberg se leva. Son esprit tournait follement en rond sans arriver à quoi que ce soit.

– C'est très compliqué, mademoiselle Strachan, reprit-il.

Elle l'observa avec attention.

– Je ne vois pas en quoi.

– Le taux d'alcoolémie était négligeable, dit Alberg sans trop savoir où il allait. Autrement dit, il n'était pas ivre.

Son esprit lui hurlait de se tirer au plus vite, d'arrêter de bavasser et de filer.

– Vraiment ? (Zoé se leva.) Qui est le mieux placé pour dire s'il était ivre ou pas… Le premier médecin venu, qui n'a jamais vu cet homme vivant, ou la personne qui était présente quand il est mort ?

– Je suis obligé de me ranger à l'avis du médecin légiste, dit Alberg.

Il savait qu'il ne dominait pas la situation. C'était humiliant.

Les mains sur les hanches, elle lui jeta un regard hostile.

– Que voulez-vous dire exactement, brigadier ? Vous me soupçonnez d'avoir assassiné mon frère ?

Alberg essaya de rassembler ses idées, distrait par le corps de Zoé Strachan, par sa présence, et aussi parce qu'il savait bien qu'il avait commencé à transpirer sous les bras.

– Ce que je veux dire, c'est que le médecin laisse entendre qu'il se pourrait… (il n'avait pas la moindre idée des mots qui sortaient de sa bouche) …je dis bien « pourrait »… (Il essaya désespérément de se rappeler si Gillingham lui avait dit quelque chose de vraiment utile.) Ce que les faits donnent à croire, voyez-vous, c'est que, puisqu'il n'était pas ivre, peut-être, alors… qu'il n'est pas tombé ? Peut-être qu'au lieu de ça il… il…

– Il s'est jeté délibérément en bas des marches ? dit Zoé, incrédule.

– Euh… non, pas exactement. (Mais, bon Dieu, fais quelque chose ! Attaque !) Sans doute que non. Mais, après tout, vous ne l'avez pas vraiment vu tomber.

– Je… Que voulez-vous dire ?

– Vous étiez ici, non ? Dans le séjour.

– Euh, oui, mais…

– Et vous avez entendu un bruit de chute.

– Oui.

– Bon. Lui était descendu chercher une bouteille de vin. C'est bien ça ?

– C'est bien ça.

Mais qu'est-ce qu'il foutait ? Il n'arriverait à rien de ce côté-là. Elle trouverait trop facilement une explication. Alberg, se dit-il, furieux, tu es un con.

– Est-ce qu'il est tombé en descendant ? demanda-t-il.

– Il n'est certainement pas tombé en *montant*, brigadier.

– Je veux dire : est-ce qu'il est tombé alors qu'il descendait ou quand il est remonté ?

– Je n'en ai pas la moindre idée.

– Réfléchissez. Combien de temps s'est-il écoulé ? Il a quitté le séjour, vous avez entendu un cri ; combien de temps s'est-il écoulé entre les deux ?

Crispée, Zoé gagna la fenêtre et y resta, lui tournant le dos, le regard perdu dans l'humidité grise.

– Je ne comprends pas pourquoi vous tenez absolument à me compliquer la vie.

– Il y avait une bouteille de vin sur votre meuble de cuisine, dit-il. (Ça y était, c'était sorti.) Pourquoi y avait-il une bouteille de vin dans votre cuisine ? répéta-t-il doucement.

Elle se tourna vers lui, prenant son temps. Elle pencha la tête et parut perplexe. Pas moyen. Rien, aucun indice, ne lui permettait de deviner ce qui se passait dans l'esprit de Zoé Strachan.

– Je ne comprends pas votre question, dit-elle.

– Votre frère est descendu à la cave pour chercher du vin. (Il n'arriverait pas à en tirer quoi que ce soit.) Or, il y avait déjà une bouteille de vin de sortie. Dans la cuisine.

– Ah bon ?

Elle passa près de lui pour aller se rasseoir dans le fauteuil en cuir noir. Elle passa si près qu'il sentit la vibration de l'air.

Il acquiesça.

– A moins que ce ne soit la bouteille qu'il était descendu chercher ?

Il la regarda réfléchir. Il se sentait une patience illimitée.

– Mais ce serait absurde, non ?

Elle se contenta de l'observer, toujours méditative.

– S'il était tombé en descendant, il n'aurait pas eu de bouteille.

Zoé hocha la tête, lentement.

– S'il était tombé en remontant, la bouteille se serait obligatoirement cassée.

De nouveau, elle hocha la tête.

– Donc, vous voyez où est mon problème.

– Oh, je ne crois pas que ce soit un problème, brigadier, dit-elle. Il y a une explication, et elle est très simple.

– Je vous écoute.

– J'avais oublié, c'est tout. J'avais oublié que j'avais une bouteille à la cuisine.

Elle repoussa ses cheveux en arrière.

– Je suis quelqu'un d'étourdi. Il m'arrive d'oublier certaines choses.

Alberg la regarda bien en face et vit des yeux bleus, une peau claire et lisse, une bouche lascive, et il sut qu'elle mentait. Une impression de soulagement l'envahit. Il lui adressa un sourire rayonnant.

– Et maintenant, j'aimerais voir Kenny, dit-il.

Zoé croisa les mains devant elle et cria :

– Kenny !

Pendant qu'ils attendaient l'enfant, elle observa Alberg de près, avec curiosité.

Il se leva quand Kenny se faufila dans la pièce, et lui tendit la main.

– Salut, Kenny, dit-il. (L'enfant hésita, puis lui serra gauchement la main.) Assieds-toi.

L'enfant s'assit sur le bord d'une bergère, près de la porte qui donnait sur le vestibule.

– Pourrions-nous avoir un peu de café ? demanda Alberg à Zoé.

– Nous ne sommes pas dans une soirée mondaine, lui rétorqua-t-elle d'un ton sec. Et je ne suis la bonne de personne.

Je suis folle, se dit-elle, horrifiée. Où était son sang-froid ? Elle ne pouvait pas se permettre de perdre la tête.

Elle prit une longue inspiration, lente, profonde, et ordonna à son corps de se détendre.

– Je vous demande pardon, dit-elle posément. Ce n'était pas très courtois de ma part.

Alberg lui sourit. Elle laissa son sourire lui pénétrer la peau.

– Ne vous inquiétez pas, dit-il. Et, n'importe comment, je bois trop de café.

Il s'installa au bout du canapé pour être plus près de l'enfant.

– Je voudrais te poser quelques questions, Kenny. D'accord ?

– Au sujet de mon père ?

Le regard du garçon parcourut vivement la pièce ; Zoé le sentit buter contre son visage comme un oiseau se cognant dans une vitre.

– Les gens ne savent pas encore que mon père est mort, n'est-ce pas ?

– Que veux-tu dire par là ? lui demanda Alberg.

– Roddy ne le sait pas. Roddy, c'est mon meilleur copain. (Ses doigts fluets et nerveux tiraillaient le tissu du siège.) Je suis sûr que je pourrais aller chez lui. Il doit certainement se demander où je suis passé.

– Pourquoi tu ne lui téléphonerais pas ? proposa Alberg.

– Elle n'a pas le téléphone, dit Kenny. Et je ne crois pas que Grand-père et Grand-mère soient au courant non plus, ajouta-t-il en tirant sur un fil.

Zoé se mordit l'intérieur des joues pour s'empêcher de lui dire de laisser ce fichu fauteuil tranquille. Elle avait de plus en plus de mal à se concentrer sur le policier avec ce satané môme dans la pièce.

– Ton grand-père et ta grand-mère, ils habitent où ? demanda Alberg en prenant un calepin et de quoi écrire dans la poche intérieure de sa veste.

– A Winnipeg, dit Kenny en croisant ses mains sous ses aisselles. On est allés les voir un jour. Mais d'habitude, c'est eux qui viennent nous voir.

– Et leur nom de famille, Kenny, tu le connais ?

– Evidemment que je le connais ! Ils s'appellent Quenneville. Le prénom de Grand-père, c'est Peter, et celui de Grand-mère… je ne sais plus.

– Je vais leur téléphoner du commissariat, dit Alberg. Et puis j'appellerai aussi Roddy, si tu veux.

– Oh oui, ça serait bien ! Je connais son numéro, je lui téléphone tout le temps.

Alberg nota le numéro dans son calepin.

– Je règle ça tout de suite, dit-il. Et je viendrai te raconter demain.

Kenny se leva.

– Je pourrais aller chez lui. Peut-être même que son père viendrait me chercher.

– On verra après l'enterrement, dit Zoé.

Elle se tourna vers Alberg et lui adressa un léger sourire, mais elle se sentait gênée, godiche. Elle était furieuse contre cet enfant qui l'avait en quelque sorte dépossédée de son charme et de son assurance.

– Flora ! s'exclama Kenny. Grand-mère, elle s'appelle Flora !

– Parfait, dit Alberg. C'est enregistré.

Il se leva pour partir.

– Je peux venir avec vous ? demanda l'enfant.

– Je crois qu'il vaut mieux que tu restes avec moi, dit Zoé d'un ton suave. Jusqu'à ce que tes grands-parents viennent te chercher.

Elle se leva, se plaça derrière l'enfant et posa une main sur sa tête dans ce qu'elle espérait ressembler à un geste d'affection.

– Je suis sûre qu'ils vont venir te chercher dès que le brigadier les aura prévenus. N'est-ce pas, brigadier ?

Le visage du policier fut soudain près du sien. Elle éprouva un tressaillement d'irritation. Puis il lui fit un clin d'œil, qui la laissa confondue, puis furieuse.

– Je reviendrai, dit-il au garçon. Demain.

– Promis ?

– Promis, dit Alberg en regardant Zoé.

38

Lorsque Alberg arriva au commissariat, ce fut pour y trouver les lieux empestant le vinaigre et la salle d'attente bourrée à craquer de représentants du troisième âge, dont certains avaient un air hostile.

– Il y a des jours où vous feriez mieux de passer par l'entrée de service, lui lança Isabella.

– Bon Dieu, c'est quoi, ça ? marmonna Alberg. Qui sont tous ces gens ?

– Ils veulent vous voir. Si vous passiez parfois par-derrière, lui répéta-t-elle tandis que plusieurs visiteurs commençaient à s'agiter d'un air menaçant, je pourrais mieux faire face à ce genre de situation.

– Où est Sid ? demanda-t-il. Je ne peux pas régler ça tout de suite. J'ai un coup de fil à passer.

– Horace Orlitzki est là, dit Isabella. C'est le fils de Ramona. Il a fait tout le trajet depuis Cache Creek.

– Et merde.

– Monsieur, je vous prie… (Un homme qui devait avoir dans les soixante-quinze ans s'approchait du comptoir. Le cheveu blanc neige, élégant, il rappelait à Alberg feu le duc de Windsor.) Ces dames et ces messieurs sont une délégation des Anciens. Je suis leur porte-parole. Je me présente : Bernard Rundle.

Il lui tendit la main.

– C'est au sujet de Mme Orlitzki.

– Ravi de faire votre connaissance, monsieur Rundle, dit Alberg en lui serrant la main. Excusez-moi un instant. Isabella…

Elle le suivit dans son bureau.

– Isabella, vous vous foutez de moi ou quoi ! Vous devriez être chez vous à l'heure qu'il est. Mais non, il a fallu que vous fassiez ces foutus stores une fois de plus. Ça pue le vinaigre partout !

– C'est exact. J'ai aussi fait les vitres. Et j'ai passé un bon coup à votre table.

– Mais on a quelqu'un pour nettoyer ! On ne vous a pas engagée comme femme de ménage !

– J'ai l'impression que vous feriez mieux de concentrer votre matière grise sur les gens qui sont là au lieu de la gaspiller à essayer de savoir qui s'occupe du ménage ou pas, lui répliqua-t-elle sèchement. Ils se font un sang d'encre pour Ramona, et moi aussi. Et ils sont venus vous voir pour savoir où on en est. A propos… vous avez l'intention de leur raconter quoi ?

– Je vous l'ai dit, bon sang ! Je ne peux pas m'occuper de ça maintenant. J'ai un coup de fil à donner.

Isabella hésita.

– Ça va mieux quand je suis ici, dit-elle calmement. Je domine la situation. Je m'active.

Alberg poussa un soupir.

– Je sais, Isabella, je sais. Ça fait longtemps qu'ils attendent ?

– Les vieux sont arrivés il n'y a pas dix minutes. Horace Orlitzki depuis une heure, mais il n'est pas resté tout le temps là.

– C'est bon. Envoyez-le-moi. Et ensuite M. Rundle. Au cas où Sid se manifesterait, je veux le voir aussi.

Horace Orlitzki était grand, la quarantaine passée, guetté par la calvitie, avec un visage de chérubin et des mains molles et soufflées. Il portait un blazer écossais et un pantalon bleu marine.

– Ma sœur Martha et moi allons prendre un DP, annonça-t-il à Alberg.

– Un quoi ?

– Un DP. Un détective privé. Pour régler toute cette histoire et qu'on en finisse.

– Expliquez-vous, monsieur Orlitzki.

– A ce que je comprends, si un cadavre est emporté par la marée, ou enterré sous une coulée de boue, n'importe quoi, on a peu de chances de tomber dessus…

– Attendez. C'est de votre mère que vous parlez ?

Orlitzki acquiesça.

– Et à ce que je comprends aussi, elle ne peut être déclarée morte, légalement, qu'au bout d'un certain délai ?

– Exact.

– Nous allons donc engager un DP, et il va nous trouver le corps. Nous ôter ce souci de l'esprit. Vous avez quelqu'un à nous recommander ?

– Si j'ai quelqu'un à vous recommander ?…

– Côté fric. Ça va nous coûter cher, nous ne l'ignorons pas.

– Voyons si j'ai bien compris : vous voulez engager un privé pour retrouver le corps de votre mère ?

– C'est cela même, vous y êtes.

– Et s'il la retrouve vivante ?

– Plaît-il ?

– Et si elle n'est pas morte ?

Orlitzki secoua la tête.

– Je ne vous suis pas.

Alberg se leva, gagna la porte et l'ouvrit.

– Isabella ! beugla-t-il. (Il se tourna vers Horace Orlitzki.) Je ne connais pas de DP. Essayez les pages jaunes de l'annuaire de Vancouver.

– Mais…

– Monsieur Orlitzki… vous recherchez votre mère morte,

nous, nous continuons à la rechercher vivante. Isabella !

Orlitzki décampa en marmonnant des imprécations, et Isabella apparut, pilotant Bernard Rundle tandis que Sid Sokolowski les suivait avec sa légèreté d'éléphant.

– Sid est là ? Parfait, fit Alberg. Monsieur Rundle, le mieux serait que vous expliquiez ce qui vous amène au sergent Sokolowski ici présent. C'est lui qui est chargé du dossier… Sid, M. Rundle. Il représente des amis de Ramona. Ils ont hâte de savoir où en est l'affaire. Vous voudrez bien le mettre au courant…

Une fois seul dans son bureau, Alberg en referma la porte et appela Gillingham.

– Les contusions de Strachan, dit-il au médecin. Oui, à la tête. Au ventre. Pourraient-elles avoir été causées par une bouteille ? Une bouteille de vin ?

39

– J'ai une affaire à régler aujourd'hui, lui avait dit son père, et je rentrerai peut-être tard.

– C'est ton nouveau travail ? lui avait demandé Kenny.

Son père avait eu le grand sourire que Kenny aimait tant.

– Non, lui avait-il répondu, en lui ébouriffant les cheveux. C'est autre chose.

Son père avait promis d'être de retour à l'heure du dîner, et il n'y avait pas manqué.

Et il était rentré dans une forme du tonnerre. Il lui avait préparé son plat préféré, des macaronis au gratin, et aussi de la salade, et lui avait dit de prendre son vélo pour aller chercher des petits pains au lait chez l'épicier.

Son père avait l'air un peu gai, à cause de tout le vin qu'il avait bu au dîner, mais pas vraiment rond, et il continuait à être d'une humeur géniale et à chahuter ; Kenny se sentait heureux.

L'enfant était au lit depuis un moment quand il entendit un petit coup à la porte. Elle s'entrouvrit et son père lui demanda :

– Ken, tu dors ?

Il entra et s'assit sur le bord du lit.

– Les choses vont aller nettement mieux maintenant, dit-il en remontant maladroitement la couette sur les épaules de Kenny. J'avais des soucis d'argent, tu sais.

Kenny fit signe qu'il savait. Et comment !

– Mais tout va marcher comme sur des roulettes à présent.

Son père lui tapota la joue.

– Nous allons de nouveau être riches !

Quand il se leva, il n'avait pas l'air de tenir très bien sur ses jambes ; il se rattrapa au bord de la porte et éclata de rire.

– J'ai trop forcé sur la bouteille, dit-il. Mais ça aussi, ça va s'arranger, Ken, ajouta-t-il d'un ton grave, comme à l'église.

Il mit un doigt sur ses lèvres.

– Chut. Je vais te montrer quelque chose. Ne bouge pas.

Il partit dans le couloir jusqu'à sa chambre.

Kenny croisa les mains derrière sa tête et attendit.

Au bout d'un moment, son père revint ; il tenait quelque chose à la main et se rassit sur le lit.

– Tu vois ça ?

Kenny regarda son père sortir trois petits cahiers de brouillon tout cornés, un jaune, un rouge, un bleu, d'une enveloppe marron. Les couvertures des cahiers avaient pâli et les coins étaient abîmés.

– Ils ne sont pas très beaux, dit son père, mais ils valent très cher, Ken. Très, très cher.

Il ferma fort les yeux, la bouche aussi, et tout son corps se mit à trembler pendant un instant tellement il se retenait de rire. Au bout d'une minute, il parut se détendre. Il poussa un soupir et rouvrit les yeux.

– Je voudrais que tu me les gardes un peu. Juste quelques jours.

Il se leva, cherchant à tâtons un point d'appui. S'appuyant contre le mur, il examina la chambre de Kenny.

– Ken, tu connais une bonne cachette ?

– Pourquoi as-tu besoin de les cacher ?

Son père examina le plafond d'un air sombre.

– C'est sans doute inutile, mais on ne sait jamais. Alors, tu as une idée ?

Kenny lui avait montré le trou dans son placard, là où le

mur était un peu défoncé. Son père remit les cahiers dans l'enveloppe marron et glissa celle-ci dans le trou.

– Parfait ! avait-il dit en se remettant péniblement debout. Parfait.

Il prit Kenny par les épaules.

– Tu ne racontes à personne qu'ils sont là, dit-il d'un ton solennel et mystérieux. A personne ! Promis ?

Et Kenny avait promis.

Deux jours plus tard, son père était de nouveau parti régler une affaire. Cette fois, il ne rentra pas pour le dîner. Kenny attendit et attendit. Il attendit toute la nuit. Et tout le lendemain. Et son père ne revenait pas, il ne téléphonait pas, personne ne téléphonait et Kenny avait peur d'utiliser le téléphone au cas où son père essaierait d'appeler, et il avait aussi peur de sortir de la maison, peur de rester dedans, mais il était quand même resté à attendre son père, et son père n'était pas revenu et à sa place ç'avait été Tante Zoé, et Tante Zoé lui avait dit que son père était mort.

Au début, Kenny ne l'avait pas cru.

Et puis il la crut.

Quand elle lui dit de prendre son pyjama, il obéit, il le fourra dans son sac de gym avec d'autres affaires et chercha une photo de son père à prendre avec lui, mais n'en trouva aucune.

Il enfila son anorak trop grand, celui avec les poches immenses, et dans l'une des poches intérieures il glissa l'enveloppe marron parce qu'il ne pouvait pas la laisser au cas où quelqu'un – un rôdeur ou un voleur, ou juste un voyou – serait entré dans la maison et l'aurait trouvée.

Ça remontait déjà à plusieurs jours.

Il ne savait pas pourquoi il n'avait pas dit tout de suite à sa tante Zoé, au déjeuner, qu'il avait ce qu'elle cherchait.

Parce qu'elle lui faisait peur, voilà tout. Entre autres.

Il attendit que la nuit soit bien avancée, qu'il n'y ait plus aucun bruit dans la maison. Alors il prit sa lampe électrique dans son sac de gym, et, l'enveloppe marron dans sa poche, il remonta dans son lit, se cacha sous les draps et sortit les cahiers de brouillon. Il ouvrit celui qui était sur le dessus, et la première chose qu'il vit, écrite en grosses lettres, ce fut le nom de sa tante. Il commença à lire.

40

Tôt le matin du mercredi, Ramona tira le rideau, jeta un coup d'œil dehors et vit le brouillard. Il s'enroulait paresseusement autour de formes sombres, verticales, qu'elle savait être les troncs des sapins qui entouraient le cottage. Son cœur se réjouit tandis qu'elle scrutait la brume épaisse ; on devinait de la luminosité par-derrière, et, lorsque la brume se lèverait, elle était sûre que le soleil brillerait. Elle ne distinguait pas les branches des arbres, ni les fougères qui formaient un tapis ; seulement les mâts foncés des troncs, qui semblaient surgir du brouillard et s'y fondre à nouveau, comme si les arbres n'avaient pas de ramure et ne s'enracinaient pas dans le sol. Elle entendit l'appel vibrant et insistant d'un oiseau, sur une seule note qui montait vers le ciel, inlassablement répétée, voix solitaire qui trouait le brouillard, percevant peut-être ce qu'il y avait derrière, jusqu'au soleil.

Elle quitta la fenêtre et s'habilla.

Dans la cuisine, elle fit une petite marque au crayon sur la porte du placard, à côté de trois autres marques identiques ; elle notait ainsi la durée de son séjour ; cela lui donnait une idée du temps qui s'était écoulé depuis son arrivée. Puis elle grignota deux crackers et une poignée de noix de pacane et but une petite bouteille d'un liquide australien qui ressemblait à du jus de fruit allongé d'eau.

Ramona aurait donné n'importe quoi pour un vrai jus de

fruit, de vrais fruits. Elle s'était même mise à rêver de fruits, de Golden Delicious à peine rosies, d'énormes navels à l'écorce épaisse, ruisselantes de leur jus sucré comme du nectar, de bananes fondantes et fraîches à la bouche ; pas d'ananas, non, trop acides, mais de nectarines… de pêches… de fraises… Elle agrippa le meuble de cuisine et laissa échapper une petite plainte. Il fallait qu'elle se trouve des fruits d'une manière ou d'une autre, quelque part, il n'y avait pas d'autre solution.

Lorsqu'elle eut fini son petit déjeuner, elle se glissa hors du cottage et en referma la porte sans bruit, après s'être assurée qu'elle pourrait de nouveau y rentrer.

L'air était humide et poisseux, ça sentait le printemps. Elle traversa le brouillard en clopinant jusqu'à l'abri des arbres. Elle était pleine de joie et eut soudain envie d'enlacer un des arbres, mais ne réussit pas à en faire complètement le tour avec ses bras. Elle frotta doucement sa joue contre l'écorce râpeuse et respira l'odeur piquante des branches qui bruissaient au-dessus d'elle. Un éclair bleu vif fusa, aussitôt suivi du cri véhément et rauque d'un geai de Stellar, et elle se demanda ce qu'était devenu son livre d'ornithologie. Elle le gardait en permanence à portée de main près de la fenêtre, avec une paire de jumelles à côté. Elle utilisait ces dernières surtout pour regarder ce qui se passait sur l'eau, les divers types de bateaux et autres, mais s'en servait aussi pour observer les oiseaux. Seigneur, pensa-t-elle, prise de vertige, cramponnée au sapin, je ne sais pas où se trouve l'océan.

Ramona serrait fort son arbre, attendait. Le brouillard était dense, étouffant. Il lui voulait du mal ; il semblait se moquer d'elle. Elle se sentait menacée, à deux doigts de la panique, mais elle continua d'attendre et d'attendre, sans savoir ce qu'elle attendait, obéissant à une injonction dont elle ne gardait pas le souvenir… et puis, brusquement, elle sut de nouveau où elle était. Et qui elle était.

Cela faisait la même impression que d'avoir quelqu'un

d'assis sur sa poitrine, pensa-t-elle, enlaçant toujours son arbre, légèrement essoufflée. Que de s'arc-bouter de toutes ses forces contre un objet impossible à bouger et qui cède soudain. Se perdre, se retrouver…

Un flot de terreur l'envahit, elle se sentit inondée de sueur.

Elle se dit qu'elle allait descendre au village chercher des fruits, et des livres à la bibliothèque ; elle déjeunerait avec Isabella et puis, à la fin de la journée, elle rentrerait à l'hôpital.

Elle s'écarta lentement du sapin et se frotta les bras. Cela lui faisait déjà une semaine. Une semaine qu'elle n'aurait jamais cru avoir. Elle ne regrettait pas le moins du monde d'avoir sauté sur l'occasion.

Elle se demanda comment les infirmières allaient réagir en la voyant revenir, fière comme pas une.

Elle boutonna le bouton du haut de son manteau, hocha la tête avec lassitude et partit en direction de l'allée.

Là, elle s'immobilisa, ne sachant trop dans quel sens aller à cause du brouillard, et puis elle se rendit compte qu'elle avait changé d'idée.

Elle n'était pas prête à rentrer, après tout. Pas encore.

Elle quitta l'allée et s'assit sur le sol détrempé, appuyée contre un arbre. Quelle est la pire chose qui pourrait m'arriver ? se demanda-t-elle.

Elle pouvait oublier qu'elle avait mis quelque chose à chauffer et flanquer le feu à la maison.

Cette idée la fit hésiter ; cela lui était déjà arrivé deux fois. Elle n'avait pas mis le feu, mais elle avait complètement oublié la casserole sur la plaque, et ça avait débordé. Elle était sûre qu'une bourde pareille ne pourrait pas se reproduire, eh bien, si : ça s'était reproduit, et pas plus tard que le lendemain.

Bon, se dit-elle, c'est facile d'y remédier. J'arrête tout simplement d'utiliser la plaque. Je sais, je vais débrancher le fil.

Et quoi encore, côté catastrophe ?

Un spasme de terreur lui remonta brutalement dans la

gorge, elle essaya de l'ignorer, mais en vain, et elle finit par dire tout haut :

– Je risque d'oublier ce que je fais et où je suis. Et cette fois de ne pas reprendre mes esprits.

Elle s'appuya contre le tronc d'arbre. Il ne faisait aucun doute qu'elle avait tout intérêt à se trouver à l'hôpital quand cela se produirait, si vraiment cela devait jamais se produire, plutôt qu'en train d'errer toute seule dans le vaste monde. Bon, se dit-elle, je voudrais qu'il m'arrive quoi, si j'oubliais qui je suis et si j'errais toute seule dans le vaste monde ?

Elle voudrait que quelqu'un la ramène à l'hôpital, auprès du docteur Gillingham.

Que puis-je faire pour être sûre que tout se passe comme j'en ai envie ?

Elle pourrait écrire un mot expliquant sa situation et l'épingler sur le devant de son manteau.

Mais si elle perdait la mémoire alors qu'elle était au lit ?

Elle écrirait plusieurs mots, décida-t-elle, et en épinglerait un à son manteau, un autre au chandail qu'elle mettait toujours, et un autre encore sur la chemise de nuit qu'elle avait empruntée à Marcia. Ce serait sacrément humiliant de se promener bardée d'inscriptions comme ça, mais c'était une protection, une protection nécessaire. Contre elle-même.

Elle se remit péniblement debout et jeta un regard vers le bout de l'allée, là où elle savait que se dressait la grande maison sous son suaire de brouillard et de brume marine. Elle se demanda si la Strachan mettrait le nez dehors ce jour-là, en laissant pour une fois sa porte ouverte. Elle était du genre à avoir des fruits : une obsédée de la forme comme elle semblait l'être, et qui passait son temps à courir.

Un bruit s'imposa à sa conscience : ce n'était pas un oiseau, ni l'océan tout proche, ni non plus un petit vent sympathique qui serait venu dissiper le brouillard. Elle pencha la tête, se concentra, guetta, attendit, se demandant pourquoi elle n'essayait pas plutôt de se cacher.

Une forme se matérialisait et Ramona vit que c'était celle d'un petit garçon, d'un petit garçon pressé. Il était perdu dans un grand anorak et serrait quelque chose contre sa poitrine. Il filait sans la voir ; il fixait le sol intensément, comme s'il craignait que celui-ci disparaisse s'il le quittait des yeux.

– Bonjour ! lança-t-elle.

Le petit garçon fit un bond de côté comme pour éviter le bruit de sa voix, repéra Ramona dans le brouillard, au bord de l'allée, et pila net.

Lorsqu'il eut fini de lire les cahiers, Kenny éteignit sa lampe électrique et resta longtemps couché dans le noir, sous les draps. Il n'entendait que son cœur, celui-ci battant si vite qu'on aurait dit qu'il voulait s'échapper de sa poitrine à force de cogner.

Il fallait absolument qu'il s'enfuie.

Mais il était trop terrifié pour bouger.

Et pourtant il fallait qu'il bouge, parce qu'il fallait qu'il s'enfuie, ça, il en était sûr.

Au bout d'un moment, il rabattit le drap, très lentement, cinq centimètres tout au plus. Comme il ne se passait rien, il le rabattit un peu plus et put finalement jeter un coup d'œil autour de lui.

La pièce était entièrement plongée dans le noir. Kenny cligna des yeux. Bientôt, il distingua des formes. Il retint son souffle et écouta, mais il entendit seulement le bruit assourdi de l'océan.

Il aurait donné beaucoup pour remonter les couvertures sur sa tête et simplement rester là, invisible, jusqu'à ce que son père vienne le sauver. Il sentit qu'il commençait à pleurer.

Il faut que je bâtisse un plan, se dit-il, et il se rappela les dix dollars que son père lui avait donnés le matin où il était parti. « Si je ne suis pas de retour quand tu reviendras de l'école, tu n'as qu'à t'acheter une pizza », lui avait-il dit. Mais Kenny avait préféré attendre son père avant de commander la pizza, et son père n'était jamais arrivé, si bien que Kenny avait toujours les dix dollars. Ça devrait être assez pour payer le ferry, pensa-t-il.

Avec beaucoup de précautions, il se faufila hors du lit et fit le tour de la pièce sur la pointe des pieds, rassemblant ses affaires, n'osant pas se redresser, respirant à peine. Il fourra tout n'importe comment dans son sac de gym, laissant les vêtements que sa tante Zoé lui avait achetés... Il frissonna et la chassa de son esprit.

Il s'habilla, lentement, sans faire de bruit ; jamais il n'avait fait aussi peu de bruit de sa vie. Puis il enfila son anorak et s'assit par terre près de la fenêtre pour attendre qu'il fasse un peu plus jour.

Il y avait loin jusqu'au ferry. Mais il marcherait, il savait qu'il en était capable. Peut-être qu'une voiture s'arrêterait et lui ferait faire un bout du trajet. Peut-être qu'il ferait de l'auto-stop. Mais les gens n'aimaient pas voir des enfants faire de l'auto-stop. On lui poserait sans doute un tas de questions sur là où il allait et où il habitait et si son père était au courant qu'il faisait de l'auto-stop. Ce n'était pas une bonne idée. Mais, s'il se contentait de marcher en faisant comme si de rien n'était, quelqu'un pourrait s'arrêter et lui proposer de monter, et, comme lui n'aurait rien demandé, rien ne l'empêcherait d'accepter. Et, quand il aurait pris le ferry jusqu'à la baie du Fer-à-Cheval, il téléphonerait à Roddy, et peut-être qu'il pourrait aller habiter chez lui, peut-être que le père de Roddy viendrait même le chercher en voiture, parce que ça aussi c'était une trotte d'aller à pied de la baie jusqu'à West Vancouver.

Il essuya ses larmes ; il aurait bien voulu s'arrêter de pleurer, mais au moins c'était un chagrin silencieux ; il ne faisait pas de bruit du tout.

– Je ne voulais pas te faire peur, dit la vieille dame.

Kenny serrait fort contre lui son sac de gym.

– On va avoir une belle journée, reprit-elle. (Le regard effrayé de Kenny voletait à droite et à gauche.) Le brouillard finira bien par se dissiper, disons vers midi, peut-être avant.

Il lui jeta un coup d'œil rapide, puis regarda vers le bout de l'allée, là où il pensait qu'était la route.

– Où vas-tu ? demanda-t-elle.

– Chez moi.

Elle eut un signe de tête approbateur.

– Et où cela peut-il bien être, chez toi ?

– Je ne suis pas forcé de vous le dire ! lui lança Kenny, très vite.

– C'est vrai. Tu n'es pas forcé.

Il se remit en route.

– Puis-je te demander un service ? fit-elle.

– Il faut que j'y aille.

– Si quelqu'un te demande si tu m'as vue, tu es gentil, et tu lui réponds que non.

Kenny s'arrêta.

– Pourquoi ?

– Tu peux garder un secret ? (A contrecœur, Kenny fit signe que oui.) Je me suis enfuie.

Kenny fronça les sourcils.

– D'où ça ?

– D'un endroit où on met les vieux en les empêchant de partir.

– Comment ça, « en les empêchant de partir » ? répéta-t-il, sceptique.

– Je suis rentrée chez moi. Mais on est venu voir si j'y étais. Si bien que maintenant, dit-elle avec un geste fataliste, je me suis installée ici.

– Dans les bois ?

Elle hésita, puis tendit le bras pour lui montrer l'autre côté de l'allée.

Kenny se tourna et scruta le brouillard.

– Où ? Quoi ?

– Il y a une petite maison là-bas.

Kenny fit quelques pas dans la direction indiquée, jusqu'au moment où il aperçut le cottage. Puis il revint vers l'allée. Il examina la vieille dame avec attention. Elle ressemblait à un épouvantail, avec son vieux manteau trop grand et ses cheveux gris tout emmêlés. Mais sa figure était douce et gentille. Elle avait l'air un peu tordue, mais elle ne donnait pas l'impression d'être folle. Sa tante Zoé, ça oui, elle était folle. Mais sa tante Zoé n'avait pas l'air tordue du tout.

– Vous vous êtes vraiment enfuie ? demanda-t-il à la vieille dame.

– Oui, vraiment.

Elle regarda dans le vide, réfléchissant.

– Je crois que cela fait tout juste une semaine.

– Les gens qui vous recherchent… ils sont furieux contre vous ?

– Je ne crois pas. Je pense qu'ils se font juste du souci.

Kenny lui fit un signe entendu.

– Je sais. Mon père, il se serait fait du souci si j'avais fait une fugue. (Il serra fort le sac de gym contre lui.) Mais il est mort.

– Qui ça, ton papa ?

Kenny fit signe de la tête que oui.

– Mais c'est affreux ! s'écria la vieille dame.

Kenny entendit des craquements au loin. Il scruta le brouillard, tâchant de voir à travers. Oh, mon Dieu, aidez-moi ! supplia-t-il dans sa tête. Il lâcha son sac de gym et se bagarra avec la fermeture à glissière.

– Tenez, dit-il à la vieille dame en lui tendant l'enveloppe marron. Je vous en prie, cachez-moi ça. Je vous en prie, cachez-la !

La vieille dame prit l'enveloppe qu'il lui tendait. Elle avait l'air intriguée, et commença à dire quelque chose, mais il vit alors, à son expression, qu'elle aussi elle avait entendu les craquements ; elle se tut et écouta, tendue. Le bruit devint vraiment fort… et, brusquement, sa tante Zoé surgit de tout ce blanc, la peur inscrite sur sa figure cédant au soulagement, puis à la colère quand elle l'aperçut.

– Non mais qu'est-ce qui te prend ? lui lança-t-elle dans un chuchotement furieux, comme si elle n'avait pas voulu parler tout fort dans le brouillard.

Il regarda vivement en direction de la vieille dame, mais elle avait disparu.

– Où crois-tu aller comme ça ? dit sa tante en l'attrapant par le bras.

Il se demanda s'il avait rêvé.

Sa tante Zoé lui fit faire rudement demi-tour et le poussa dans l'allée, en direction de la maison. Kenny regarda par-dessus son épaule, mais il ne vit pas la vieille dame ; il ne vit rien, sauf le brouillard qui tournoyait.

41

Le mercredi matin, Alberg ouvrit l'œil aux aurores. Les mains croisées derrière la tête, il contempla le plafond de sa chambre. Il faisait encore noir dehors, et la pièce était plongée dans la pénombre. Les chats dormaient au bout du lit, emmêlés tels des amants. Alberg ne bougea pas, triant ses pensées, essayant d'en tirer quelque chose de logique.

« Absolument, avait dit Gillingham. Ç'aurait très bien pu être occasionné par une bouteille de vin. Dans un cas comme dans l'autre. La blessure à la tête, l'hématome à l'estomac. Mais par une foule d'autres choses aussi, même si ça m'est suprêmement déplaisant d'avoir à vous le répéter. Y compris, comme vous l'avez vous-même souligné, le simple fait de rater ces foutues marches. »

Simple manque de bol si la chute l'avait tué, se dit Alberg. Il aurait juste pu se casser une jambe, ou un bras – ou rien du tout. Côté technique, trucider quelqu'un en le poussant dans un escalier laissait grandement à désirer.

Mais, si c'était un accident, pourquoi avait-elle menti au sujet de la bouteille ?

Bon. Disons qu'elle l'a tué. *Comment* a-t-elle procédé ?

Son frère est en haut des marches. Il va descendre chercher du vin. Il dit quelque chose, Dieu sait quoi, qui la rend furieuse ; elle perd patience et le pousse. Malheureusement pour elle, il meurt. Elle décide de prétendre que c'est un accident. Ce qui n'est pas totalement faux, si les choses se sont vraiment déroulées comme ça, pensa-t-il.

Autre possibilité : c'est un coup monté. Elle l'attire chez elle sous un prétexte quelconque, l'assomme avec la bouteille, l'expédie au bas des marches pour simuler un accident.

Mais, bon Dieu, pourquoi ?

Alberg se redressa. Il se frotta vigoureusement la tête. Il ne prouverait jamais rien s'il ne s'était pas d'abord fait lui-même une opinion.

Et qu'est-ce que toutes ces cogitations avaient à voir avec le gamin ? Avec la colère qu'il suscitait chez elle, avec la peur qu'elle semblait lui inspirer ?

– J'ai besoin d'un supplément d'information, marmonna-t-il.

Il jeta un coup d'œil au réveil. Six heures trente. Huit heures trente à Winnipeg. Il saisit le téléphone.

La veille au soir, il avait plusieurs fois essayé d'appeler les grands-parents de Kenny, mais cela sonnait perpétuellement occupé. Mais là, la ligne était libre.

Il s'avéra qu'ils étaient déjà au courant du décès de Benjamin Strachan. Le notaire de celui-ci, informé par Zoé, les avait appelés le lundi après-midi.

– Il nous a appris que Kenny se trouvait chez sa tante, dit Peter Quenneville. Bien entendu, nous voulons lui parler. Mais, croyez-moi si vous voulez, le central ne cesse de me seriner qu'elle n'a pas le téléphone ! J'avais justement dans l'idée de vous passer un coup de fil, au commissariat.

– L'enfant va bien, dit Alberg. Mais je sais qu'il aimerait vous parler. Je vais dire à Mlle Strachan de s'arranger pour qu'il vous appelle cet après-midi.

– Nous arrivons, dit le grand-père de Kenny. La patronne déteste l'avion. Nous prenons le train demain ; ça nous fait débarquer à Vancouver le samedi, théoriquement à dix heures du matin, mais ils ont toujours du retard. Alors, soyez gentil, pour l'enterrement, vous attendez qu'on soit là, hein ? Ah, et puis, embraya-t-il aussi sec, dites bien à Kenny qu'il ne se fasse pas de souci, que son grand-père arrive. Vous n'oublierez pas ?

Alberg s'imagina un homme grand et costaud, droit comme un i, et avec une épaisse tignasse blanche.

– Vous pouvez compter sur moi, monsieur Quenneville. A propos… avez-vous déjà rencontré Zoé Strachan ?

– Jamais. Je ne la connais pas. Pourquoi ? Elle est comment ?

Alberg hésita.

– Froide, finit-il par dire. Elle est… froide.

– Ça cadre. Ça cadre tout à fait. Bon sang ! Kenny ne pourrait pas aller chez quelqu'un d'autre ? Le temps qu'on arrive ?

– Pourquoi pas, dit Alberg en attrapant son calepin et son stylo posés sur la table de nuit. Je vais voir ce que je peux faire. En attendant, pouvez-vous me donner le nom du notaire qui vous a prévenu ? Et son numéro de téléphone ?

Le grand-père de Kenny s'exécuta.

– Merci, dit Alberg. Que savez-vous sur la tante de l'enfant, monsieur Quenneville ? Est-ce que Benjamin parlait d'elle ?

Il commença à dessiner un train dans son calepin.

– Pas des masses, monsieur Alberg.

Peter Quenneville poussa un soupir, et Alberg entendit un grincement : il venait sans doute de s'asseoir. Alberg l'imagina au téléphone, dans la cuisine de sa maison. Sa femme devait être à côté, tendant l'oreille, inquiète.

– J'aimais bien Benjamin, vous savez. Mais c'était un esprit un peu flou, un doux rêveur ; il n'arrivait pas à se tenir à un boulot. Lorraine avait touché un petit pécule à la mort de son grand-père – oh, ça doit faire dans les vingt ans maintenant. Et elle l'avait bien géré, elle l'avait fait fructifier. Mais après sa mort … il a tout claqué.

Il semblait en avoir gros sur le cœur.

Alberg dessina de la fumée à sa locomotive, même si on n'en faisait plus des comme ça.

– Il parlait de sa famille à l'occasion, continua Quenneville, c'est-à-dire de son père et de sa mère. Avec affection. De bons souvenirs. Mais sa sœur, je l'ai juste entendu y faire allusion deux fois, et c'était gros comme le nez au milieu de la figure : elle le terrifiait.

Alberg s'arrêta de gribouiller.

– Pourquoi ça ?

– Est-ce que je sais, moi ? Et puis d'abord, comment l'aurais-je su ? En tout cas, ça ne faisait pas un pli. Il devenait une vraie pile électrique rien qu'à dire son nom. Il ne le prononçait jamais, sauf quand il picolait. Une minute, ne quittez pas.

Il discuta avec sa femme.

– Flora et moi, on ramène Kenny ici, chez nous, reprit-il. D'après le notaire, c'est sur le testament.

– Je le lui dirai, monsieur Quenneville.

– Et voyez si vous pouvez nous le passer au téléphone.

– Je n'y manquerai pas.

Son train comptait à présent une locomotive et huit wagons.

Ensuite, il appela Edward Tcherniak, le notaire de Benjamin Strachan, à son domicile, dont Peter Quenneville lui avait donné le numéro.

Il parla, il écouta, il acquiesça, il ajouta un fourgon à son train, il écouta encore et dessina un panneau de passage à niveau devant la locomotive.

– Vous a-t-elle dit ce qu'aurait contenu ce paquet ? demanda-t-il au notaire.

– Non. Simplement que c'était quelque chose qui lui appartenait. Elle paraissait furieuse que je ne sache pas où il se trouvait.

Alberg posa une ou deux questions de plus, remercia le notaire et raccrocha.

Comme ses chats réclamaient bruyamment leur pitance, il se leva et s'en occupa, puis déjeuna à son tour, prit une douche et se rasa. Cette fois, il était passé à la vitesse supérieure. Et commençait à se sentir excité. Il remarqua le brouillard épais qui s'accrochait aux pentes. Il ne voyait pas le port ; à peine s'il distinguait la route devant chez lui.

Lorsque ce fut l'heure d'ouverture des banques, il s'assit pour passer un autre coup de fil.

– Madame Hawke ? Mon nom est Alberg. Brigadier-chef de la police montée de Sechelt. Vous êtes bien la directrice de l'agence ? J'ai besoin d'un renseignement et je me demandais si vous pourriez m'aider…

Quelques minutes plus tard, il était convenu qu'il passerait la voir à son agence, à West Vancouver.

Il regarda une fois de plus par la fenêtre et vit avec soulagement les premiers miroitements du soleil au milieu du brouillard.

Il serait sûrement rentré à temps pour passer chez Zoé Strachan avant le dîner.

42

Il y avait un transat déplié dans le jardin de derrière, entre la maison et la mer, et c'est là, vers le milieu de la matinée de ce mercredi, que Ramona s'était assise, tendue et droite, agrippant une grande enveloppe en papier kraft. Elle se retourna pour jeter un coup d'œil à la maison : pourquoi diable était-elle revenue dans sa vieille bicoque ? Elle regarda devant elle, là où aurait dû se trouver l'océan ; mais le brouillard l'empêchait de le voir ; elle l'entendait seulement. Elle savait que c'était le matin, mais elle ne savait pas comment elle le savait. Elle savait aussi qu'elle avait quelque chose d'important à faire, mais n'arrivait plus à se rappeler quoi.

Elle abaissa les yeux sur l'enveloppe kraft. Elle la tourna et retourna dans ses mains. Elle ne comprenait pas ce qui était écrit dessus. Finalement, elle l'ouvrit, jeta un coup d'œil à l'intérieur et vit trois cahiers de brouillon et une note écrite au crayon sur du papier à lignes. Et puis la mémoire lui revint, ce qu'elle faillit regretter.

Il ne lui avait pas dit de ne pas les lire, mais autant regarder les choses en face, se dit-elle en frissonnant dans le brouillard, cela n'aurait pas changé grand-chose ; elle les aurait lus de toute façon. Elle n'était pas du genre à accepter un paquet remis par un petit garçon absolument terrifié sans regarder de quoi il s'agissait et, après avoir vu qu'il contenait des choses à lire, à rester là sans rien faire.

Elle avait donc lu les cahiers. Là, tout de suite. Après quoi elle s'était levée de la table de la cuisine, où elle s'était installée pour ce faire. Malade de peur.

Elle essaya de se changer les idées en se préparant un énorme petit déjeuner. Elle ouvrit des boîtes de miettes de jambon, de sardines, d'huîtres et de corned-beef. Elle se gava de crackers, de craquottes, et de Wasa. Elle but un peu de cet ersatz de jus d'orange australien et avala une boîte entière de pêches au sirop. Arrivée au bout de son orgie, elle se sentit gonflée, inassouvie, et encore plus paniquée et tracassée que jamais. Elle finit par s'avouer qu'elle devait porter ces cahiers à la police. Et leur parler du petit garçon. Il lui fallut un moment pour savoir comment elle allait s'y prendre sans renoncer à sa liberté.

Ramona s'extirpa péniblement du transat et fit le tour de la maison. Combien de temps avait-elle déjà perdu ? Trop ? Beaucoup trop ? Etait-elle arrivée trop tard ?

Elle s'assit les genoux repliés, s'appuya contre la clôture, essaya de voir quelque chose dans le brouillard et attendit.

Elle attendit pendant un laps de temps qui lui parut très long. De temps à autre, elle se relevait pour chasser les crampes qui lui tordaient les cuisses. Plusieurs fois, elle s'assit par terre, jambes étendues droit devant elle, jusqu'au moment où elle eut trop froid et se sentit trop mouillée. Elle chantonna doucement, refusant de croire qu'elle avait peut-être raté Sandy McAllister. Elle continua simplement d'attendre, bénissant le brouillard qui retenait les gens chez eux. Et enfin, enfin, elle l'entendit siffloter et, au moment précis où il surgissait du brouillard, elle lui barra le chemin.

Sandy McAllister poussa un hurlement.

– C'est moi ! s'écria Ramona. Sandy, c'est moi ! Ramona !

– Toute la ville vous cherche ! bredouilla Sandy. Toute la ville, Ramona ! La police. Tout le monde vous cherche. Et c'est moi qui vous ai trouvée ! Oh mon Dieu !

– Absolument pas, Sandy, rectifia-t-elle sévèrement. Ce

n'est pas toi qui m'as trouvée. C'est moi qui t'ai trouvé.

Elle lui tendit l'enveloppe en papier kraft.

– Tu vois ceci ? (Sandy regarda.) Tu vois ce qui est écrit dessus ?

– « A l'attention du chef de la police montée de Sechelt », lut tout haut Sandy. Ramona, vous valez le coup d'œil. Vous pouvez me croire !

– Je veux que tu la leur remettes, dit-elle.

Elle lui tendit l'enveloppe d'un geste brusque. Sandy battit en retraite, cramponné à sa sacoche.

– Mais je ne peux pas ! protesta-t-il. C'est à vous de le faire ! Allez, Ramona, continua-t-il, excité comme une puce, je vous accompagne. Allez, venez.

– Il n'en est pas question. Prends ça ! s'énerva-t-elle en lui plantant l'enveloppe dans l'estomac.

Sandy McAllister leva les bras en l'air.

– Non ! dit-il.

Ramona, furieuse, lui expédia un coup sur l'épaule.

– Tu me prends ça ! Et tu le leur remets ! Comme facteur, tu me la copieras !

– Mais je ne peux pas, Ramona, implora-t-il. Ils fouillent partout pour vous retrouver. Vous les imaginez un peu, si je rapplique avec un pli de votre part et qui n'est même pas timbré ? « Où tu as déniché ça ? », qu'ils me diront. Et moi, je leur raconterai quoi, hein ? Que je l'ai ramassé dans la rue ou je ne sais quoi ? Non, je dirai : « Ça ? C'est Ramona qui me l'a donné », et eux ils me diront : « Alors, elle est où ? », et moi je dirai : « Dans les taillis au bord de la route », et eux ils me diront : « Mais tu ne sais pas que tout le monde la cherche ? »… et ils me ficheront au trou pour entrave à la justice.

Il s'arrêta un instant, à bout de souffle, puis :

– Vous voyez bien !

Ramona le dévisagea. Elle fit celle qui soupirait.

– Laisse-moi réfléchir une minute.

Sandy McAllister l'observait, tout émoustillé.

– D'accord, dit-elle finalement. Je me rends.

– Bravo ! (Il en perdait la tête tellement il était ému.) Oh, bravo, Ramona…

– Mais, pour le moment, je suis trop vannée pour bouger d'ici, Sandy, ajouta-t-elle en s'appuyant lourdement sur lui. Remets cette enveloppe à la police. (Elle la lui tendit, et cette fois il la prit.) Tu la remets au chef en mains propres, c'est compris ? Ensuite, tu leur diras où je suis. Qu'ils peuvent venir me prendre.

Il la regarda, hésitant.

– Tout ira bien, Sandy, dit-elle. Je rentre chez moi et je les attends.

Il recula d'un pas, à son corps défendant.

– Oh, mais file, file donc ! lança-t-elle, exaspérée, en lui faisant signe de s'en aller.

Sandy McAllister s'enfonça dans le brouillard. Quand elle fut sûre qu'il était parti, Ramona fit rapidement le tour de la maison et descendit vers la plage en direction du promontoire et du cottage.

43

Zoé, dans la cuisine, se retourna et vit le gamin ; immobile dans le couloir, il l'observait. Elle eut un geste d'incrédulité en songeant au mal que s'étaient donné Benjamin et sa seconde femme pour acquérir cet enfant. Ça me dépasse qu'ils aient pu vouloir de lui, pensa-t-elle en le regardant.

– Entre, lui dit-elle d'un ton plutôt gentil, j'allais justement te faire à déjeuner.

Elle l'assit à la table, près de la petite fenêtre carrée placée tellement haut qu'il ne pouvait rien voir, sauf en montant sur une chaise.

Zoé jeta un coup d'œil autour d'elle d'un air dubitatif.

– Je ne me rappelle pas ce que j'avais prévu de te faire à manger.

Elle allait préparer le repas du gamin et s'asseoir avec lui le temps qu'il l'avale. Elle préférait déjeuner seule et attendrait qu'il soit reparti dans sa chambre, devant la télévision.

– Je crois que j'avais dans l'idée de faire des côtes de porc, dit-elle. Et des pommes de terre sautées.

Elle s'assit en face de Kenny et passa les mains sur la surface lisse de la table, d'abord la droite, puis la gauche, en décrivant lentement un arc ; cinq fois chacune.

– C'est important que je retrouve ces petits cahiers, ajouta-t-elle. (Kenny ne réagit pas.) Je commence à en avoir vraiment assez de te le répéter !

Il s'agita sur sa chaise.

– Je vous l'ai déjà dit, je ne sais pas où ils sont.

Tu réfléchis à fond, lentement et soigneusement, afin d'anticiper toute réaction où risquerait de percer ta colère, s'ordonna-t-elle.

– Où allais-tu, ce matin ?

– Je vous l'ai dit. Je n'allais nulle part. Je marchais juste comme ça. J'explorais.

– Tu explorais ? Dans le brouillard ? (Il haussa les épaules.) Ce n'était pas sérieux de sortir sans demander la permission. Je me suis fait beaucoup de souci.

Il expédiait des coups de pied dans le montant de la table, pas fort mais avec obstination. Elle n'aimait pas son attitude.

– Je suis responsable de toi pour le moment, dit-elle. Tu aurais pu tomber sur les rochers. Ou dans la mer.

– Je regardais juste.

Elle se cambra et se frotta vigoureusement le bas du dos avec les deux poings. Ils se trouvaient sans doute au coffre, dans sa foutue banque, pensa-t-elle. Mais peut-être aussi qu'ils étaient dans la maison. Y étaient-ils encore ? Ils avaient pu lui échapper. Car le fait est que de voir brusquement surgir ce gosse l'avait secouée.

– Il avait des coins secrets quand il était petit, dit-elle en se mettant à rire. Il en avait dans toute la maison !

– Mais comment savez-vous qu'il avait ces cahiers ? S'ils sont à vous, pourquoi est-ce que mon père les aurait eus ?

Elle sourit.

– Je sais qu'il les avait, répéta-t-elle doucement, parce que je l'ai vu sur ta figure.

Il voulut protester ; elle eut un petit claquement de langue et agita son doigt dans sa direction.

– Ne discute pas. Je sais ce que j'ai vu. Mais tu as raison sur un point. Il *n'aurait pas dû* les avoir. Il n'aurait certainement pas dû les avoir. (Elle se pencha vers lui.) Il me les a volés. C'est comme ça qu'il les a eus !

– Mon père n'est pas un voleur ! Vous n'avez pas le droit de dire ça !

Il était rouge de colère, mais Zoé savait bien qu'elle continuait à lui faire peur.

Elle le dévisagea sans broncher. Et se redressa.

– Peut-être que tu as raison. Peut-être qu'il les a juste trouvés quelque part. Dans une vieille malle ou autre. Mais le problème n'est pas là. Il allait me les rendre. C'est ça qui est important. Et ce n'est pas juste que je ne les récupère pas sous prétexte qu'il est mort avant d'avoir pu me les donner.

– Comment savez-vous qu'il allait vous les donner ?

Le perpétuel couinement plaintif de sa voix lui portait sur les nerfs.

– Parce qu'il l'avait dit, répliqua-t-elle sèchement.

Kenny parut désarçonné.

– Quand il est venu me voir, ajouta-t-elle. C'est précisément pour ça qu'il est venu chez moi.

– Alors pourquoi il ne les a pas pris avec lui ?

– Oh, arrête !

Elle se leva et gagna le réfrigérateur, en ouvrit violemment la porte et prit un paquet de côtes de porc dans le freezer. Elle les expédia sur le plan de travail, près du four à micro-ondes. Puis elle revint vers la table et s'accroupit à côté de lui.

– Il faut que tu m'aides à retrouver mes cahiers. Ils sont quelque part dans cette fichue baraque. Il faut que tu m'aides.

– Je ne sais pas où ils sont, dit-il. C'est vrai !

Elle l'examina avec attention.

– J'ai toujours éprouvé de l'aversion pour les enfants, dit-elle. Cela veut dire que je ne les aime pas.

– Je pourrais…

– Mais oui, je sais, tu pourrais aller chez Roddy.

Elle se leva et prit des pommes de terre dans un des tiroirs du réfrigérateur.

– Mais pas tout de suite.

– Quand est-ce qu'on va enterrer mon père ?

– Pose donc la question à cet animal de policier la prochaine fois que tu le verras.

Au bout d'un instant, elle posa la pomme de terre qu'elle épluchait et revint s'asseoir à la table.

– Tu sais, dit-elle pensivement, je ne crois pas t'avoir dit ce qu'il y avait dans ces petits cahiers.

– Je m'en fiche ! s'écria Kenny. Je n'ai pas besoin de le savoir.

– Ce sont des cahiers dans lesquels j'écrivais des choses quand j'étais petite. Rien de plus. Des cahiers de notes. Des cahiers de brouillon. (Kenny garda le silence.) J'écrivais des histoires dedans. Tu sais ? Tu comprends ? Des histoires inventées. Comme les histoires que tu lis dans les livres. (Il fixait le sol et restait silencieux.) Pas des choses vraies, crétin ! Des choses pour rire ! Des choses inventées ! Est-ce que tu comprends ?

Elle se rendit compte qu'elle criait. Il semblait tendu, crispé, et ne disait rien.

44

En fin d'après-midi, comme Alberg retournait une fois de plus à la maison du promontoire, toute la ville sut qu'on avait retrouvé Ramona Orlitzki.

Et qu'elle s'était de nouveau volatilisée.

Alberg avait eu Isabella au téléphone à West Vancouver, et Sid Sokolowski à la radio dans sa voiture après qu'il eut débarqué du ferry à Langdale. Il espérait que Sandy McAllister avait savouré ses dix minutes de gloire, parce que, pour le moment, on le traitait plutôt comme un pestiféré. Isabella refusait de lui adresser la parole et Sid voulait l'inculper. Sid était dans une colère noire. Et Alberg compatissait. Sacrément embarrassant de se dire que tout le commissariat s'était fait berner par une citoyenne de soixante-quinze ans et dont on disait qu'elle n'avait pas toute sa tête.

Au moins savait-on qu'elle était toujours de ce monde, pensa-t-il en s'engageant dans l'allée de Zoé Strachan. Et apparemment en bonne santé. Au moins son andouille de fils, Horace, savait-il à quoi s'en tenir ; et ça, ça vous mettait du baume au cœur. Il espérait bien que le DP lui avait fait casquer un max, à ce brave Horace.

Il s'extirpa de sa voiture et se porta sans ardeur vers la maison de Zoé Strachan. Il n'en savait quasiment guère plus que le matin. Et rien ne l'obligeait vraiment à retourner chez elle… sauf qu'il l'avait promis à Kenny.

Il sonna à la porte, elle lui ouvrit et lui sourit, comme si elle l'attendait.

Le soleil pénétrait en biais dans le séjour par les portes-fenêtres, plaquant de larges bandes de lumière sur le tapis, jouant dans les luisants cheveux de jais de Zoé Strachan.

– Alors, a-t-on décidé s'il y aurait une enquête ? attaqua-t-elle en caressant le bras du fauteuil en cuir où elle avait pris place.

– Laissez-moi vous poser d'abord une question, dit Alberg depuis le canapé. Pourquoi vouliez-vous avoir accès au coffre de votre frère ?

Elle l'étudia pendant un long moment. Il se sentit de nouveau sous le rayon d'un projecteur, mais, cette fois, il savait qu'on ne pouvait rien lire sur son visage. Il lui rendit placidement son regard et revit le visage de Kenny emprisonné entre les lames du store vénitien.

– Son testament, dit-elle enfin. Je voulais savoir ce qui avait été prévu pour l'enfant. (Elle changea de position, se cambra légèrement.) Qui vous l'a dit ? (Alberg lui adressa un sourire de loup.) Parce que vous, elle vous l'a ouvert ? (Il haussa les épaules avec indifférence.) La Gestapo, marmonna-t-elle d'un ton absent, le regard toujours fixé sur lui.

– A ce que je comprends, dit Alberg, Kenny va être confié à ses grands-parents ?

– Oui. J'ai eu le notaire au téléphone.

– Moi aussi.

– Ah bon.

Alberg se sentit soudain en état d'apesanteur, comme si l'air s'était brusquement raréfié.

– Vous n'avez toujours pas répondu à ma question, reprit-elle. Au sujet de l'enquête.

Alberg hésita. Et puis :

– Non, dit-il. Je ne crois pas qu'il y ait d'enquête.

Elle demeura impassible, mais Alberg eut le sentiment que quelque chose décrochait. Il se rendit compte que Zoé avait classé l'affaire. L'espace d'un instant, il se sentit désorienté, abandonné.

– Je suppose que vous aimeriez voir l'enfant ? (Elle se leva sans effort, déroulant son mouvement comme une athlète.) Je vais le chercher.

Il la regarda partir, envahi d'une tristesse inexplicable.

Kenny se recroquevilla aussitôt sur son lit quand il l'entendit arriver dans le couloir. Elle ouvrit la porte sans frapper, comme elle le faisait toujours. Elle avait un visage très sévère.

– Le policier est là, dit-elle.

Il le savait déjà ; il avait entendu la sonnette, regardé en cachette dans le couloir, et il l'avait vu.

Il la suivit dans la grande pièce.

– J'ai téléphoné à Roddy, annonça le policier en souriant. (Kenny s'assit sur le bord de la bergère.) Ou plutôt, j'ai téléphoné à ses parents, rectifia Alberg. J'ai parlé à sa mère. Elle a beaucoup de peine pour ton père, Kenny.

– Ils ont dit que je pouvais aller chez eux ?

Il dut s'arrêter au milieu de sa phrase et tousser pour s'éclaircir la voix ; il avait la gorge tellement sèche que les mots y restaient presque coincés.

– Tu n'as pas besoin d'aller chez eux, dit Zoé. Tu es déjà chez moi. On ne peut pas être dans deux endroits à la fois, tu es bien d'accord ?

Kenny et le policier la dévisagèrent, puis se regardèrent tous les deux.

– On verra, dit Alberg. Ta tante et moi allons en discuter. (Kenny se sentit un peu réconforté.) J'ai aussi appelé tes grands-parents. Ils arrivent samedi.

– Magnifique, fit Zoé en s'asseyant dans son fauteuil en cuir.

– Ils aimaient bien votre frère, ajouta le policier, et ils éprouvent beaucoup d'affection pour Kenny.

– Oh oui ! s'écria celui-ci en se frottant l'œil droit du revers de la main.

– Ils ont décidé qu'à partir de maintenant tu irais vivre chez eux. (Kenny sentit que ses yeux se remplissaient soudain de larmes.) C'est ce que souhaitait aussi ton père, ajouta Alberg.

L'enfant se laissa glisser du fauteuil et alla s'asseoir près du policier sur le canapé.

– Je voulais l'accompagner, dit-il. J'ai demandé à Papa de m'emmener avec lui. Mais il a dit non.

Il jeta un bref regard à Zoé, puis contempla ses mains.

– Je suppose qu'il ne voulait pas que tu manques l'école, dit Alberg.

Kenny se rapprocha.

– Il voulait qu'il ne m'arrive jamais de mal, jamais, dit-il, si bas qu'Alberg l'entendit avec peine.

A l'autre bout de la pièce, sa tante s'agita dans son fauteuil.

– Quand avez-vous dit que ses grands-parents arrivaient, brigadier ?

Elle se leva, s'approcha de Kenny et posa ses doigts dans ses cheveux. L'enfant eut l'impression que des hannetons venaient d'atterrir sur sa tête.

– Samedi, répondit le policier en regardant Kenny. J'ai une idée. Ils voudraient dire deux mots à Kenny, mademoiselle Strachan. Si je l'emmenais jusqu'à un téléphone pour qu'il les appelle ?

Kenny savait qu'elle avait les yeux posés sur lui, juste sur le dessus de sa tête.

– Quand partent-ils ? demanda-t-elle.

– Demain. A midi.

Elle ôta sa main de la tête de Kenny, recula d'un pas et croisa les bras. Une expression enjouée apparut sur son visage.

– Pourquoi pas, dit-elle.

L'espace d'un instant, il y eut une grande vague de bonheur dans la poitrine de Kenny, et puis elle ajouta :

– J'ai une idée. Passez donc le chercher demain en début de matinée. Vous pourrez l'emmener prendre un petit déjeuner dehors, si vous voulez.

– Ça te convient, Kenny ? demanda le policier en observant attentivement le visage de l'enfant, en plongeant son regard dans le sien.

Peut-être, pensa Kenny, qu'il arriverait à voir tout seul que ça ne lui convenait pas.

– Oui, fit-il.

Le policier lui passa le bras autour des épaules.

– Disons sept heures, alors. Ça ira ?

– Ça ira, dit Kenny.

Et peut-être que ça irait effectivement, après tout.

45

Après s'être engouffré au pas de course dans le commissariat le mercredi matin, Sandy McAllister avait posé sans ménagement le courrier sur le comptoir, lâché la grande nouvelle à propos de Ramona et s'était préparé à entrer dans la légende.

C'est seulement beaucoup plus tard dans la journée qu'Isabella, vannée et démoralisée, avait récupéré le courrier sur son bureau et entrepris de le trier. Comme l'enveloppe en papier kraft adressée au chef du détachement de la police montée mentionnait en gros PERSONNEL, elle l'apporta dans le bureau d'Alberg et l'y déposa, non décachetée, sur sa table.

Alberg la trouva en fin d'après-midi, lorsqu'il fit un saut au commissariat avant de rentrer chez lui, après sa visite à Zoé Strachan.

Il n'y avait aucune mention d'expéditeur sur l'enveloppe. Il l'ouvrit avec précaution, mais n'y découvrit que trois cahiers de brouillon cornés et un mot écrit au crayon sur du papier ligné : *S'il vous plaît, lisez ceci et prenez sous votre protection le petit garçon qui est dans la maison de la dénommée Strachan*. Le « S'il vous plaît » était souligné deux fois. Alberg examina de nouveau l'enveloppe. Il ouvrit un des cahiers et prit un coup dans l'estomac : PROPRIÉTÉ PRIVÉE DE ZOÉ STRACHAN. NE PAS LIRE SOUS PEINE DE MORT. Il appela Isabella à son domicile.

– D'où ça sort ? lui demanda-t-il.

– L'enveloppe était au courrier, répondit-elle.

– Ça m'étonnerait ! Elle n'est pas affranchie. Ni oblitérée.

– J'en suis absolument certaine, s'insurgea-t-elle. Elle était dans le courrier !

– Ne vous fâchez pas, dit Alberg en feuilletant le cahier jaune.

Il raccrocha et trouva le numéro de Sandy McAllister dans l'annuaire. Mais ou bien Sandy était sorti, ou bien il avait décidé de ne pas répondre.

Alberg commença à lire.

Une heure plus tard, il replaçait les cahiers de brouillon et le mot dans l'enveloppe. Du revers de la main, il repoussa le tout à l'autre bout de la table et resta assis là, immobile, incapable de détacher ses yeux de l'enveloppe. Ses deux mains étaient plaquées devant lui sur la surface de la table, comme s'il voulait prendre appui pour se lever brusquement.

Finalement, il saisit le téléphone et passa trois coups de fil. Le dernier fut pour Sid Sokolowski. Lorsque le sergent arriva, Alberg lui fourra le cahier jaune dans les mains et lui dit de lire.

Sokolowski s'exécuta.

– Putain… lâcha-t-il au bout d'un moment, effaré. (Son regard quitta les pages couvertes d'une écriture juvénile.) C'est pas vrai ?

– Je vais faire vérifier. Mais je pense que si.

– Ça relève du pénal, non ? (Alberg hocha la tête.) A votre avis, elle avait quel âge ?

– Je les ai lus tous les trois, ses saletés de cahiers. Intégralement. Elle avait douze ans.

– Bon Dieu… (Le sergent remit soigneusement le cahier jaune dans l'enveloppe.) Vous croyez qu'elle peut être condamnée ?

– Probablement. A condition que ce soit vrai. J'ai appelé le juge d'instruction. Il arrive.

– On va avoir besoin de deux mandats.

– Exact. Je l'ai prévenu.

– Comment comptez-vous vous y prendre ?

– D'abord et avant tout…

Alberg se leva et s'approcha de la fenêtre. Il remonta complètement le store, puis le rabattit.

– Je veux sortir le gosse de là. On ne peut pas lui signifier ses droits tant qu'on n'aura pas un rapport de graphologue du labo. Ça prendra bien jusqu'à demain au moins. On ne peut pas attendre. Il faut qu'on le sorte de là tout de suite.

– OK. J'appelle Frieda pour lui dire de rappliquer.

Frieda Listad travaillait au ministère des Affaires sociales de la province. Elle était aussi une des innombrables cousines de la femme de Sokolowski – une vraie sœur pour Ludmilla.

– J'espérais bien que tu me dirais ça, fit Alberg, soulagé.

– C'est normal, Karl. On a quelques raisons de se faire du souci pour le môme. Frieda, il lui en faut pas plus.

On frappa. Le planton passa la tête à la porte.

– Le juge est là, chef.

– Je suis à lui dans une seconde, dit Alberg. Bon, alors c'est entendu, Sokolowski ? Tu demandes à Frieda d'arriver le plus vite possible. Dès qu'on aura confirmation que ce… cet incident a bien eu lieu, on agira. Je veux que Frieda vienne avec nous. On sort les mandats, on prend les échantillons et Frieda peut emmener le gamin.

– Karl, dit Sokolowski en tendant le bras vers le téléphone, comment ça se fait que vous ayez mis la main sur ces cahiers ?

– Je ne peux pas en jurer, mais je pense que c'est peut-être grâce à Ramona.

Le sergent en resta bouche bée.

– Comment ça, Ramona ? dit-il, incrédule. Ramona !

– Ramona, répéta Alberg. *Via* Sandy McAllister.

46

La colère l'avait de nouveau envahie. Après tout ce temps. De nouveau, elle avait peur de se regarder dans la glace. Après tout ce temps. Peur de voir ses yeux soudain protubérants, comme poussés hors de sa tête par la fureur qui s'y accumulait. De nouveau, elle se sentait une impuissance d'enfant face à la rage qui l'étreignait.

Longtemps elle refusa d'y céder.

Puis elle regarda autour d'elle, cherchant le gamin ; mais il avait disparu.

Il a filé, se dit-elle, et elle se précipita comme une folle dans le couloir. Elle ouvrit brutalement la porte de sa chambre et alluma le plafonnier. Il était en pyjama, dans son lit ; peut-être dormait-il déjà.

– Réfléchis ! s'exhorta-t-elle tout haut.

Et elle pressa fortement ses tempes avec les paumes de ses mains.

Elle descendit dans son atelier, alluma et s'y enferma. Elle passa du décapant sur le buffet et se cala sur son siège, le temps que le produit agisse.

Elle tapa plusieurs fois du pied sur le sol en ciment, d'abord un pied, puis l'autre.

Elle entendit le bruit net de ses semelles en cuir sur le sol et, stupéfaite, leva les bras et se regarda sans comprendre. Pourquoi n'avait-elle pas mis ses vieilles tennis ? Pourquoi avait-elle gardé le pantalon en lainage impeccable et le chemisier en soie blanche qu'elle avait mis le matin ? Pourquoi ne s'était-elle pas changée, pourquoi n'avait-elle pas enfilé son vieux jean, un vieux sweat-shirt et une vieille paire de tennis avant de descendre ?

Elle se remit au travail, penchée dans une position inconfortable pour éviter de tacher ses vêtements. Avec précaution, elle entreprit de racler une longue lanière de peinture marron qui se décolla en plissant sous l'impulsion du grattoir, mais elle n'avait pas laissé le produit agir assez longtemps et la peinture s'incrustait obstinément dans les veines du bois. Elle racla de plus en plus vite et vigoureusement et, soudain, le grattoir dérapa et vint lui entailler le revers de la main. Elle se mit à saigner.

Elle attrapa un rouleau d'essuie-tout sur une étagère et en pressa quelques feuilles sur sa coupure. Des gouttes de sang avaient déjà taché son pantalon et son chemisier en soie.

Fatiguée, elle regarda l'atelier. Il ne lui restait plus que le buffet à terminer. Les murs étaient bordés d'éléments qu'elle avait rénovés avec un soin maniaque. Ceux-ci s'alignaient sur plusieurs rangées. Il était temps de refaire un nettoyage par le vide. Elle louerait une camionnette dès qu'elle en aurait fini avec ce satané môme et emporterait tous les meubles à la décharge. Ensuite, elle se reconstituerait un nouveau stock dans les brocantes et les boutiques d'antiquités de la côte et de l'arrière-pays.

Sa main l'élançait. Elle souleva prudemment le tampon de papier. On aurait dit que cela saignait moins. Elle éteignit et remonta l'escalier ; elle avait mal et se sentait désespérément triste.

Mais au moins la colère avait cédé.

Dans la salle de bains contiguë à sa chambre, elle nettoya sa blessure et se banda la main. Elle ôta son pantalon et son chemisier et les fourra dans la corbeille à papiers de sa chambre. Elle mit un jean, un sweat-shirt et des tennis, se passa un peigne dans les cheveux, avala deux comprimés d'aspirine et se dirigea vers la chambre de l'enfant.

Elle ouvrit la porte et lui ordonna de la suivre au séjour.

– Jusqu'à aujourd'hui, lui dit-elle une fois qu'ils furent tous deux assis, elle dans son fauteuil en cuir, lui en pyjama sur le bord de la bergère, près de la porte, je pensais que tu ne savais peut-être pas où étaient mes cahiers. Mais aujourd'hui je suis sûre que tu le sais.

Elle sentit son cœur s'accélérer et changea de position pour ne pas avoir l'enfant directement dans son champ de vision. Elle ne pouvait pas se permettre de laisser de nouveau prise à la colère. Or c'était la proximité de l'enfant qui l'éveillait. En présence de ce satané môme, son esprit s'affolait et elle commettait des imprudences.

Il ne bougeait pas, frêle et anxieux, et il se mit à pleurer.

– On retourne à la maison, dit-elle. Tous les deux.

– A la maison ? (Sa voix se brisa. Il s'éclaircit la gorge.) Chez moi ?

– Et tu vas m'aider à trouver mes cahiers.

– Mais… vous avez déjà regardé ! Vous avez déjà regardé dans ma maison !

– Ils ne peuvent pas être ailleurs. (Elle compta sur ses doigts.) Ils n'étaient pas dans ses poches, ils n'étaient pas dans sa voiture, et, d'après le policier, ils ne sont pas dans son coffre. Ils sont donc forcément à son bureau ou dans la maison. (Elle jeta un vague coup d'œil autour d'elle.) Je suis absolument sûre qu'ils ne sont pas à son bureau. Donc, ils sont forcément dans la maison.

– Je ne sais pas où ils sont, moi ! C'est vrai ! Vrai de vrai !

Zoé se leva et serra étroitement ses mains.

– Franchement, je ne te conseille pas de pleurnicher. Je ne crois pas que tu comprennes vraiment dans quelle situation tu es. Pas vraiment.

Il avait le nez qui coulait ; il renifla et s'essuya du revers de sa main. C'était un pauvre petit échantillon d'humanité, chétif, maigrichon, qui n'avait que la peau sur les os, aussi désespérément nul que son père.

– Tu ferais mieux d'aller chercher ton anorak, dit-elle d'un ton glacial.

Elle le regarda filer à contrecœur dans le couloir.

Puis elle s'en fut prendre son imperméable dans la penderie et revint dans le séjour. Elle s'assit et alluma la télévision, passant d'une chaîne à l'autre. Incapable de comprendre ce que les gens disaient. Comme s'ils avaient parlé en plusieurs langues incompréhensibles.

Elle finit par s'impatienter et consulta sa montre. Avec un choc, elle vit qu'il était minuit. Elle avait raté le dernier ferry.

Lentement, le regard vide, Zoé se leva. Des frissons parcoururent les muscles de ses épaules. Elle serrait les poings. Elle lutta farouchement pour se dominer et elle y serait peut-être arrivée, elle aurait peut-être repris le dessus si elle n'était pas allée dans le couloir dire à l'enfant qu'il pouvait se recoucher ; si elle n'avait pas ouvert sa porte et vu le lit vide ; et la fenêtre ouverte.

47

Cette nuit-là, le brouillard avait de nouveau investi la place, montant de la mer, dévalant du haut des collines.

Il enveloppait la maison de Zoé Strachan, ainsi que le cottage où Ramona Orlitzki regardait la télévision, buvant son gin à petites gorgées et se demandant si la police avait secouru l'enfant à l'heure qu'il était.

Cassandra Mitchell jeta un coup d'œil par la fenêtre de sa cuisine ; elle ne voyait pas l'océan, ni le cimetière indien, ni même la route qui passait à cinquante mètres de sa porte d'entrée. Mais elle distingua des lumières, brouillées et lointaines, et s'imagina un instant qu'elle se trouvait dans un bateau, cherchant à deviner un rivage inconnu à travers le brouillard.

Karl Alberg ne tenait plus en place à force d'attendre que le téléphone sonne ; il décida d'aller faire une ou deux fois le tour du pâté de maisons. Il sortit sans se méfier et fut aussitôt happé par le brouillard, des doigts mouillés qui lui couraient dans les cheveux, paume humide lui pressant la figure. Du coup, il revint sur son idée de se dégourdir les jambes. Il se demanda si le brouillard allait être encore plus épais, plus impénétrable, quand il faudrait retourner chez Zoé Strachan. Non pas que ça lui posait un problème, se dit-il. Simplement, ce n'était pas l'idéal pour conduire. Il détestait cette purée de pois dans laquelle ses phares faisaient des entailles jaunes sans vraiment réussir à mordre dedans. Il détestait descendre sa vitre et passer la tête dehors pour essayer d'y voir quelque chose, sentir la caresse huileuse du brouillard sur sa figure, l'imaginer qui lui envahissait insidieusement les poumons ; il tâchait toujours de ne pas respirer dans ces moments-là. A rester là, dehors, il s'aperçut qu'il avait bloqué sa respiration. Il rentra.

Juste après minuit, Zoé Strachan ferma la fenêtre de Kenny et mit la sûreté. Puis elle noua étroitement la ceinture de son imperméable, sortit de chez elle et plongea dans le brouillard en brandissant une torche électrique.

Ramona crut entendre frapper. D'abord, elle ne bougea pas, essayant de ne pas s'affoler. Puis elle se leva, ouvrit la porte, découvrit l'enfant, le fit entrer. Le brouillard tourbillonna autour du cottage et se perdit dans les branches des sapins.

48

Happée par le brouillard, Zoé eut l'impression que l'enfant s'y cachait, qu'il l'épiait, qu'il la voyait alors qu'elle-même ne le voyait pas. Le brouillard lui faisait mal aux yeux parce qu'il bougeait sans cesse ; il voltigeait et pulsait, il avançait et reculait, et elle devait parfois fermer les paupières pour s'en protéger – jamais longtemps : elle était trop près des rochers, trop près de la mer.

Elle fit méthodiquement le tour de sa maison, promenant le rayon lumineux de la torche sur la terrasse, se penchant pour essayer de l'immobiliser dans les coins et recoins de la plage rocheuse ; mais là, en bas, il n'y avait qu'une étendue blême, tantôt compacte, tantôt effilochée, derrière laquelle remuait inlassablement une masse d'eau noire. Les vents glacés venus de l'océan acculaient de nouvelles épaisseurs de brouillard contre la terre, les entassaient sur sa propriété comme des nuées en déroute. Quelle explication pourrait-elle fournir si l'enfant mourait écrasé sur les rochers ou noyé dans le Pacifique ? Il n'y aurait rien à expliquer, se dit-elle. Si ce gosse est assez idiot pour se promener en pleine nuit dans une nappe de brouillard pareille, il mérite bien de s'écraser sur les rochers ou de se noyer.

Elle ne voulait pas le retrouver mort. Elle voulait le retrouver vivant… Elle avait juste le temps… Si elle arrivait à mettre la main sur lui avant qu'il ne réussisse à rejoindre ce maudit flic ou un téléphone… elle foncerait aussitôt à

Langdale et ils attendraient dans la voiture le ferry de six heures…

Si elle pouvait juste récupérer ces satanés cahiers…

Elle tremblait de rage. Elle s'arrêta, reprit son souffle, inspira plusieurs fois, profondément, tenta désespérément de se détendre… mais le seul fait de penser à ce gosse suffisait à faire monter en flèche sa tension.

– Tu arrêtes, Zoé, dit-elle tout haut. Ça suffit. Tu réfléchis.

Elle avait cherché tout autour de la maison, vérifié sur la plage, enfin… ce qu'elle avait pu en voir. Elle n'avait entendu aucune plainte, aucun gémissement, seulement les bruits de la mer, les bruits du vent, et sa propre respiration précipitée.

Il avait sûrement filé par la route. Pas au milieu de la chaussée, mais en restant sur le bas-côté.

Il devait courir, pas marcher, et il avait une longueur d'avance. Retrouvant un comportement rationnel, Zoé monta dans sa voiture et s'engagea dans l'allée, en direction de la route.

Dérangé par les phares, le brouillard dansait et voltigeait. Zoé scrutait intensément le chemin par la vitre de la portière et avançait au ralenti, mais le brouillard et l'éclat des phares avant l'empêchaient de voir quoi que ce soit. Elle les éteignit ; la voiture poursuivit pesamment sa route, à l'aveuglette, mais Zoé roulait si lentement qu'elle n'avait pas à s'inquiéter d'un accident, d'une collision ; elle avait fait si souvent le chemin qu'elle savait exactement où elle se trouvait, même dans le brouillard. Une fois sur la route, elle rallumerait les phares et prendrait la direction de Sechelt.

Mais s'il était déjà là, au commissariat, ou en train de téléphoner à son maudit copain, Roddy ? Non, ce n'était pas possible, il n'avait pas encore eu le temps d'arriver à Sechelt… et puis brusquement, un peu plus loin sur la gauche, elle vit une mince lueur, exactement à l'endroit où devait se trouver le cottage.

Le cottage. Le cottage ! Ce morveux est dans mon cottage !

49

– Merde !

Alberg raccrocha violemment.

– Rien ? demanda Sokolowski.

– Rien de rien. Bon Dieu, on pourrait croire qu'avec tous leurs ordinateurs aux quatre coins de la planète…

– Oh, les ordinateurs… lâcha le sergent avec mépris.

– Je ne veux pas attendre plus longtemps, Sid.

– Oui, je vois ce que vous voulez dire. On a les mandats. On a Frieda qui est là sur le pied de guerre. Mais, Karl… vous connaissez l'imagination des mômes. S'il s'avère qu'elle a tout inventé…

Le téléphone sonna ; Alberg saisit aussitôt le combiné et tomba sur Cassandra.

– J'ai essayé chez vous, dit-elle. Vous ne croyez pas que vous travaillez atrocement tard ?

– Je ne vous le fais pas dire… Cassandra, excusez-moi, mais…

Sokolowski déploya sa masse.

– Taillez donc une petite bavette avec elle, Karl. Détendez-vous un instant.

– Vous êtes occupé, dit Cassandra. Je ne veux pas vous retenir.

Sokolowski fit un signe de tête rassurant à Alberg.

– Cinq minutes, dit-il. Donnez-leur encore cinq minutes.

Il sortit du bureau d'Alberg, refermant la porte derrière lui.

– J'ai cinq minutes, dit Alberg. Comment allez-vous ? Comment va madame votre mère ?

– Très bien. En forme toutes les deux. Je voulais vous dire… pourquoi ne passeriez-vous pas boire un café, ou autre chose, en rentrant chez vous ?

– Ça risque de faire très tard, Cassandra.

– Cela n'a pas d'importance. Je vous assure.

Elle semblait mélancolique. Sans ressort.

– Si je peux, dit-il gentiment.

– Mais qu'est-ce qui vous retient comme ça ? Comment se fait-il que vous soyez encore à travailler ?

– Je vous le dirai après.

– Après quoi ?

– Après que tout sera réglé.

Sokolowski frappa et passa la tête à la porte.

– On l'a, Karl !

– Cassandra, il faut que je vous quitte.

Il lui dit au revoir et raccrocha.

– Ils ont appelé ? demanda-t-il à Sokolowski.

– Oui. C'est vraiment arrivé, Karl. Exactement comme elle l'a écrit.

Une sirène se déclencha, mince glapissement qui devint de plus en plus fort et assourdissant, donnant l'alerte aux pompiers bénévoles.

Alberg s'approcha de la fenêtre et remonta le store.

– On ne voit rien dans cette sacrée purée, dit-il.

Ils foncèrent dans le couloir et firent irruption dans la salle principale, où Frieda Listad attendait. Le planton reposait tout juste le combiné du téléphone.

– Chef, y a le feu ! En bas… chez la Strachan !

Alberg et Sokolowski se dévisagèrent, incrédules.

– On y va, Sid, lança Alberg d'une voix sourde.

50

Le cottage avait deux portes. Celle de derrière donnait directement dans la cuisine. Un petit placard était logé dans le mur, entre la porte de devant et la chambre. Lorsque Ramona fit entrer l'enfant, celui-ci était si terrifié qu'elle barricada les deux portes pour le calmer. Avec son aide, elle tira péniblement la grande commode de la chambre jusque dans l'entrée et la cala contre la porte. Il n'y avait pas grand-chose à faire dans la cuisine, sinon mettre la table en travers de la porte ; ce qu'ils firent.

L'cnfant dit qu'il s'appelait Kenny.

Au début, elle oublia qu'elle le connaissait déjà.

– Qu'est-ce que vous en avez fait ? lui demanda-t-il d'un ton pressant, regardant partout autour de lui.

– Fait de quoi ?

– De... mais de ce que je vous ai donné ! Vous savez bien ! L'enveloppe marron ! (Elle le regarda sans comprendre.) Je vous l'ai donnée ! répéta-t-il, commençant à pleurer. Ce matin !

– A moi ? Tu es sûr ? lui demanda-t-elle, soudain affolée.

– Je vous l'ai donnée ! Dans le brouillard ! (Kenny sanglotait.) Je vous l'ai donnée !

– Oh, mon Dieu ! Mais oui, bien sûr ! Je suis désolée. Maintenant ça me revient, dit-elle en le serrant contre elle. Ne t'inquiète pas. Ils sont en de bonnes mains. Je les ai fait porter directement à la police.

– Je… vous voulez dire que vous avez ouvert l'enveloppe ? Que vous les avez lus ?

– Evidemment, dit-elle en se penchant vers lui. Tu as tout à fait raison d'avoir peur. Moi aussi j'ai eu peur, quand j'ai lu toute cette histoire.

– Qu'est-ce qui va se passer, maintenant ?

– Pour commencer, je te fais quelque chose de chaud à manger.

Elle prit un des potages de luxe poulet-vermicelle dans le placard.

– Malheureusement, je n'ai pas de lait, dit-elle. Je vais être obligée d'utiliser de l'eau.

– Et après ? insista l'enfant.

Ramona lui dit que, dès qu'il ferait assez jour, ils sortiraient du cottage, prendraient l'allée et suivraient la plage jusqu'à la première maison qu'ils rencontreraient et que, là, ils téléphoneraient aux policiers pour leur indiquer l'endroit où ils pourraient venir les chercher.

Quand il eut fini, ils s'assirent sur le lit et regardèrent le film de la nuit à la télévision.

– Vous n'entendez rien ? lui demanda-t-il pour la troisième fois.

Docilement, Ramona baissa le son et écouta.

– Non. Rien.

– Il me semblait avoir entendu quelque chose.

– Je ne crois pas.

Elle écarta une mèche du front du garçon. Elle avait l'impression d'avoir retrouvé ses propres enfants ; elle aimait bien Horace et Martha, quand ils étaient petits.

Ramona remonta le son.

– Dès qu'il fait jour, on file en vitesse.

– Oh oui !

– Tu crois que tu pourras m'apporter des fruits ?

– Vous voulez dire, après ?

– Oui. Avant de repartir chez toi.

– Oh oui, bien sûr ! C'est promis ! Parce que vous, vous resterez là, après ?

– Encore un petit moment, de toute façon. Jusqu'à ce que les gens reviennent.

Il la regarda d'un air perplexe et faillit dire quelque chose, mais se ravisa.

Une annonce publicitaire interrompit le film, et Ramona, roucoulant de plaisir, utilisa triomphalement la télécommande pour couper le son.

– Chut ! dit l'enfant. J'ai entendu quelque chose, chuchota-t-il.

Il se recroquevilla contre Ramona qui passa son bras osseux autour de ses épaules et tendit l'oreille pour entendre elle aussi.

Soudain, il y eut une dégelée de coups violents. Ramona mit une bonne minute à comprendre que cela venait de la porte d'entrée.

– C'est elle ! s'écria l'enfant.

Il bondit du lit, cherchant désespérément un endroit où se cacher.

Les coups continuaient, étourdissants, implacables.

– Seigneur !

Ramona enfila ses pieds nus dans des pantoufles, saisit l'enfant et le poussa en vitesse dans la cuisine.

Les coups s'interrompirent, ils entendirent un bruit de pas rapides sur le côté de la maison, et cela recommença, cette fois sur la porte de derrière, un martèlement rythmé et terrifiant.

– Qui êtes-vous ? Que voulez-vous ? cria Ramona.

Elle poussa l'enfant derrière elle.

– Sortez de chez moi ! hurla une voix de femme.

Ramona fit non de la tête et s'appuya contre le réfrigérateur. Elle était en proie à une agitation intense. Elle ne se rappelait pas ce qu'elle avait fait de la télécommande. Elle continuait à l'actionner désespérément, mais il n'y avait rien dans sa main : elle voyait bien que celle-ci était vide.

– Qu'est-ce qu'on va faire ? s'écria Kenny.

Ramona se tourna pour le regarder. Les coups continuaient à pleuvoir sur la porte de la cuisine. Le bruit paraissait bien réel – la porte frémissait sur ses gonds…

– Elle va se fatiguer, à taper comme une brute, dit calmement Ramona à l'enfant. Elle veut juste nous faire peur. Mais, d'ici deux minutes, elle va casser le carreau de la fenêtre, celle de la cuisine ou bien celle du séjour, et rentrer par là.

Elle se précipita dans le séjour et s'empara du tisonnier qui se trouvait près du poêle en fonte.

– Eteins la lumière de la chambre. Et arrête la télé aussi, lui dit-elle. Allez ! Presse-toi !

Il obtempéra.

Ramona s'accroupit près de la fenêtre de la cuisine, juste sur le côté. Comme on pouvait s'y attendre, les coups cessèrent. Pendant un moment, il ne se passa rien.

– Mon Dieu, je vous en prie, je vous en prie ! répétait Ramona.

La vitre de la fenêtre vola en éclats. Ramona hurla et ferma les yeux sous une pluie de verre. Puis elle abattit son tisonnier au jugé et entendit un cri de douleur.

La femme battit en retraite.

– Elle va revenir ! dit l'enfant. Il faut qu'on sorte de là ! Il faut qu'on s'en aille !

Ramona ne voulait pas bouger. Son cœur s'affolait, ce qui n'était pas tellement étonnant non plus, mais elle tremblait trop pour tenir debout. Elle dit à l'enfant de partir sans elle, d'enlever les débris de verre qui restaient, de passer par la fenêtre et de prendre ses jambes à son cou, mais il refusa de la laisser. Il pleurait comme un malheureux, et Ramona en avait le cœur brisé.

– Je vous en prie, je vous en prie, répétait-il, partons, je vous en prie !

Ramona avait la tête qui tournait, et mal partout, elle ne savait pas exactement où, ni pourquoi ; elle avait l'impression que ça sentait l'essence. Elle vit du sang et comprit qu'elle avait dû tomber sur du verre, ou en recevoir quand la vitre avait dégringolé à l'intérieur de la maison. Son esprit était en proie à la confusion la plus totale, à un désordre profond ; à la limite de l'anarchie, peut-être même de la folie : où était passé Anton, alors qu'elle avait besoin de lui ; comment Horace était-il devenu si détestable en grandissant ; pourquoi diable avait-elle accepté cette troisième opération – elle n'aurait jamais dû les laisser faire ; c'était cette troisième opération qui avait déclenché tous ses ennuis, elle le savait...

La fumée, la chaleur d'enfer, les hurlements de l'enfant s'imposèrent peu à peu à la conscience de Ramona.

– Mais pourquoi me suis-je fourrée dans une histoire pareille ? dit-elle. Qu'est-ce qui a bien pu flanquer le feu ?

Elle se remit péniblement debout et partit dans la chambre en titubant. Elle ouvrit le coffre en cèdre et en tira une couverture.

Les cris de l'enfant devenaient plus aigus, il y avait des flammes dans le cottage et aussi de la fumée, et l'incendie faisait un vacarme assourdissant. Ramona pensa au potage poulet-vermicelle qu'elle avait mis à chauffer, incapable de se rappeler si elle avait éteint la plaque. Elle se mit à sangloter.

Elle traîna la couverture jusqu'à la salle de bains.

– Viens ! Viens ici avec moi ! cria-t-elle.

Kenny arriva en courant.

– Qu'est-ce qu'on va faire ? On va mourir !

– Mais non, mais non.

Elle ouvrit à fond les robinets et plongea la couverture dans la baignoire.

– Attends, dit-elle en attrapant l'enfant par la manche. Ne sors pas d'ici.

– On ne passera jamais ! hurla-t-il, les yeux levés vers la fenêtre de la salle de bains.

– Mais si, mais si

Elle sortit la couverture de la baignoire et l'en enveloppa. Puis elle le poussa hors de la salle de bains et lui fit traverser le cottage. La fumée leur piquait les yeux et la gorge. Elle entendit le crépitement de l'incendie : on aurait dit de la graisse en train de frire, de la chair qui se liquéfiait ; elle sentit les flammes sur sa peau, mais cela ne faisait pas mal.

– File ! cria-t-elle, en poussant l'enfant à travers les flammes, à travers la fenêtre cassée de la cuisine.

Elle repartit chercher une autre couverture, mais tout était trop brûlant, il y avait trop de fumée. Je me demande si on viendra à mon secours, pensa-t-elle en s'effondrant sur le sol.

51

Les gens sortaient en courant des maisons du front de mer pour voir, aider au besoin. Les premiers à arriver aperçurent Kenny qui trébuchait dans l'allée, à moitié entravé par une couverture trempée, les cheveux roussis, le visage barbouillé de noir de fumée. Le propriétaire de la maison de la plage le prit dans ses bras :

– Tout va bien, tu es en sécurité. Les pompiers arrivent. Tu les entends ?

Kenny agita frénétiquement le bras vers le cottage en feu.

– Elle est restée dedans ! cria-t-il.

La voiture de pompier s'immobilisa à leur hauteur et l'homme dit aux pompiers :

– Le gamin était là-bas. Je l'emmène chez moi. Mais il dit qu'il y a quelqu'un d'autre à l'intérieur. Une femme.

– C'est Mlle Strachan ? demanda le pompier à Kenny.

– Non ! non ! C'est une vieille dame, une vieille dame ! répéta l'enfant.

Le pompier dit qu'on allait essayer de la sortir de là, et l'homme, un grand costaud avec des cheveux gris, emmena Kenny jusqu'au bout de l'allée, puis sur la plage où ils marchèrent dans le sable jusqu'à la maison où il vivait avec sa femme.

Le cottage s'effondra, et personne ne put pénétrer dans le brasier rugissant pour sauver la vieille dame.

Alberg arriva, accompagné de Frieda Listad et Sid Sokolowski. Les pompiers se hurlaient des consignes en arrosant à grands jets les sapins qui entouraient la maison en feu. Alberg leur demanda si quelqu'un se trouvait à l'intérieur au moment du sinistre.

– Oui, répondit un pompier. Un gamin. Il a dit qu'il s'appelait Kenny. Il est indemne. Brian Forbes l'a pris chez lui. D'après le gosse, il y avait aussi une femme. (Il secoua la tête dans un geste d'impuissance. Il était maculé de fumée, et déjà épuisé.) On n'a rien pu faire.

– Je m'occupe de l'enfant, dit Frieda Listad. Je sais où habite Brian Forbes.

– Parfait, dit Sid Sokolowski. Tu nous passes un coup de fil un peu plus tard, d'accord ?

– C'est Ramona, dit Alberg quand Frieda fut partie. (Il contemplait le brasier.) Ramona est là-dedans.

Il jeta un coup d'œil au cercle de spectateurs et aperçut Zoé Strachan, immobile, à l'écart.

– On y va, dit-il à Sokolowski.

Il se dirigea vers elle. Elle le vit, tourna les talons et partit en direction de la maison.

Ils la suivirent. Zoé Strachan ne marchait pas lentement, pas vite non plus, les deux policiers restant à la même distance derrière elle, trois paires de pieds qui faisaient crisser le gravier. Alberg, gêné par le brouillard, veillait à ne pas la perdre de vue, mais il avait l'impression d'être incapable d'accélérer. L'impression d'être dans un rêve, de la suivre sur l'allée de graviers comme s'il répondait à une injonction. Les cris des pompiers s'estompaient. Le brouillard semblait s'intensifier. La mer contait des histoires à la nuit, au brouillard, dans un murmure impatient et distrait. Alberg avançait, Sid mettait ses pas dans les siens, silencieux, Alberg gardant les yeux fixés sur le mouvement des bras de Zoé Strachan, sur le balancement de ses hanches. Il se rappelait toutes les pensées érotiques qu'elle avait éveillées en lui et se rendit compte que celles-ci ne l'avaient pas quitté.

En approchant de la maison, il vit sa voiture garée en travers de l'allée, la portière du côté conducteur ouverte. Zoé Strachan arriva devant sa porte et se tourna pour leur faire face.

– J'ai deux mandats, dit Alberg. (Le regard de Zoé se posa derrière lui, sur Sid Sokolowski. Elle paraissait très calme.) L'un m'autorise à rester en possession de trois cahiers de brouillon qui semblent vous appartenir et qui ont été déposés anonymement au commissariat de la police montée de Sechelt… (Zoé sourit, une ombre de sourire.) L'autre, continua-t-il, à recueillir des échantillons de votre écriture.

– Que d'histoires pour rien, dit Zoé Strachan en pesant ses mots. Quel âge avait donc la personne qui a écrit ces cahiers ?

– Douze ans, dit Alberg.

– Douze ans, répéta-t-elle en secouant la tête. On n'est pas très vieux, à douze ans.

– Non, mais on l'est assez pour savoir ce qu'on fait. Et assez pour être inculpé.

Il se pencha légèrement plus près.

– Vous avez remis ça, mademoiselle Strachan ? (Il n'y eut pas de réponse.) Moi, je pense que oui.

A travers le brouillard qui dérivait doucement, il n'entendait que le bruit de la mer.

– Nous avons besoin des échantillons graphologiques, reprit-il en lui montrant le mandat. Tout de suite.

Elle regarda un instant le papier. Puis elle leva les yeux vers le visage d'Alberg et lui adressa un sourire si chaleureux, si charmeur, qu'il fut certain qu'elle s'était méprise sur ses intentions.

– Mais bien entendu, dit-elle. Je ne demande qu'à vous aider.

52

Le brouillard s'acharnait sur la maison, inquisiteur et insidieux, et, dès que les policiers furent repartis, Zoé verrouilla toutes les portes et les fenêtres et monta le chauffage au maximum.

Infiniment soulagée d'avoir de nouveau la maison rien que pour elle.

Comme elle avait l'épaule très endolorie, là où le coup donné par Ramona avait porté, elle se fit couler un bain chaud, y versa plusieurs poignées de sels à la lavande, se déshabilla et resta dans l'eau pendant près d'une heure, en buvant du vin blanc. Dès que le bain commençait à refroidir, elle y rajoutait de l'eau chaude.

Finalement, la douleur s'atténua, et elle sentit qu'elle se détendait. Elle ferma les yeux, savourant le parfum des sels de bain, se passant lentement les mains sur le corps, somnolente et voluptueuse.

Tout ce qu'il fallait pour préserver sa santé physique et morale, pensa-t-elle, c'était l'isolement ; la solitude.

Une fureur monumentale et compacte, et qui devenait de plus en plus monumentale et compacte. Zoé voyait bien sa colère : elle prenait toute la place à l'intérieur de son corps, elle ne cessait de grandir, refoulant tout le reste. Ses yeux allaient brusquement sauter de leurs orbites, son cerveau, à force d'être poussé, jaillirait de sa bouche, toutes les choses dégoûtantes qu'elle avait en elle, ses intestins et tout, lui sortiraient par l'endroit où elle faisait ses besoins. Elle se sentait terrifiée.

Les vieux pouvaient bien les garder, leurs arbres : elle s'était trouvé un coin à elle, dehors, encore plus génial. Mais cela ne changeait rien à l'énormité de sa colère.

Ce coin, elle l'avait découvert en bas de la route, là où commençaient les gravillons. Elle se promenait seule sur cette route, un jour, la poussière des gravillons s'accrochant à ses pieds dans ses sandales marron, donnant à celles-ci la même couleur grise et, là, au bord de la route, il y avait un champ où poussaient seulement des mauvaises herbes. Un peu plus loin se dressaient des arbres, pas beaucoup, pas une forêt, juste quelques-uns. Elle traversa le champ en courant dans tous les sens, zigzagua entre les arbres, pour regarder s'il y avait des traces de gens ou d'animaux sauvages, mais elle ne vit rien. De l'autre côté des arbres, le terrain faisait une sorte de creux, et, au fond de ce creux, il y avait une vieille grange trapue. La grange devint son coin à elle.

La porte de la grange était cassée et pendait. La première fois qu'elle pénétra à l'intérieur, elle entendit une sorte de frôlement. Sa peau devint toute gelée et elle eut la chair de poule ; puis elle vit un chat qui l'observait de derrière une grande machine rouillée. Elle s'écarta un peu de la porte. Le chat se précipita vers l'ouverture et fila sans demander son reste.

Une échelle était appuyée sur un des côtés de la grange. Elle y grimpa et découvrit un tas de foin, et une sorte de fenêtre sans vitre. Elle aima se coucher dans le foin et se pencher pour regarder le sol de la grange au-dessous d'elle. Il y avait toujours beaucoup de poussière et, quand le soleil brillait, l'air était plein de petites particules en suspension.

La grange sentait bon. Et Zoé était peut-être la seule personne au monde à en connaître l'existence.

Elle prit l'habitude d'y aller presque tous les jours, sauf lorsqu'il pleuvait, parce qu'on avait froid dans le foin et qu'il suintait d'humidité. Elle jubilait d'avoir trouvé cette grange ; c'était rudement mieux que de rester perchée sur un pommier idiot.

Mais elle continuait à être bourrée de rage jusqu'aux yeux. Dans la grange, elle découvrit des objets, des outils en fer rêches de rouille qui s'écaillait, et elle s'en servit pour taper sur le sol en terre battue, et aussi sur la porte à demi arrachée de ses gonds, pour cogner de toutes ses forces. Cela la fatiguait, mais n'épuisait pas sa colère.

Un jour qu'elle s'était livrée à cet exercice, elle monta en haut de l'échelle pour se coucher dans le foin et, tout d'un coup, une image apparut dans sa tête : Zoé escaladant la clôture du jardin des deux vieux sans que personne ne la voie parce qu'il faisait nuit.

Elle se demanda pourquoi elle n'y avait pas songé plus tôt.

Zoé commençait à s'assoupir dans son bain ; elle avait du mal à garder les yeux ouverts et se sentait les membres légers, en apesanteur.

Elle ouvrit la bonde, posa son verre par terre et se mit à genoux pour se laver les cheveux sous le robinet.

Après être sortie de la baignoire et avoir passé un peignoir, elle nettoya et épongea à fond la salle de bains.

Puis elle mit en marche le séchoir électrique. Elle avait des cheveux épais et luisants, et les fils argentés qui y couraient la laissaient indifférente.

Un grand silence régna dans sa chambre lorsqu'elle éteignit le séchoir.

Une tristesse infinie s'empara d'elle, brusquement. Elle s'assit sur le bord du lit et douta, l'espace de quelques instants, de la sagesse de toutes les décisions qu'elle avait prises durant sa vie.

Ce soir-là, elle ne s'endormit pas tout de suite en se couchant. Elle réussit à se tenir éveillée en calculant bien tout. Mais il s'écoula beaucoup de temps avant que tout le monde dorme dans la maison. Elle attendit encore, luttant contre l'assoupissement. Enfin, elle se leva et mit la chaise de son bureau sous une des fenêtres, qu'elle ouvrit. Puis elle s'assit sur la chaise, vêtue de sa seule chemise de nuit, et l'air frais qui s'engouffrait dans la fenêtre la fit frissonner et la maintint éveillée.

Tard dans la nuit, elle entendit ses parents monter. Elle les entendit discuter un moment, mais pas assez distinctement pour comprendre ce qu'ils disaient ; puis elle entendit la porte de leur chambre se refermer, et tout redevint silencieux.

Elle savait que Benjamin n'était pas encore couché. Sans doute n'était-il même pas encore rentré de là où il traînait avec ses copains. Zoé commençait à avoir froid, et puis elle s'impatientait. Ou elle y allait tout de suite ou elle attendait le retour de Benjamin, et elle ne savait pas dans combien de temps il reviendrait, cela pourrait prendre encore des heures, et même, une fois qu'il serait rentré, il pourrait très bien ne pas s'endormir tout de suite. Après avoir réfléchi quelques minutes, elle enfila son peignoir et ses pantoufles, ouvrit la porte de sa chambre avec beaucoup de précaution, écouta, n'entendit rien, et entreprit de descendre l'escalier, sur la pointe des pieds.

Sans rien allumer, elle trouva le plat creux rempli de boîtes d'allumettes que sa mère laissait toujours à la cuisine. Dans le salon, elle vida le panier où l'on rangeait le bois pour faire du feu dans la cheminée et y remit un peu de petit bois et deux bûches plus grosses, ainsi que le journal abandonné sur la table basse.

Elle traversa rapidement la pelouse, son panier lui cognant la jambe, et escalada maladroitement la clôture. Elle s'accroupit et attendit une minute, presque sûre qu'elle allait entendre sa mère lui hurler quelque chose d'une fenêtre du haut, ou alors ce seraient les deux vieux qui ouvriraient soudain leur porte-moustiquaire qui grinçait ; mais elle n'entendit rien, sauf un vent léger qui courait dans le potager devant elle.

Elle se redressa sur ses genoux et regarda, au-delà des légumes, la maison des deux vieux. Elle était obscure et silencieuse. Le cœur de Zoé battait avec violence, comme s'il voulait s'échapper de sa poitrine. Au bout d'un moment, elle se mit debout et se dirigea furtivement vers la maison. L'herbe était trempée, de même que le fond de ses pantoufles. Son peignoir s'accrocha un instant à un massif de rosiers ; elle fut obligée de poser le panier et d'y aller à deux mains pour se dégager.

Arrivée près de la maison, elle s'accroupit de nouveau et écouta encore un peu, mais elle n'entendait toujours rien, et aucune lumière ne s'alluma.

Elle se faufila sous la véranda de derrière et attendit une minute, tendant intensément l'oreille avant de prendre le journal, pour être vraiment sûre que personne n'était réveillé dans cette sale maison.

Puis elle fit du feu.

Au bout d'un moment, Zoé se ressaisit. Elle gagna sa penderie et réfléchit à ce qu'elle allait mettre. D'une main rapide, elle passa en revue ses tenues de bar en souriant. Des robes au dos nu, des robes au devant très peu couvert, des robes avec d'énormes jupes juponnées et des tailles de guêpe ; des tenues provocantes, sexy, lolita ; une de cow-girl, une autre qui ressemblait à un uniforme d'infirmière… Elle sentit la tristesse l'envahir à nouveau et se tourna vers l'autre penderie, celle où elle accrochait ses vêtements ordinaires.

Elle choisit un pull du même bleu que ses yeux, et une jupe à fleurs où s'épanouissaient quelques touches du même bleu.

Elle passa la jupe et le pull et glissa ses pieds dans une paire de mocassins bleu marine.

Elle ne mit pas de sous-vêtements, et aucun bijou.

Zoé déchira le journal et froissa les morceaux, étala le petit bois et plaça les deux grosses bûches par-dessus. Elle prit la boîte d'allumettes dans la poche de son peignoir et mit le feu au papier en trois endroits différents. Puis elle sortit de dessous la véranda et partit en courant.

Elle était à mi-chemin de la clôture quand elle se souvint du panier. Elle eut envie de le laisser brûler avec la véranda, mais elle savait qu'il manquerait à sa mère ; refit le trajet en sens inverse en courant et le saisit – juste à temps : il était chaud, presque brûlant, lorsqu'elle le toucha ; le feu avait déjà bien pris et crépitait.

Elle traversa le jardin des deux vieux à toute allure, se laissa vivement tomber de l'autre côté de la clôture et fonça vers la porte de derrière de sa maison. Une fois entrée, elle remplit à nouveau le panier, le remit à côté de la cheminée et monta l'escalier d'une traite, en faisant le moins de bruit possible, jusqu'à sa chambre.

Elle s'assit, le regard tourné vers la fenêtre, et reprit son souffle.

Elle vit le feu passer de la véranda à la maison des deux vieux. C'était bien plus impressionnant que ce à quoi elle s'attendait. Elle sentit l'odeur de fumée et la chaleur se propager jusque dans son jardin, jusque dans sa maison, dans sa chambre.

Elle entendit Benjamin monter l'escalier en hurlant de toutes ses forces, et puis son père et sa mère se levèrent en vitesse. On criait, les portes claquaient.

Zoé s'enfila dans son lit et remonta les couvertures jusqu'à son menton.

L'incendie consuma la véranda et toute la maison, et les deux vieux aussi, et la colère de Zoé s'éteignit.

Zoé se regarda dans la glace et se lissa le visage avec la paume des mains. Elle se passa lentement les doigts dans les cheveux, d'abord une main, puis l'autre, cinq fois chaque. Elle s'observa d'un œil critique et vit un visage grave, des yeux sereins. Elle s'examina avec attention, cherchant des traces de colère, ou de peur, mais n'en vit aucune.

Elle alla prendre deux cuvettes dans la cuisine, et un petit couteau à éplucher.

Dans le séjour, elle mit la cassette du *Canon* de Pachelbel. Elle tourna le son à fond, éteignit la lumière et revint dans sa chambre.

En laissant la porte grande ouverte, pour laisser entrer la musique.

Elle se coucha au milieu de son lit, disposa les cuvettes de chaque côté et se tailla da les poignets avec le couteau de cuisine.

Lorsqu'on la retrouva le lendemain, tout son sang, ou presque, avait coulé dans les cuvettes.

53

Toute la nuit, l'allée de Zoé Strachan fut étroitement surveillée.

Le lendemain après-midi, le QG de la police montée faxa le rapport du labo à Alberg. Les cahiers semblaient bien avoir été écrits par Zoé Strachan.

L'inspecteur des pompiers lui fit également savoir que le violent incendie qui avait détruit son cottage semblait être d'origine criminelle.

Alberg dit à Sokolowski de le suivre dans une voiture de police et partit dans la sienne en direction de la maison de Zoé Strachan.

Le temps qu'il arrive, Zoé était déjà morte depuis dix-huit heures.

Lorsqu'il regagna enfin le commissariat, à six heures, il trouva Isabella à sa table de travail.

– Isabella, s'écria-t-il, ça fait des heures que je vous ai dit de rentrer chez vous…

– Je sais, lui répondit-elle en enfilant une feuille dans le chariot de sa machine à écrire. Mais je me sens mieux si je m'occupe.

Il s'assit sur le bord de la table.

– Je suis désolé pour Ramona.

– Je sais. Vous avez fait tout ce que vous pouviez. Elle ne voulait pas qu'on la trouve, c'est tout.

– Le gamin… elle lui a sauvé la vie, vous savez.

– C'est ce qu'on m'a dit. (Elle leva les yeux vers lui.) Vous avez une sale tête. Si je peux me permettre.

– Vous pouvez.

Il se dirigea vers son bureau en retirant sa veste. Il s'assit à sa table et se frotta le visage avec les deux mains.

– Bon Dieu de putain de bordel de merde, marmonna-t-il.

On frappa à la porte.

– Qu'est-ce que c'est ?

– Bernie Peters veut vous voir, dit Isabella. Elle est là, juste derrière moi.

– Non, Isabella, fit-il d'un ton las. Renvoyez-la.

Isabella disparut et une petite créature couleur noisette se matérialisa dans l'encadrement de la porte.

– Enchantée, lui lança Bernie Peters, en tendant la main d'un geste décidé.

Son visage ressemblait à un Kleenex froissé. Alberg n'avait jamais vu une telle quantité de rides et de plis.

Il se leva péniblement et lui serra la main.

– Karl Alberg.

– Elle dit que vous cherchez quelqu'un pour le ménage.

Il aurait juré qu'elle se teignait les cheveux. Ils étaient d'un châtain trop éclatant pour être honnête. Une masse de bouclettes prises dans une fine résille.

– Oui, mais…

Elle portait un uniforme blanc sous un spencer marron. Ses pieds s'enfonçaient dans des souliers blancs, le genre qu'affectionnent les infirmières et les serveuses. Un sac vert pomme pendait à son poignet osseux.

– Vous cherchez ? Ou vous cherchez pas ?

Ses yeux brillants, petits et noirs, l'examinaient.

Alberg l'étudia un instant, puis se rassit.

– Je voudrais vous poser quelques questions.

– Feu !

– Avez-vous des préventions contre les célibataires ?

– Sûr que non.

– Les chats ?

– Non plus.

– Et les officiers de police ?

– Les officiers de police, ils m'ont tirée du pétrin plus souvent que j'ai de doigts sur les deux mains.

– C'est vrai ? dit-il, se reprenant à espérer. Asseyez-vous, asseyez-vous, madame Peters.

– C'est pas de refus.

– Parfait. Bon… à vous maintenant.

– J'ai été mariée pendant un bout de temps.

– Mmmm…

– Mais j'avais pas choisi le bon numéro. (Alberg émit un claquement de langue compatissant.) Il me dérouillait.

– Vous voulez dire, ici ? A Sechelt ?

– Ici et nulle part ailleurs.

– Ah… Vous avez tenu longtemps ?

– Dix-sept fois qu'il m'a fait ma fête avant qu'on arrive à le boucler.

– Bon Dieu…

– Je supporte pas qu'on blasphème.

– Excusez-moi. Où est-il à présent ?

– C'était en 75. On l'a relâché dans la nature, vous pensez bien. Mais il a pris ses cliques et ses claques et je vous fiche mon billet qu'on n'est pas prêt de le revoir !

Elle se tenait raide comme la justice, les pieds serrés, son sac vert sur les genoux. Il n'avait pas la moindre idée de l'âge qu'elle pouvait avoir.

– Bien. J'ai en effet besoin de quelqu'un.

– Je pourrais venir le mercredi après-midi ou le lundi matin.

– Alors, disons, le mercredi après-midi ?

Elle se leva.

– Marché conclu, dit-elle. Je serai là à une heure pétante et je resterai jusqu'à cinq heures. Elle me dira comment on va chez vous, votre dactylo, là-bas. (De nouveau, elle lui tendit la main.) J'ai été ravie de faire votre connaissance.

54

A la fin de la journée, Alberg prit sa voiture pour rentrer chez lui. En conduisant, il songea à Kenny, déposé sain et sauf chez son copain Roddy, où il attendait l'arrivée de ses grands-parents. Il pensa aussi à Ramona.

Et à Zoé Strachan, auteur de deux incendies criminels. Responsable de trois morts. Sans doute de quatre, si elle avait expédié son frère au bas des marches.

Une pluie de fin d'hiver avait fait son apparition dans l'après-midi, et elle continuait à tomber, tantôt drue, tantôt légère, pendant qu'Alberg roulait. Le vent avait repris lui aussi, et Alberg conduisait plus doucement que d'habitude sur la route qui reliait Sechelt à Gibsons, attentif aux branches d'arbres sur la chaussée. Il y avait très peu de circulation.

Il faisait nuit quand il arriva chez lui. Il avait oublié de laisser une lumière allumée, et la maison semblait morte, se dit-il, calée comme ça sur la pente de la colline : blafarde, inerte, vide… et morte. Un cadavre de maison.

Mais elle n'était pas vide, se rappela-t-il. Et donc certainement pas morte.

Il s'arrêta près de la barrière plutôt branlante sur laquelle s'appuyaient d'épais massifs d'hydrangeas, dont les têtes non taillées avaient pris une couleur vieil or, comme oxydées par l'hiver. Il remonta le trottoir fendillé jusqu'à la porte d'entrée, en se demandant une fois de plus s'il ne ferait pas mieux d'essayer d'acquérir cette maison au lieu de continuer à la louer ; à moins de se mettre en quête de quelque chose d'autre à acheter... Cette foutue baraque croulait sous les ans et était mal entretenue. Qui sait si elle ne s'effondrait pas de partout sans qu'il s'en aperçoive ?

Ramona Orlitzki s'était conduite en héros ; Alberg se demanda si elle en avait eu conscience avant de mourir.

Une fois rentré, il appela la chatte grise et s'attira un miaulement éraillé en guise de réponse. Il alluma dans le vestibule et la vit se lever sur le canapé du salon, sans se presser, commençant d'abord par étirer ses pattes avant, puis ses pattes arrière, en bâillant. Quand elle et son chaton, devenu matou, avaient quitté leur carton de la véranda pour venir dormir à l'intérieur, Alberg avait fondu. Cela faisait chaud au cœur d'avoir d'autres créatures dans la maison. Aucun des deux chats n'avait vraiment de nom ; il appelait la plus vieille Minou et le jeune Numéro Deux. Lui était noir, avec les pattes de devant blanches et du blanc sur le poitrail et un soupçon aussi sur la gueule. Il était couché en rond sur une chaise, dans sa chambre.

Il nourrit les chats tout en leur parlant, et se demanda si Zoé Strachan aimait les animaux. Il regarda leurs têtes pointues, triangulaires, et se dit que ces bêtes avaient plus de présence, d'épaisseur que Zoé Strachan.

Mais non, bien sûr, elle n'aimait pas les animaux. Elle n'aimait pas les gens non plus. Il se demanda ce qu'elle avait vraiment aimé ; il y avait bien dû y avoir quelque chose...

Il eut envie de téléphoner à ses filles. Mais, ce soir-là, il n'avait pas besoin qu'on le distraie ; il avait besoin qu'on le comprenne.

A moins qu'il n'appelle Maura ? Mais elle était sans doute sortie avec son connard de comptable.

Il éteignit et s'assit un moment au salon, dans le fauteuil-relax près de la fenêtre, les pieds surélevés. Il laissa les rideaux ouverts et resta là sans bouger, à regarder la pluie tomber et les massifs d'hydrangeas malmenés par le vent.

Tout compte fait, pour le moment, il n'avait pas envie de partager cette morne solitude. Se gorger de mélancolie s'imposait, pendant un temps au moins.

Il entendit une voiture. La Hornet de Cassandra apparut et s'arrêta derrière son Oldsmobile. Alberg jura entre ses dents. Maussade, il regarda la bibliothécaire s'extraire de son engin et jeter un coup d'œil à son Oldsmobile blanche, puis à la maison plongée dans l'obscurité. Visiblement, elle ne savait pas trop quel parti prendre. Un sentiment de culpabilité envahit Alberg. Mais il ne fit pas un geste pour allumer. Elle hésitait à côté de sa voiture, la portière du côté conducteur toujours ouverte. Enfin, elle la claqua et se dirigea d'un pas décidé vers la maison.

Alberg abandonna son fauteuil.

– Bonjour, dit-il après lui avoir ouvert la porte.

Des gouttes de pluie étincelaient sur les cheveux de Cassandra. Elle avait les joues enflammées.

– Je viens juste de rapatrier ma mère, dit Cassandra. Avec armes et bagages. Et je vous emmène à Victoria.

Alberg sentit un picotement soudain derrière ses yeux. Il les ferma étroitement, tendit les bras et les referma autour de son amie.

– En voilà, une sacrément bonne idée, dit-il.

RÉALISATION : PAO ÉDITIONS DU SEUIL
IMPRESSION : IMPRIMERIE B.C.I. À SAINT-AMAND (CHER)
DÉPÔT LÉGAL : MARS 1995. N° 21489 (4/142)

Collection Points

DERNIERS TITRES PARUS

R199. Sarnia, *par Gerald Basil Edwards*
R200. Le Colleur d'affiches, *par Michel del Castillo*
R201. Un mariage poids moyen, *par John Irving*
R202. John l'Enfer, *par Didier Decoin*
R203. Les Chambres de bois, *par Anne Hébert*
R204. Mémoires d'un jeune homme rangé, *par Tristan Bernard*
R205. Le Sourire du Chat, *par François Maspero*
R206. L'Inquisiteur, *par Henri Gougaud*
R207. La Nuit américaine, *par Christopher Frank*
R208. Jeunesse dans une ville normande *par Jacques-Pierre Amette*
R209. Fantôme d'une puce, *par Michel Braudeau*
R210. L'Avenir radieux, *par Alexandre Zinoviev*
R211. Constance D., *par Christian Combaz*
R212. Épaves, *par Julien Green*
R213. La Leçon du maître, *par Henry James*
R214. Récit des temps perdus, *par Aris Fakinos*
R215. La Fosse aux chiens, *par John Cowper Powys*
R216. Les Portes de la forêt, *par Elie Wiesel*
R217. L'Affaire Deltchev, *par Eric Ambler*
R218. Les amandiers sont morts de leurs blessures *par Tahar Ben Jelloun*
R219. L'Admiroir, *par Anny Duperey*
R220. Les Grands Cimetières sous la lune, *par Georges Bernanos*
R221. La Créature, *par Étienne Barilier*
R223. La Gloire de Dina, *par Michel del Castillo*
R224. Poisson d'amour, *par Didier van Cauwelaert*
R225. Les Yeux fermés, *par Marie Susini*
R226. Cobra, *par Severo Sarduy*
R227. Cavalerie rouge, *par Isaac Babel*
R228. Tous les soleils, *par Bertrand Visage*
R229. Pétersbourg, *par Andréi Biély*
R230. Récits d'un jeune médecin, *par Mikhaïl Boulgakov*
R231. La Maison des prophètes, *par Nicolas Saudray*
R232. Trois Heures du matin à New York, *par Herbert Lieberman*
R233. La Mère du printemps, *par Driss Chraïbi*
R234. Adrienne Mesurat, *par Julien Green*
R235. Jusqu'à la mort, *par Amos Oz*
R236. Les Envoûtés, *par Witold Gombrowicz*
R237. Frontière des ténèbres, *par Eric Ambler*
R238. Les Deux Sacrements, *par Heinrich Böll*
R239. Cherchant qui dévorer, *par Luc Estang*
R240. Le Tournant, *par Klaus Mann*
R241. Aurélia, *par France Huser*
R242. Le Sixième Hiver, *par Douglas Orgill et John Gribbin*

R243. Naissance d'un spectre, *par Frédérick Tristan*
R244. Lorelei, *par Maurice Genevoix*
R245. Le Bois de la nuit, *par Djuna Barnes*
R246. La Caverne céleste, *par Patrick Grainville*
R247. L'Alliance, tome 1, *par James A. Michener*
R248. L'Alliance, tome 2, *par James A. Michener*
R249. Juliette, chemin des Cerisiers, *par Marie Chaix*
R250. Le Baiser de la femme-araignée, *par Manuel Puig*
R251. Le Vésuve, *par Emmanuel Roblès*
R253. Palomar, *par Italo Calvino*
R254. Le Visionnaire, *par Julien Green*
R255. La Revanche, *par Henry James*
R256. Les Années-lumière, *par Rezvani*
R257. La Crypte des capucins, *par Joseph Roth*
R258. La Femme publique, *par Dominique Garnier*
R259. Maggie Cassidy, *par Jack Kerouac*
R260. Mélancolie Nord, *par Michel Rio*
R261. Énergie du désespoir, *par Eric Ambler*
R262. L'Aube, *par Elie Wiesel*
R264. L'Ouverture des bras de l'homme, *par Raphaële Billetdoux*
R265. Méchant, *par Jean-Marc Roberts*
R266. Un policeman, *par Didier Decoin*
R267. Les Corps étrangers, *par Jean Cayrol*
R268. Naissance d'une passion, *par Michel Braudeau*
R269. Dara, *par Patrick Besson*
R270. Parias, *par Pascal Bruckner*
R271. Le Soleil et la Roue, *par Rose Vincent*
R272. Le Malfaiteur, *par Julien Green*
R273. Scarlett si possible, *par Katherine Pancol*
R274. Journal d'une fille de Harlem, *par Julius Horwitz*
R275. Le Nez de Mazarin, *par Anny Duperey*
R276. La Chasse à la licorne, *par Emmanuel Roblès*
R277. Red Fox, *par Anthony Hyde*
R278. Minuit, *par Julien Green*
R279. L'Enfer, *par René Belletto*
R280. Et si on parlait d'amour, *par Claire Gallois*
R281. Pologne, *par James A. Michener*
R283. La Nuit du solstice, *par Herbert Lieberman*
R284. Place de Sienne, côté ombre
par Carlo Fruttero et Franco Lucentini
R285. Meurtre au comité central
par Manuel Vázquez Montalbán
R286. L'Isolé soleil, *par Daniel Maximin*
R287. Samedi soir, dimanche matin, *par Alan Sillitoe*
R288. Petit Louis, dit XIV, *par Claude Duneton*

R289. Le Perchoir du perroquet, *par Michel Rio*
R290. L'Enfant pain, *par Agustin Gomez-Arcos*
R291. Les Années Lula, *par Rezvani*
R292. Michael K, sa vie, son temps, *par J. M. Coetzee*
R293. La Connaissance de la douleur
par Carlo Emilio Gadda
R294. Complot à Genève, *par Eric Ambler*
R295. Serena, *par Giovanni Arpino*
R297. Le Premier Regard, *par Marie Susini*
R298. Regardez-moi, *par Anita Brookner*
R299. La Vie fantôme, *par Danièle Sallenave*
R300. L'Enchanteur, *par Vladimir Nabokov*
R301. L'Ile atlantique, *par Tony Duvert*
R303. Le Manège espagnol, *par Michel del Castillo*
R304. Le Berceau du chat, *par Kurt Vonnegut*
R305. Une histoire américaine, *par Jacques Godbout*
R306. Les Fontaines du grand abîme, *par Luc Estang*
R307. Le Mauvais Lieu, *par Julien Green*
R308. Aventures dans le commerce des peaux en Alaska
par John Hawkes
R309. La Vie et demie, *par Sony Labou Tansi*
R310. Jeune Fille en silence, *par Raphaële Billetdoux*
R311. La Maison près du marais, *par Herbert Lieberman*
R312. Godelureaux, *par Eric Ollivier*
R313. La Chambre ouverte, *par France Huser*
R314. L'Œuvre de Dieu, la part du Diable, *par John Irving*
R315. Les Silences ou la vie d'une femme, *par Marie Chaix*
R316. Les Vacances du fantôme, *par Didier van Cauwelaert*
R317. Le Levantin, *par Eric Ambler*
R318. Beno s'en va-t-en guerre, *par Jean-Luc Benoziglio*
R319. Miss Lonelyhearts, *par Nathanaël West*
R320. Cosmicomics, *par Italo Calvino*
R321. Un été à Jérusalem, *par Chochana Boukhobza*
R322. Liaisons étrangères, *par Alison Lurie*
R323. L'Amazone, *par Michel Braudeau*
R324. Le Mystère de la crypte ensorcelée
par Eduardo Mendoza
R325. Le Cri, *par Chochana Boukhobza*
R326. Femmes devant un paysage fluvial, *par Heinrich Böll*
R327. La Grotte, *par Georges Buis*
R328. Bar des flots noirs, *par Olivier Rolin*
R329. Le Stade de Wimbledon, *par Daniele Del Giudice*
R330. Le Bruit du temps, *par Ossip E. Mandelstam*
R331. La Diane rousse, *par Patrick Grainville*
R332. Les Éblouissements, *par Pierre Mertens*

R333. Talgo, *par Vassilis Alexakis*
R334. La Vie trop brève d'Edwin Mullhouse
par Steven Millhauser
R335. Les Enfants pillards, *par Jean Cayrol*
R336. Les Mystères de Buenos Aires, *par Manuel Puig*
R337. Le Démon de l'oubli, *par Michel del Castillo*
R338. Christophe Colomb, *par Stephen Marlowe*
R339. Le Chevalier et la Reine, *par Christopher Frank*
R340. Autobiographie de tout le monde, *par Gertrude Stein*
R341. Archipel, *par Michel Rio*
R342. Texas, tome 1, *par James A. Michener*
R343. Texas, tome 2, *par James A. Michener*
R344. Loyola's blues, *par Erik Orsenna*
R345. L'Arbre aux trésors, légendes, *par Henri Gougaud*
R346. Les Enfants des morts, *par Henrich Böll*
R347. Les Cent Premières Années de Niño Cochise
par A. Kinney Griffith et Niño Cochise
R348. Vente à la criée du lot 49, *par Thomas Pynchon*
R349. Confessions d'un enfant gâté
par Jacques-Pierre Amette
R350. Boulevard des trahisons, *par Thomas Sanchez*
R351. L'Incendie, *par Mohammed Dib*
R352. Le Centaure, *par John Updike*
R353. Une fille cousue de fil blanc, *par Claire Gallois*
R354. L'Adieu aux champs, *par Rose Vincent*
R355. La Ratte, *par Günter Grass*
R356. Le Monde hallucinant, *par Reinaldo Arenas*
R357. L'Anniversaire, *par Mouloud Feraoun*
R358. Le Premier Jardin, *par Anne Hébert*
R359. L'Amant sans domicile fixe
par Carlo Fruttero et Franco Lucentini
R360. L'Atelier du peintre, *par Patrick Grainville*
R361. Le Train vert, *par Herbert Lieberman*
R362. Autopsie d'une étoile, *par Didier Decoin*
R363. Un joli coup de lune, *par Chester Himes*
R364. La Nuit sacrée, *par Tahar Ben Jelloun*
R365. Le Chasseur, *par Carlo Cassola*
R366. Mon père américain, *par Jean-Marc Roberts*
R367. Remise de peine, *par Patrick Modiano*
R368. Le Rêve du singe fou, *par Christopher Frank*
R369. Angelica, *par Bertrand Visage*
R370. Le Grand Homme, *par Claude Delarue*
R371. La Vie comme à Lausanne, *par Erik Orsenna*
R372. Une amie d'Angleterre, *par Anita Brookner*
R373. Norma ou l'exil infini, *par Emmanuel Roblès*

R374. Les Jungles pensives, *par Michel Rio*
R375. Les Plumes du pigeon, *par John Updike*
R376. L'Héritage Schirmer, *par Eric Ambler*
R377. Les Flamboyants, *par Patrick Grainville*
R378. L'Objet perdu de l'amour, *par Michel Braudeau*
R379. Le Boucher, *par Alina Reyes*
R380. Le Labyrinthe aux olives, *par Eduardo Mendoza*
R381. Les Pays lointains, *par Julien Green*
R382. L'Épopée du buveur d'eau, *par John Irving*
R383. L'Écrivain public, *par Tahar Ben Jelloun*
R385. Les Lèvres nues, *par France Huser*
R386. La Famille de Pascal Duarte, *par Camilo José Cela*
R387. Une enfance à l'eau bénite, *par Denise Bombardier*
R389. Tarabas, *par Joseph Roth*
R390. Replay, *par Ken Grimwood*
R391. Rabbit Boss, *par Thomas Sanchez*
R392. Aden Arabie, *par Paul Nizan*
R393. La Ferme, *par John Updike*
R394. L'Obscène Oiseau de la nuit, *par José Donoso*
R395. Un printemps d'Italie, *par Emmanuel Roblès*
R396. L'Année des méduses, *par Christopher Frank*
R397. Miss Missouri, *par Michel Boujut*
R398. Le Figuier, *par François Maspero*
R399. La Solitude du coureur de fond, *par Alan Sillitoe*
R402. La Croyance des voleurs, *par Michel Chaillou*
R403. Rock Springs, *par Richard Ford*
R404. L'Orange amère, *par Didier van Cauwelaert*
R405. Tara, *par Michel del Castillo*
R406. L'Homme à la vie inexplicable, *par Henri Gougaud*
R407. Le Beau Rôle, *par Louis Gardel*
R408. Le Messie de Stockholm, *par Cynthia Ozick*
R409. Les Exagérés, *par Jean- François Vilar*
R410. L'Objet du scandale, *par Robertson Davies*
R411. Berlin mercredi, *par François Weyergans*
R412. L'Inondation, *par Evguéni Zamiatine*
R413. Rentrez chez vous Bogner !, *par Heinrich Böll*
R414. Les Herbes amères, *par Chochana Boukhobza*
R415. Le Pianiste, *par Manuel Vázquez Montalbán*
R416. Une mort secrète, *par Richard Ford*
R417. La Journée d'un scrutateur, *par Italo Calvino*
R418. Collection de sable, *par Italo Calvino*
R419. Les Soleils des indépendances, *par Ahmadou Kourouma*
R420. Lacenaire (un film de Francis Girod)
par Georges Conchon
R421. Œuvres pré-posthumes, *par Robert Musil*

R422. Merlin, *par Michel Rio*
R423. Charité, *par Éric Jourdan*
R424. Le Visiteur, *par György Konrad*
R425. Monsieur Adrien, *par Franz-Olivier Giesbert*
R426. Palinure de Mexico, *par Fernando Del Paso*
R427. L'Amour du prochain, *par Hugo Claus*
R428. L'Oublié, *par Elie Wiesel*
R429. Temps zéro, *par Italo Calvino*
R430. Les Comptoirs du Sud, *par Philippe Doumenc*
R431. Le Jeu des décapitations, *par Jose Lezama Lima*
R432. Tableaux d'une ex, *par Jean-Luc Benoziglio*
R433. Les Effrois de la glace et des ténèbres *par Christoph Ransmayr*
R434. Paris-Athènes, *par Vassilis Alexakis*
R435. La Porte de Brandebourg, *par Anita Brookner*
R436. Le Jardin à la dérive, *par Ida Fink*
R437. Malina, *par Ingeborg Bachmann*
R438. Moi, laminaire, *par Aimé Césaire*
R439. Histoire d'un idiot racontée par lui-même *par Félix de Azúa*
R440. La Résurrection des morts, *par Scott Spencer*
R441. La Caverne, *par Eugène Zamiatine*
R442. Le Manticore, *par Robertson Davies*
R443. Perdre, *par Pierre Mertens*
R444. La Rébellion, *par Joseph Roth*
R445. D'amour P. Q., *par Jacques Godbout*
R446. Un oiseau brûlé vif, *par Agustin Gomez-Arcos*
R447. Le Blues de Buddy Bolden, *par Michael Ondaatje*
R448. Étrange séduction (Un bonheur de rencontre) *par Ian McEwan*
R449. La Diable, *par Fay Weldon*
R450. L'Envie, *par Iouri Olecha*
R451. La Maison du Mesnil, *par Maurice Genevoix*
R452. La Joyeuse Bande d'Atzavara *par Manuel Vázquez Montalbán*
R453. Le Photographe et ses Modèles, *par John Hawkes*
R454. Rendez-vous sur la terre, *par Bertrand Visage*
R455. Les Aventures singulières du soldat Ivàn Tchonkine *par Vladimir Voïnovitch*
R456. Départements et Territoires d'outre-mort *par Henri Gougaud*
R457. Vendredi des douleurs, *par Miguel Angel Asturias*
R458. L'Avortement, *par Richard Brautigan*
R459. Histoire du ciel, *par Jean Cayrol*
R460. Une prière pour Owen, *par John Irving*

R461. L'Orgie, la Neige, *par Patrick Grainville*
R462. Le Tueur et son ombre, *par Herbert Lieberman*
R463. Les Grosses Rêveuses, *par Paul Fournel*
R464. Un week-end dans le Michigan, *par Richard Ford*
R465. Les Marches du palais, *par David Shahar*
R466. Les hommes cruels ne courent pas les rues
par Katherine Pancol
R467. La Vie exagérée de Martín Romaña
par Alfredo Bryce-Echenique
R468. Les Étoiles du Sud, *par Julien Green*
R469. Aventures, *par Italo Calvino*
R470. Jour de silence à Tanger, *par Tahar Ben Jelloun*
R471. Sous le soleil jaguar, *par Italo Calvino*
R472. Les cyprès meurent en Italie, *par Michel del Castillo*
R473. Kilomètre zéro, *par Thomas Sanchez*
R474. Singulières Jeunes Filles, *par Henry James*
R475. Franny et Zooey, *par J. D. Salinger*
R476. Vaulascar, *par Michel Braudeau*
R477. La Vérité sur l'affaire Savolta, *par Eduardo Mendoza*
R478. Les Visiteurs du crépuscule, *par Eric Ambler*
R479. L'Ancienne Comédie, *par Jean-Claude Guillebaud*
R480. La Chasse au lézard, *par William Boyd*
R481. Les Yaquils, *suivi de* Ile déserte, *par Emmanuel Roblès*
R482. Proses éparses, *par Robert Musil*
R483. Le Loum, *par René-Victor Pilhes*
R484. La Fascination de l'étang, *par Virginia Woolf*
R485. Journaux de jeunesse, *par Rainer Maria Rilke*
R486. Tirano Banderas, *par Ramón del Valle-Inclán*
R487. Une trop bruyante solitude, *par Bohumil Hrabal*
R488. En attendant les barbares, *par J. M. Coetzee*
R489. Les Hauts-Quartiers, *par Paul Gadenne*
R490. Je lègue mon âme au diable
par Germán Castro Caycedo
R491. Le Monde des merveilles, *par Robertson Davies*
R492. Louve basse, *par Denis Roche*
R493. La Couleur du destin
par Carlo Fruttero et Franco Lucentini
R494. Poupée blonde
par Patrick Modiano, dessins de Pierre Le-Tan
R495. La Mort de Lohengrin, *par Heinrich Böll*
R496. L'Aïeul, *par Aris Fakinos*
R497. Le Héros des femmes, *par Adolfo Bioy Casares*
R498. 1492. Les Aventures de Juan Cabezón de Castille
par Homero Aridjis
R499. L'Angoisse du tigre, *par Jean-Marc Roberts*

R500. Les Yeux baissés, *par Tahar Ben Jelloun*
R501. L'Innocent, *par Ian McEwan*
R502. Les Passagers du Roissy-Express *par François Maspero*
R503. Adieu à Berlin, *par Christopher Isherwood*
R504. Remèdes désespérés, *par Thomas Hardy*
R505. Le Larron qui ne croyait pas au ciel *par Miguel Angel Asturias*
R506. Madame de Mauves, *par Henry James*
R507. L'Année de la mort de Ricardo Reis, *par José Saramago*
R508. Abattoir 5, *par Kurt Vonnegut*
R509. Comme je l'entends, *par John Cowper Powys*
R510. Madrapour, *par Robert Merle*
R511. Ménage à quatre, *par Manuel Vázquez Montalbán*
R512. Tremblement de cœur, *par Denise Bombardier*
R513. Monnè, Outrages et Défis, *par Ahmadou Kourouma*
R514. L'Ultime Alliance, *par Pierre Billon*
R515. Le Café des fous, *par Felipe Alfau*
R516. Morphine, *par Mikhaïl Boulgakov*
R517. Le Fou du tzar, *par Jaan Kross*
R518. Wolf et Doris, *par Martin Walser*
R519. La Course au mouton sauvage, *par Haruki Murakami*
R520. Adios Schéhérazade, *par Donald Westlake*
R521. Les Feux du Bengale, *par Amitav Ghosh*
R522. La Spéculation immobilière, *par Italo Calvino*
R523. L'homme qui parlait d'Octavia de Cadix *par Alfredo Bryce-Echenique*
R524. V., *par Thomas Pynchon*
R525. Les Anges rebelles, *par Robertson Davies*
R526. Nouveaux Contes de Bustos Domecq *par Jorge Luis Borges et Adolfo Bioy Casares*
R527. Josepha, *par Christopher Frank*
R528. L'Amour sorcier, *par Louise Erdrich*
R529. L'Europe mordue par un chien, *par Christophe Donner*
R530. Les hommes qui ont aimé Evelyn Cotton *par Frank Ronan*
R531. Agadir, *par Mohammed Khaïr-Eddine*
R532. Brigitta, *par Adalbert Stifter*
R533. Lune de miel et d'or, *par David Shahar*
R534. Histoires de vertige, *par Julien Green*
R535. Voyage en France, *par Henry James*
R536. La Femme de chambre du Titanic, *par Didier Decoin*
R537. Le Grand Partir, *par Henri Gougaud*
R538. La Boîte noire, *par Jean-Luc Benoziglio*
R539. Le Prochain sur la liste, *par Dan Greenburg*

R540. Topkapi, *par Eric Ambler*
R541. Hôtel du lac, *par Anita Brookner*
R542. L'Aimé, *par Axel Gauvin*
R543. Vends maison, où je ne veux plus vivre, *par Bohumil Hrabal*
R544. Enquête sous la neige, *par Michael Malone*
R545. Sérénissime, *par Frédéric Vitoux*
R546. Fleurs de ruine, *par Patrick Modiano*
R547. Les Girls du City-Boum-Boum, *par Vassilis Alexakis*
R548. Les Rives du fleuve Bleu, *par Emmanuel Roblès*
R549. Le Complexe polonais, *par Tadeusz Konwicki*
R550. La Patte du scarabée, *par John Hawkes*
R551. Sale Histoire, *par Eric Ambler*
R552. Le Silence des pierres, *par Michel del Castillo*
R553. Une rencontre en Westphalie, *par Günter Grass*
R554. Ludo & Compagnie, *par Patrick Lapeyre*
R555. Les Calendes grecques, *par Dan Franck*
R556. Chaque homme dans sa nuit, *par Julien Green*
R557. Nous sommes au regret de..., *par Dino Buzzati*
R558. La Bête dans la jungle, *par Henry James*
R559. Nouvelles démesurées, *par Adolfo Bioy Casares*
R560. Sylvie et Bruno, *par Lewis Carroll*
R561. L'Homme de Kiev, *par Bernard Malamud*
R562. Le Brochet, *par Eric Ambler*
R563. Mon valet et moi, *par Hervé Guibert*
R564. Les Européens, *par Henry James*
R565. Le Royaume enchanté de l'amour, *par Max Brod*
R566. Le Fou noir *suivi de* Le poing fermé, *par Arrigo Boito*
R567. La Fin d'une époque, *par Evelyn Waugh*
R568. Franza, *par Ingeborg Bachmann*
R569. Les Noces dans la maison, *par Bohumil Hrabal*
R570. Journal, *par Jean-René Huguenin*
R571. Une saison ardente, *par Richard Ford*
R572. Le Dernier Été des Indiens, *par Robert Lalonde*
R573. Beatus Ille, *par Antonio Muñoz Molina*
R574. Les Révoltés de la « Bounty »
par Charles Nordhoff et James Norman Hall
R575. L'Expédition, *par Henri Gougaud*
R576. La Loi du capitaine, *par Mike Nicol*
R577. La Séparation, *par Dan Franck*
R578. Voyage autour de mon crâne, *par Frigyes Karinthy*
R579. Monsieur Pinocchio, *par Jean-Marc Roberts*
R580. Les Feux, *par Raymond Carver*
R581. Mémoires d'un vieux crocodile, *par Tennessee Williams*
R582. Patty Diphusa, la Vénus des lavabos
par Pedro Almodóvar

R583. Le Voyage de Hölderlin en France
par Jacques-Pierre Amette
R584. Les Noms, *par Don DeLillo*
R585. Le Châle, *par Cynthia Ozick*
R586. Contes d'amour de folie et de mort, *par Horacio Quiroga*
R587. Liberté pour les ours !, *par John Irving*
R588. Mr. Stone, *par V. S. Naipaul*
R589. Loin de la troupe, *par Heinrich Böll*
R590. Dieu et nous seuls pouvons, *par Michel Folco*
R591. La Route de San Giovanni, *par Italo Calvino*
R592. En la forêt de longue attente, *par Hella S. Haasse*
R593. Lewis Percy, *par Anita Brookner*
R594. L'Affaire D., *par Charles Dickens*
Carlo Fruttero et Franco Lucentini
R595. La Pianiste, *par Elfriede Jelinek*
R596. Un air de famille, *par Michael Ondaatje*
R597. L'Ile enchantée, *par Eduardo Mendoza*
R598. Vineland, *par Thomas Pynchon*
R599. Jolie, la fille !, *par André Dubus*
R600. Le Troisième Mensonge, *par Agota Kristof*
R601. American Psycho, *par Bret Easton Ellis*
R602. Le Déménagement, *par Jean Cayrol*
R603. Arrêt de jeu, *par Dan Kavanagh*
R605. La Belle Affaire, *par T. C. Boyle*
R606. La Rivière du sixième jour, *par Norman Maclean*
R607. Le Tarbouche, *par Robert Solé*
R608. Leurs mains sont bleues, *par Paul Bowles*
R609. Une femme en soi, *par Michel del Castillo*
R610. Le Parapluie jaune, *par Elsa Lewin*
R611. L'Amateur, *par André Balland*
R612. Le Suspect, *par L. R. Wright*
R613. Le Tueur des abattoirs, *par Manuel Vázquez Montalbán*
R614. Mémoires du Capitán Alonso de Contreras
par Alonso de Contreras
R615. Colère, *par Patrick Grainville*
R616. Le Livre de John, *par Michel Braudeau*
R617. Faux Pas, *par Michel Rio*
R618. Quelqu'unbis est mort, *par Jean-Luc Benoziglio*
R619. La Vie quelque part, *par Anita Brookner*
R620. Iblis ou la Défroque du serpent, *par Armande Gobry-Valle*
R621. Fin de mission, *par Heinrich Böll*
R622. Les Mains vides, *par Maurice Genevoix*
R623. Un amour de chat, *par Frédéric Vitoux*
R624. Johnny s'en va-t-en guerre, *par Dalton Trumbo*
R625. La Remontée des cendres, *par Tahar Ben Jelloun*

R626. L'Enfant chargé de songes, *par Anne Hébert*
R627. L'Homme sans postérité, *par Adalbert Stifter*
R628. La Terre et le Sang, *par Mouloud Feraoun*
R629. Le Cimetière des fous, *par Dan Franck*
R630. Cytomégalovirus, *par Hervé Guibert*
R631. La Maison Pouchkine, *par Andreï Bitov*
R632. La Mémoire brûlée, *par Jean-Noël Pancrazi*
R633. Le taxi mène l'enquête, *par Sam Reaves*
R634. Les Sept Fous, *par Roberto Arlt*
R635. La Colline rouge, *par France Huser*
R636. Les Athlètes dans leur tête, *par Paul Fournel*
R637. San Camilo 1936, *par Camilo José Cela*
R638. Galíndez, *par Manuel Vázquez Montalbán*
R639. China Lake, *par Anthony Hyde*
R640. Tlacuilo, *par Michel Rio*
R641. L'Élève, *par Henry James*
R642. Aden, *par Anne-Marie Garat*
R643. L'Ange aveugle, *par Tahar Ben Jelloun*
R644. Dis-moi qui tuer, *par V. S. Naipaul*
R645. L'Arbre d'amour et de sagesse, *par Henri Gougaud*
R646. L'Étrange Histoire de Sir Hugo et de son valet Fledge *par Patrick McGrath*
R647. L'Herbe des ruines, *par Emmanuel Roblès*
R648. La Première Femme, *par Nedim Gürsel*
R649. Les Exclus, *par Elfriede Jelinek*
R650. Providence, *par Anita Brookner*
R651. Les Nouvelles Mille et Une Nuits, vol. 1 *par Robert Louis Stevenson*
R652. Les Nouvelles Mille et Une Nuits, vol. 2 *par Robert Louis Stevenson*
R653. Les Nouvelles Mille et Une Nuits, vol. 3 *par Robert Louis Stevenson*
R654. 1492. Mémoires du Nouveau Monde, *par Homero Aridjis*
R655. Lettres à Doubenka, *par Bohumil Hrabal*
R656. Le Vieux qui lisait des romans d'amour, *par Luis Sepúlveda*
R657. Cassandra, *par John Hawkes*
R658. La Fin des temps, *par Haruki Murakami*
R659. Mémoires d'un nomade, *par Paul Bowles*
R660. La Femme du boucher, *par Li Ang*
R661. Anaconda, *par Horacio Quiroga*
R662. Le Polygone étoilé, *par Kateb Yacine*
R663. Je ferai comme si je n'étais pas là, *par Christopher Frank*
R664. Le Divin Enfant, *par Pascal Bruckner*
R665. Un homme remarquable, *par Robertson Davies*
R666. Une sécheresse à Paris, *par Alain Chany*

R667. Charles et Camille, *par Frédéric Vitoux*
R668. Les Quatre Fils du Dr March, *par Brigitte Aubert*
R669. 33 Jours, *par Léon Werth*
R670. La Mort à Veracruz, *par Héctor Aguilar Camín*
R671. Le Bâtard de Palerme, *par Luigi Natoli*
R672. L'Ile du lézard vert, *par Eduardo Manet*
R673. Juges et Assassins, *par Michael Malone*
R674. L'Enfant de Port-Royal, *par Rose Vincent*
R675. Amour et Ordures, *par Ivan Klíma*
R676. Rue de la Cloche, *par Serge Quadruppani*
R677. Les Dunes de Tottori, *par Kyotaro Nishimura*
R678. Lucioles, *par Shiva Naipaul*
R679. Tout fout le camp !, *par Dan Kavanagh*
R680. Les Sept Solitudes de Lorsa Lopez, *par Sony Labou Tansi*
R681. Le Bout du rouleau, *par Richard Ford*
R682. Hygiène de l'assassin, *par Amélie Nothomb*
R683. Le Crime des pères, *par Michel del Castillo*
R684. Les Adieux, *par Dan Franck*
R686. Annam, *par Christophe Bataille*
R687. L'Homme de la passerelle, *par Isabelle Jarry*
R688. Bambini, *par Bertrand Visage*
R689. Nom de code : Siro, *par David Ignatius*
R690. Paradis, *par Philippe Sollers*
R691. Le Quinconce, vol. 1, *par Charles Palliser*
R692. Le Quinconce, vol. 2, *par Charles Palliser*
R693. Rituels, *par Cees Nooteboom*
R694. Félidés, *par Akif Pirinçci*
R695. Le Trouveur de feu, *par Henri Gougaud*
R696. Dumala, *par Eduard von Keyserling*
P1. Cent Ans de solitude, *par Gabriel García Márquez*
P2. Le Chevalier inexistant, *par Italo Calvino*
P3. L'Homme sans qualités, tome 1, *par Robert Musil*
P3. L'Homme sans qualités, tome 2, *par Robert Musil*
P5. Le Monde selon Garp, *par John Irving*
P6. Les Désarrois de l'élève Törless, *par Robert Musil*
P7. L'Enfant de sable, *par Tahar Ben Jelloun*
P8. La Marche de Radetzky, *par Joseph Roth*
P9. Trois Femmes *suivi de* Noces, *par Robert Musil*
P10. Un Anglais sous les tropiques, *par William Boyd*
P11. Grand Amour, *par Erik Orsenna*
P12. L'Invention du monde, *par Olivier Rolin*
P13. Rastelli raconte…, *par Walter Benjamin*
P14. Ce qu'a vu le vent d'ouest, *par Fruttero & Lucentini*
P15. L'Appel du crapaud, *par Günter Grass*
P16. L'Appât, *par Morgan Sportès*

P17. L'Honneur de Saint-Arnaud, *par François Maspero*
P18. L'Héritage empoisonné, *par Paul Levine*
P19. Les Égouts de Los Angeles, *par Michael Connelly*
P20. L'Anglais saugrenu, *par Jean-Loup Chiflet*
P21. Jacques Chirac, *par Franz-Olivier Giesbert*
P22. Questions d'adolescents, *par Christian Spitz*
P23. Les Progrès du progrès, *par Philippe Meyer*
P24. Le Paradis des orages, *par Patrick Grainville*
P25. La Rage au cœur, *par Gérard Guégan*
P26. L'Homme flambé, *par Michael Ondaatje*
P27. Ça n'est pas pour me vanter, *par Philippe Meyer*
P28. Notre homme, *par Louis Gardel*
P29. Mort en hiver, *par L. R. Wright*
P30. L'Exposition coloniale, *par Erik Orsenna*
P31. La Dame du soir, *par Dan Franck*
P32. Le Monde au bout du monde, *par Luis Sepúlveda*
P33. Brazzaville Plage, *par William Boyd*
P34. Les Nouvelles Confessions, *par William Boyd*
P35. Comme neige au soleil, *par William Boyd*
P36. Hautes Trahisons, *par Félix de Azúa*
P37. Dans la cage, *par Henry James*
P38. L'Année du déluge, *par Eduardo Mendoza*
P39. Pluie et Vent sur Télumée Miracle
par Simone Schwarz-Bart
P39. Pluie et Vent sur Télumée Miracle
par Simone Schwarz-Bart
P40. Paroles malvenues, *par Paul Bowles*
P41. Le Grand Cahier, *par Agota Kristof*
P42. La Preuve, *par Agota Kristof*
P43. La Petite Ville où le temps s'arrêta
par Bohumil Hrabal
P44. Le Tunnel, *par Ernesto Sabato*
P45. La Galère : jeunes en survie, *par François Dubet*
P46. La Ville des prodiges, *par Eduardo Mendoza*
P47. Le Principe d'incertitude, *par Michel Rio*
P48. Tapie, l'homme d'affaires, *par Christophe Bouchet*
P49. L'Homme Freud, *par Lydia Flem*
P50. La Décennie Mitterrand
1. Les ruptures
par Pierre Favier et Michel Martin-Roland
P51. La Décennie Mitterrand
2. Les épreuves
par Pierre Favier et Michel Martin-Roland
P52. Dar Baroud, *par Louis Gardel*
P53. Vu de l'extérieur, *par Katherine Pancol*